D. B.

WOLFGANG JEZEK

Rachemond

VERFLUCHT In einem Verein, der die verstorbene Dichterin Christine Lavant verehrt, ereignet sich ein seltsamer Todesfall. Der ehemalige Vorsitzende des Vereins wird tot in der Lavant treibend aufgefunden. Die Kärntner Polizei zeigt kein wirkliches Interesse daran, den Fall aufzuklären und geht von einem Selbstmord aus. Daraufhin wird Elvira Hausmann, eine Wiener Journalistin, nach Kärnten gesandt, um Licht ins Dunkel zu bringen. Bald schöpft sie Verdacht, dass es sich hier um Mord handeln könnte. Bei ihren Recherchen stößt sie auf heftige Widerstände der Bevölkerung und eine Mauer des Schweigens. Bald passiert ein zweiter Mord, sie selbst gerät in tödliche Gefahr und von der toten Dichterin scheint eine negative Energie auszugehen. Haben die Todesfälle etwas mit einem alten Fluch zu tun?

Wolfgang Jezek ist in Wien geboren. Nach dem Medizinstudium machte er seine Ausbildung in Österreich und der Schweiz. Seit 20 Jahren arbeitet er in Wien als Psychiater und Homöopath. Von Jugend an schreibt er Lyrik und Kurzprosa und interessiert sich für Österreichische Literatur, besonders Christine Lavant. Monatelange Recherchen über sie haben ihn zum Verfassen einer Lebensbeschreibung der Dichterin und zur Mitarbeit in der Christine-Lavant-Gesellschaft in Wolfsberg geführt. Ergebnisse der Recherchen sind in diesen Krimi eingeflossen, er fühlt sich dem Bundesland Kärnten in einer »Hassliebe« verbunden. Außerdem interessiert er sich für: Musik, Kultur, Natur, Spiritualität. Er ist verheiratet und hat zwei erwachsene Kinder.

WOLFGANG JEZEK

Rachemond

Kriminalroman

GMEINER SPANNUNG

Personen und Handlung sind frei erfunden.
Ähnlichkeiten mit lebenden oder toten Personen
sind rein zufällig und nicht beabsichtigt.

Besuchen Sie uns im Internet:
www.gmeiner-verlag.de

Im Ehnried 5, 88605 Meßkirch
Telefon 07575/2095-0
info@gmeiner-verlag.de

1. Auflage 2017

Lektorat: Claudia Senghaas, Kirchardt
Herstellung: Julia Franze
Umschlaggestaltung: U.O.R.G. Lutz Eberle, Stuttgart
unter Verwendung eines Fotos von: © Wolfgang Jezek
Druck: CPI books GmbH, Leck
Printed in Germany
ISBN 978-3-8392-2032-0

Meiner Frau Riki
In großer Dankbarkeit gewidmet

Der Abgrund menschlicher Illusionen,
das war die wirkliche, die strömungslose Tiefe.

(Henry James, Die mittleren Jahre)

PROLOG (ENDE 1954)

Die beiden Kerzen, die sie zum Lesen angezündet hatte, waren niedergebrannt. Das Wachs war zu beiden Seiten heruntergetropft und hatte sich auf der Tischplatte ausgebreitet. Eine Flamme flackerte leicht. Obwohl das Fenster geschlossen war, wehte ein leichter Luftzug herein. Im Raum war es fast finster. Kalt war es, so kalt, dass sie manchmal ihren Atem als weißen Hauch sehen konnte. Auch das Feuer im Ofen war heruntergebrannt. Eiskalt waren ihre Finger, sie zitterten. Es war nicht nur die Kälte, die sie zittern ließ.

Rauchschwaden hingen in der Luft. Der Rauch der Zigaretten, die sie heute Abend geraucht hatte. Filterlos, versteht sich. Sie paffte sie nur, aber hin und wieder fuhr doch der Tabakrauch in ihre Lunge. Dann kam es ihr vor, als ob plötzlich eine eiserne Klammer ihre Eingeweide zusammendrückte. Viele Zigaretten waren es heute geworden, noch mehr als sonst. Sie hörte auf die geräuschvollen Atemzüge ihres Mannes, der schon vor zwei Stunden zu Bett gegangen war und fest schlief. Manchmal gingen diese Atemzüge in leichtes Schnarchen über. Wie sie dieses Geräusch hasste! Wie sie ihn überhaupt hasste, in seiner ganzen Existenz! Oft hatte sie das Gefühl, als wäre er zu einer Statue geworden, zu einer kalten, glatten Skulptur, die neben ihr stand. Das Ordentliche in seiner Persönlichkeit war mit dem Alter zur Zwanghaftigkeit geworden. Seine Höflichkeit zur Fassade, seine Zurückhaltung zur Kälte, seine Gelassenheit zur Gleichgültigkeit. Sie waren einander gleichgültig geworden, und doch lebten sie miteinander, weil sie keine andere Wahl hatten. Sie hielten das nur aus, weil sie einander aus dem Weg gingen. Er lebte unter Tags, sie vor allem in der Nacht. Er machte kilometerlange Spaziergänge, sie blieb zu Hause. Die eheliche Kommunikation hatten sie auf ein Minimum reduziert. Körperliche Nähe gab es schon lange keine mehr. Sie waren einander so fremd geworden, wie sie sich im Grunde immer gewesen waren. Nur ihre Einsamkeit und ihre Sehnsucht nach einem Menschen hatten sie anfangs etwas anderes glauben lassen. Zwei, drei Jahre nach der überstürzten Heirat hatte sie ihren Irrtum bemerkt. Da war es zu spät gewesen. Sie war ein treuer Mensch und fühlte sich an ihr Eheversprechen gebunden. Sie fühlte sich verbunden, auch wenn sie ihn hasste …

Sie hatte die Hände auf den Schoß sinken lassen. Zwischen ihren zitternden Fingern lag ein Brief. Sie starrte ins Leere, in die Dunkelheit. Seit Minuten hatte sie sich nicht mehr bewegt. Bleischwer lagen die Hände in ihrem Schoß, auch der Brief schien schwer zu wiegen. Ja, es wog schwer, was er gefühlsmäßig in ihr ausgelöst hatte. Sein Inhalt hatte sie mitten ins Herz getroffen. Schon länger hatte sie damit gerechnet, dass dieser Moment kommen würde. Doch jetzt hatte es sie unerwartet getroffen. Gerade hatten sie eine bessere Zeit gehabt, vor Kurzem noch hatte er ihr versprochen, sie nie zu verlassen. Und nun das!

Sie beobachtete sich selber beim Atmen, fühlte ihren Herzschlag bis in den Hals klopfen. Wozu atmete sie noch, wozu schlug das Herz noch? Wozu das alles? Alles, alles war sinnlos geworden mit diesem Brief. Dieser hatte ihr die Gurgel durchgeschnitten und sie von ihrem Leben getrennt. Sie wusste, dass das ihr Ende war. Das Ende ihrer eigentlichen Existenz. Sie würde weiterleben, aber es würde nur mehr ein Vegetieren sein. Eine sinnlose, sinnentleerte Existenz. Alles, was ihr in den letzten Jahren wichtig gewesen war, alles, woran sie geglaubt hatte, alles, was ihrem unglücklichen Leben Sinn verliehen hatte, war mit diesem Brief zunichtegemacht worden.

Ungläubig führte sie ihre zittrigen Hände mit dem Brief wieder vor ihre Augen. Wegen ihrer schlechten Sehkraft und der Dunkelheit konnte sie die Buchstaben nicht mehr entziffern. Dennoch wusste sie genau, was da stand. Ihr ausgezeichnetes verbales Gedächtnis hatte dafür gesorgt, dass sie das Schreiben nach zweimaligem Lesen auswendig kannte. Die Worte hatten sich in ihr Gehirn eingebrannt:

Teure Geliebte, es tut mir von Herzen weh, dir diesen Brief schreiben zu müssen. Aber ich kann nicht anders. Die Umstände und vor allem meine Frau zwingen mich dazu, diesen Schritt zu tun. Glaub mir, lieber würde ich dir anderes, Erbaulicheres schreiben!

Ich sehe keine andere Möglichkeit mehr, als unsere Liebesbeziehung zu beenden. Ich kann nicht mehr, habe keine Kraft mehr. Dieses Doppelleben, dieses Versteckspiel raubt mir alle Energie, auch die schöpferische. Seit Wochen habe ich nicht mehr gemalt. Meine Gedanken sind ständig bei dir und dabei, wie ich die Situation lösen kann. So viel ich auch nachdenke, ich finde keine andere Lösung als diese.

Wir haben schon oft unsere Beziehung beendet und doch wieder neu angefangen. Diesmal ist es endgültig. Meine Gesundheit leidet dabei, meine Schaffenskraft, meine Familie. Seit Monaten sehe ich, wie auch du leidest. Du hast mich oft gebeten, meine Frau und die Familie zu verlassen. Ich schaffe es nicht. Ich kann das meinen Kindern nicht antun. Sie haben schon genug gelitten unter der unklaren Situation. Ich will und muss bei ihnen bleiben, auch wenn mein Herz mich ganz etwas anderes zu tun heißt.

In solch verfahrenen Situationen muss einmal das Herz schweigen und der Verstand Oberhand gewinnen. Deshalb habe ich mich jetzt zu diesem Schritt entschlossen. Ich bitte dich inständig, mich in den nächsten Monaten nicht zu kontaktieren. Sonst funktioniert diese Trennung nicht und wir kommen nie voneinander los. Vielleicht können wir nach einiger Zeit wieder aufeinander zugehen und einander als die Seelenfreunde begegnen, die wir sind und immer sein werden. Vielleicht hätten wir es dabei belassen und nicht dem Drängen unserer Körper nachgeben sollen.

Ich weiß, ich tue mir damit Gewalt an, aber ich muss mein Herz und meinen Körper zum Schweigen bringen. Ich tue diesen Schritt auch, um damit mögliches Schlimmeres zu verhüten. Du weißt, dass meine Frau mehrmals mit Selbstmord gedroht hat. Ich könnte es nicht ertragen, wenn sie es wirklich täte! Bitte, versteh mich, mein Herz ist immer noch bei dir. Aber ich muss als Mann und Familienvater einmal eine Entscheidung treffen, und das tue ich hiermit. Leb wohl und vergiss mich nicht! Gott schütze dich! In immerwährender Liebe

Dein Werner

Fassungslos ließ sie das Schreiben wieder sinken. Eine der Kerzen war nun erloschen. In der Wand machten sich Mäuse zu schaffen, so wie jede Nacht. Ihre kratzenden Geräusche, die ihr sonst auf die Nerven gingen, hatten heute etwas Tröstliches. So fühlte sie sich nicht ganz allein. Dennoch – da war sie wieder, diese eiskalte Einsamkeit, die sie jahrelang verspürt hatte und die in den letzten Jahren weniger geworden war. Da war sie wieder, und sie wusste, dass sie der Begleiter ihres zukünftigen Lebens sein würde, bis zum Tod. Ihr Leben war zu Ende, sie hatte keine Zukunft mehr. Erfrieren würde sie langsam in dieser kalten Dachkammer und in der Gegenwart ihres versteinerten Mannes.

Langsam löste sich die Erstarrung. Sie spürte eine Wut in sich hochkriechen, tief in ihrem Inneren. Die Wut stieg auf, erreichte den Mund und die Lippen und ließ sie sagen: »Du Schwein, du feiges Schwein, du! Verräter! Lügner! Verräter unserer Liebe! Verräter an allem, was uns heilig war! Mieses Schwein!« Für sie war klar, dass er nicht um seiner Frau oder seiner Familie willen die Beziehung zu ihr beendet hatte. Nein, sein Werk war es, das ihn dazu veranlasst hatte. Seine Bilder, die ihm über alles gingen. »Du liebst nur deine Bilder, deine Malerei! Sonst kannst du gar nicht lieben! Du faselst was von Liebe und kennst nur deine Kunst! Eitles, egoistisches Schwein!«

Die Worte kamen ihr über die Lippen, ohne dass sie nachgedacht hatte. Und auf einmal wuchs in ihr die Erkenntnis: »Modell war ich für dich, einfach ein Modell. Als Modell hast du mich benützt, als Inspiration für deine Bilder. Als Muse hast du mich bezeichnet, und ich habe geglaubt, du liebst mich! Dir ist es gar nicht um mich gegangen, sondern nur darum, mein Gesicht zu malen! Benützt hast du mich, du großer Künstler, du egoistisches Schwein!«

Ihr Mann rührte sich im Halbschlaf und stammelte: »Was ist denn? Mit wem redest du da?« Sie gab keine Antwort. Hasserfüllt starrte sie ihn an. Auch er war so ein Mann, der sie mit ihrer ganzen Sehnsucht vor der Tür hatte stehen lassen. Ihre Sehnsucht war riesengroß und unstillbar. Alles hatte sie ihm gegeben, ihrem geliebten Künstlerfreund. Ihr Herz, ihre Seele, sogar ihren Körper, den sie hasste. Ihren verunstalteten, hageren, früh welk gewordenen Körper hatte sie ihm anvertraut. Sie hatte es gewagt, diesen nach Jahren wieder einmal unverhüllt einem Mann zu zeigen. Und das war jetzt der Lohn dafür!

Immer hatte sie sich gefragt, was er fand an ihr. Warum er sich das alles antat, mit seiner Familie, seiner Frau. Nun hatte sie die Antwort: Eine perverse Faszination hatte ihn angezogen. Ihr Körper, der beileibe nicht schön war, hatte ihn fasziniert. Nicht den Mann, sondern den Maler wohlgemerkt. Der Maler hatte sie geliebt, und nun gab es genug Bilder von ihr. Nun war das Interesse verflogen, er würde sich ein anderes Modell suchen. Und er ließ sie in ihrem Schmerz allein, in ihrer Einsamkeit.

Hatte er nicht gespürt, wie verwundet ihre Seele war? Wie einsam, wie sehnsüchtig? Noch nie hatte sie jemanden so geliebt wie diesen Maler. Alles vorher war keine wahre Liebe gewesen – die zu ihrem Mann schon gar nicht! Aber er, ER, ER! Er war die große Liebe ihres Lebens gewesen, ein Mann, für den sie alles getan, alles hingegeben hätte! Und nun warf er sie weg, wie ein Stück Kreide, mit dem er gezeichnet hatte und das nun auf einen Stummel zusammengeschrumpft war. Unbrauchbar geworden, weg damit!

Sie spürte, wie die Wut in ihr immer mehr anschwoll. »Gott schütze dich!«, hatte er geschrieben. Wie wenn er, der alte Atheist, auf einmal an Gott glauben würde! Über ihr Ringen mit Gott, über ihre Anklagen dieser höheren Macht gegenüber hatte er sich lustig gemacht. Und nun: »Gott schütze dich!« Als ob er die Verantwortung für sein Tun auf Gott abwälzen wollte. Was für eine Gemeinheit, was für eine Heuchelei! Nein, mit Gott wollte sie in ihrem

Leben nichts mehr zu tun haben, und mit ihm, dem für sie gottgleichen Wesen, auch nichts mehr!

Sie spürte, wie die Wut in ihr etwas Zerstörerisches bekam. Gleichzeitig wusste sie nicht, wohin mit dieser Wut. Am liebsten hätte sie sich das Gesicht zerkratzt, damit es noch unansehnlicher würde, als es schon war. Nein, dachte sie, nein! Die Freude mache ich dir nicht! »Du wirst noch an mich denken!«, hörte sie sich sagen. »Du wirst noch von mir hören, sodass dir Hören und Sehen vergeht! Ich bleibe in Gedanken bei dir und mein Hass wird dich überallhin verfolgen! Du entgehst meiner Liebe nicht!« Sie hatte ihre Stimme zu einem Flüstern gesenkt, zu einem harten, bösen Flüstern. Sie stieß jede Silbe einzeln hervor.

Und plötzlich wurde ihr klar, wie sie sich an ihm rächen konnte. Sie würde sich rächen mit der einzigen Waffe, die Gott, dieser ewig Missgünstige, ihr in die Hand gegeben hatte. Mit dem Wort, mit ihrem Schreiben. Ein Buch würde sie verfassen, über den Geliebten, über sie beide. Eine Abrechnung würde es werden, wie sie die Welt noch nicht erlebt hatte. Ein möglicher Titel zuckte ihr durch den Kopf: »Du hast mir meine Augen gestohlen«. Ihre Augen, die von Kindheit an schlecht waren, hatte er ihr ganz weggenommen. Blind war sie gewesen vor Liebe. Und gänzlich blind würde sie sein in Zukunft. Die Sonne, die sie ohnehin hasste, würde sie endgültig nicht mehr sehen! Sie würde sich ganz der Nacht zuwenden, die ihr durch Stille, Dunkelheit und Kühle kurzfristig Trost schenkte. Auch seelisch würde sie endgültig die Nacht umfangen. Oh, wäre ich doch endlich tot! Das war der Wunsch, mit dem sie sich in diese ewige Nacht begab.

Ob sie das Buch je veröffentlichen würde, wusste sie jetzt nicht. Das war auch egal. Hauptsache, sie konnte sich ihre ganze Enttäuschung und Wut von der Seele schreiben. Von dem Sockel, auf den sie ihren Geliebten gestellt hatte, würde kein Stein auf dem anderen bleiben. Sie würde schriftlich herumtrampeln auf ihm, in Grund und Boden würde sie ihn stampfen. »Wenn das einmal einer zu lesen kriegt, bist du geliefert!«, zischte sie. »Dein Bild werde ich zerschneiden in mir, in kleine Stücke werde ich dich zerschneiden!« Ihr Gesicht bekam den fanatischen Ausdruck einer Hexe, die einen giftigen Zaubertrank braute.

Entschlossen stand sie auf. Sie nahm den Brief, zerriss ihn in kleine Schnipsel und warf ihn auf die letzten Glutreste im Ofen. Diese flackerten kurz und schwach nochmals auf. Dann war totales Dunkel im Raum, absolute Stille umgab sie. So musste Sterben sein. Sterben konnte nicht schlimmer sein als das, was sie gerade erlebte. Verbittert zog sie sich in der Kälte aus und streifte ihr Nachthemd über. Sie legte sich unter die eiskalte Decke und wusste, dass sie auch diese Nacht nicht würde schlafen können. Der Einzige, der sie in diesem Leben hatte wärmen können, hatte ihr die Liebe aufgekündigt. Er sollte seines Lebens nicht mehr froh werden. Das war die einzige Genugtuung, die sie noch hatte. »Du hast mir meine Augen gestohlen«: Schon in der nächsten Nacht würde sie mit dem Schreiben anfangen.

1. KAPITEL (HERBST 2010)

»Gehn S', Frau Hausmann, fahren Sie bitte zu den Kärntnern hinunter! Da gibt's wieder ein Problem. Da hat sich einer umgebracht, der Präsident von einer Literaturvereinigung. Unsere Redaktion in Klagenfurt hat aber einen anonymen Anruf erhalten, dass das kein Selbstmord war. Die Redaktion unten kommt nicht weiter. Helfen S' denen, Sie sind ja eine Spezialistin für solche Fälle!«

Gestern hatte sie der Chefredakteur, Herr Prassler, in die Wiener Redaktion des *Tagesboten* – der Zeitung, für die sie arbeitete – bestellt und ihr aufgetragen, für einige Tage nach Kärnten zu fahren. Sie war nicht begeistert gewesen. Erstens war sie gerade mit einer anderen Recherche beschäftigt, über rechtsradikale Umtriebe bei der Wiener Polizei, und zweitens mochte sie Kärnten nicht besonders. Bei ihren kurzen Besuchen in dem Bundesland waren ihr die Landschaft zwar schön, die Bewohner aber oberflächlich und unehrlich vorgekommen. Und jetzt auch noch der Skandal mit der Hypo-Alpe-Adria-Bank! Die österreichische Bevölkerung würde jahrelang für dieses Desaster zahlen müssen. Nur weil ein größenwahnsinniger Landeshauptmann diese Bank mit seiner Privatschatulle verwechselt hatte!

Jetzt saß sie im Auto und fuhr nach Klagenfurt. Sie hatte gestern schnell zusammengepackt, für ein paar Tage brauchte sie nicht viel. Überhaupt war sie relativ anspruchslos, was Aussehen und Kleidung anbelangte. Ein paar warme Sachen hatte sie mitgenommen, weil der

Wetterbericht kalte Tage für den Süden Österreichs voraussagte. Sie war gespannt und etwas bang, was sie da im Süden erwartete. Ob sich die Angelegenheit in einigen Tagen aufklären lassen würde? Sie hatte vor zwei Jahren bei einem Mordfall in Wien kriminalistisches Geschick bewiesen und der Polizei die entscheidenden Hinweise geliefert. Damals hatte ein junger Schnösel aus gutem Haus seine Freundin umgebracht und die Sache so aussehen lassen, als sei die Täterin die bosnische Putzfrau gewesen. Der Typ war ihr von Anfang an nicht geheuer erschienen und sie hatte ihn durch geschicktes Fragen in die Enge getrieben. In der Redaktion war man nach der Aufklärung stolz auf sie gewesen, sie hatte sogar eine Prämie bekommen. Die Prämie hatte sie dazu verwendet, ihrem damaligen Freund aus einer finanziellen Patsche zu helfen – was sie nicht zum ersten Mal gemacht hatte.

Ja, Emil – auf der ganzen Fahrt musste sie an ihn denken. Wie oft war sie diese Strecke gefahren, um ihn am Wochenende in Graz zu besuchen! Sie kannte die Strecke sozusagen auswendig, nur erschien sie jetzt nach der Trennung in einem anderen Licht. Jeder Wegweiser hatte etwas Trauriges, das Asphaltband nach Süden schien ins Nichts zu führen. Schlussendlich hatte sie sich von ihm getrennt, nachdem er jahrelang beruflich nichts auf die Reihe gekriegt und sie schließlich mit einer Studentin betrogen hatte. Als sie dahintergekommen war und ihn zur Rede gestellt hatte, war seine Erwiderung: »Weil ich deine Falten und Krampfadern schon nicht mehr sehen konnte!« Sie fragte sich, warum Männer in Trennungssituationen oft so brutal und würdelos agierten – und fand keine Antwort darauf.

Das letzte halbe Jahr war für sie voller Trauer gewesen. Sie war nicht mehr jung, gerade 42 – würde sie in ihrem

Alter noch einen Partner finden? Das Internet war voller Geschiedener oder gestörter Typen oder voller Männer, die nur auf schnellen Sex aus waren. Nichts gegen Sex, aber schnell und unverbindlich – nein!

Die Erinnerungen wurden intensiver, als sie sich Graz näherte. Bei der Ausfahrt Sinabelkirchen fiel ihr wieder das dumme Lied von STS ein, mit dem diese bekannt geworden waren, mit dem Titel »Fürstenfeld«. Der Song war in den 80er-Jahren zur Hymne einer provinziellen Anti-Wien-Bewegung geworden. Sinabelkirchen wurde darin namentlich erwähnt, um von Wien dorthin flüchten zu können. So hatte es dieses Kaff zu einer gewissen Bekanntheit gebracht. Der Gedanke an diese Groteske aus der österreichischen Popgeschichte milderte kurz ihren Schmerz. Am liebsten wäre sie, einem alten Reflex gehorchend, bei Graz-Ost von der Autobahn abgefahren. Doch sie fuhr geradeaus weiter. In diesem Moment wurde ihr wieder bewusst, dass die Beziehung endgültig vorbei war.

Nach der Fahrt über den Packsattel, eine langweilige 100-km/h-Zone, tauchte am Fahrbahnrand das Schild ›Kärnten – Willkommen bei Freunden‹ auf. Welche Freunde oder Freundinnen warteten da auf sie? ›Wolfsberg Nord 12km‹ kündigte der Wegweiser an. In der Nähe von Wolfsberg war der fragliche Selbstmord geschehen, so viel wusste sie. Sie sah sich die Gegend, in der sie sich in den nächsten Tagen aufhalten würde, im Vorbeifahren neugierig an. Ein liebliches, weites Tal, das Lavanttal – nach Süden, zur Sonne hin, geöffnet. Diese war heute nur spärlich zu sehen, eine dicke Nebeldecke lag über dem Tal.

Weiter fuhr sie Richtung Klagenfurt. St. Andrä und Griffen waren die nächsten Ausfahrten. Griffen, davon hatte sie schon gehört. Griffen – Peter Handkes »Wunschloses Unglück« fiel ihr ein. Der berühmte Dichter stammte aus diesem Ort. Ihr Chef hatte von einer Schriftstellerin gesprochen. Wie hieß sie doch schnell? Der Tote war der Präsident eines Vereins gewesen, der sich mit der Dichterin beschäftigte. Deren Name hatte ihr jedenfalls nichts gesagt, die alten Dichter und Dichterinnen waren nicht ihr Spezialgebiet. Sie las gern, aber mehr moderne Autoren, Romane, Politisches. Und Krimis, natürlich. Schon berufsbedingt las sie viele Krimis, schließlich war sie im Chronikteil der Zeitung auch für die Gerichtsberichte zuständig. Es irritierte sie, wie gut sie sich in die Psyche der Täter hineinversetzen konnte. Mehr als mit den Mordopfern beschäftigte sie sich mit Mördern und Mörderinnen. Sie fand sie interessanter, und immer wieder stellte sich die Frage: Warum beging jemand ein Verbrechen?

Der Nachmittag rückte voran, es begann zu dämmern. Jetzt gegen Ende Oktober bestätigte sich die banale Erkenntnis, die sich die Menschen aber dennoch gerne mitteilten, dass die Tage kürzer wurden. Klagenfurt war nicht mehr weit, die Autobahn führte durch weite, dunkle, unheimlich wirkende Wälder. Die Redaktion hatte ihr ein Hotelzimmer für ein paar Tage reserviert. Ob sie es in der fremden Stadt schnell finden würde? Hartnäckig verzichtete sie auf ein Navi in ihrem Auto. Sie hatte in ihrem Leben immer noch die Orte gefunden, die sie angesteuert hatte – mit Karten, Nachfragen oder einfach mit Intuition.

›Klagenfurt-Ost/Zentrum‹ war nun angekündigt. Eine lange, gerade Straße führte zum Zentrum, gesäumt von den üblichen hässlichen Einkaufszentren. Überall die gleichen Geschäfte, dachte sie – Billa, Merkur, Vögele, Deichmann, Mediamarkt … Wie einfallslos und gleichmachend der Kapitalismus doch war! In allen Städten und Städtchen Österreichs die gleiche Szenerie. Wie stumme Wächter standen diese Riesengeschäfte an den Einfallsstraßen, um sicherzustellen, dass die Menschen alle brav in die gleiche Richtung fuhren – hin zum ungehemmten Konsum und zum Verkauf ihrer Seele.

In jungen Jahren hatte sie mit dem Kommunismus geliebäugelt. Irgendwann war sie drauf gekommen, dass dieser noch langweiliger und brutaler war als der Kapitalismus. Behalten hatte sie eine Aversion gegen alles Rechte in der Politik. Gerade hier in Kärnten war die politische Rechte stark vertreten. Der verstorbene Landeshauptmann – sie vertrat die Theorie, dass dieser mit seinem Verkehrsunfall eigentlich Selbstmord begangen hatte – war ein strammer Vertreter dieser Richtung gewesen. Nach dem, was sie wusste, stand das Land – zwei Jahre nach seinem Tod – immer noch stark in seinem Bann.

Das Hotel Geyer in der Priesterhausgasse war gleich in der Nähe, wo die Völkermarkterstraße, die von der Autobahn ins Zentrum führte, auf die Altstadt traf. Dank ihres guten Orientierungssinns hatte sie es rasch gefunden. Klagenfurt stellte sich, was Größe und Anordnung betraf, als überschaubare Stadt heraus. Ähnlich wie in Wien oder Graz gab es auch hier eine »Ringstraße«, die sich um die Altstadt herumwand. Erfahrungsgemäß verliefen diese Ringstraßen entlang der ehemaligen Stadtmauern. Das Hotel war also am Rand der Altstadt, relativ ruhig gelegen. Sie wollte ohnehin keinen Trubel.

Der Check-in im Hotel verlief problemlos. Sie wurde von einer hübschen jungen, dunkelhaarigen Rezeptionistin empfangen. Deren näselnder Kärntner Dialekt – vielleicht bemühte sich die junge Dame sogar, Hochdeutsch zu sprechen – berührte sie unangenehm. Das Hotel war ein altes Gebäude, das vor einigen Jahren modernisiert worden war. »Wir sind eines der traditionsreichsten Hotels der Stadt«, näselte die junge Kärntnerin. »Und Sie ham eins der bestn Zimma kriagt«, ergänzte sie, indem sie in ihren gewohnten Dialekt fiel. Das Zimmer war in Ordnung, modern und bunt eingerichtet. Nett, aber klein, dachte Elvira Hausmann – wie die Redakteurin mit vollem Namen hieß.

Vom befürchteten Trubel konnte im abendlichen Klagenfurt keine Rede sein. Eher wirkte es wie ausgestorben, als Elvira an diesem kalten Oktoberabend durch die Stadt schlenderte. Einige Leute eilten, dick vermummt, mit ihren Einkäufen nach Hause. Ihr fiel auf, dass viele Geschäftslokale leer standen. ›Zu vermieten‹, ›Zu verkaufen‹ war an den Glasscheiben zu lesen. War das die Folge der florierenden Zentren am Stadtrand, an denen sie vorbeigefahren war? Oder die Folge der Wirtschaftskrise, die Kärnten erfasst hatte, zusammen mit dem Hypo-Alpe-Adria-Desaster? Jedenfalls hatte Elviras erster Eindruck von der Stadt etwas Beklemmendes.

Sie bekam Hunger. Vor der Abfahrt in Wien hatte sie zu Mittag nur ein mit Käse gefülltes Weckerl gegessen, sonst nichts. Wie es wohl um die kulinarische Szene der Stadt bestellt war? Sie sah etliche italienische Lokale, einige Kärntner Gaststuben, ein paar Kaffeehäuser. Der italienische Einfluss in der Stadt war spürbar – in den Bezeichnungen von Gebäuden und Lokalen, in der Bauweise der Häuser. Einige Gehminuten vom Hotel entfernt fand sie die *Trattoria Siciliana*, wo sie durchaus zufriedenstellend zu Abend aß. Der Kellner redete nur Italienisch mit ihr, was ihr unangenehm war. Sie beherrschte zwar einigermaßen diese Sprache, aber in Österreich wollte sie Deutsch reden. Italien ist auch so ein Pleiteland wie Kärnten, dachte sie. Wahrscheinlich sind die Mentalitäten ähnlich, oh je! Früher war sie gern nach Italien gefahren. Aber seit der frühere Ministerpräsident, der von der naiven Bevölkerung immer wiedergewählt worden war, das Land jahrelang zu Tode regiert hatte, spürte sie wenig Lust auf Reisen nach Italien. Diese Art von Volkstribunen – zuerst geliebt, am Ende gehasst – schien in den südlichen Ländern sehr verbreitet zu sein. So scheinbar auch hier, im südlichsten Bundesland von Österreich.

Mit sattem Gefühl im Magen ging sie noch eine Weile in der Altstadt spazieren. Es war Nacht geworden. Die meisten Städte sahen in der Nacht schöner aus als am Tag, dachte sie. Das Hässliche wurde von der Dunkelheit verschluckt. So war es auch hier der Fall. Die Stadt hatte plötzlich etwas Sympathisches, Heimeliges. Am Rückweg zum Hotel traf sie auf den »Neuen Platz«, den Hauptplatz der Stadt, mit seinem »Lindwurm« – dem Wahrzeichen der Stadt. Sie stellte fest, dass dieses auf vielen Postkarten und Briefmarken festgehaltene Ungetüm eine künstlerisch beachtliche Bildhauerarbeit der Renaissance war, die sie – auch wegen ihrer Größe – beeindruckte. Seit Jahrhunderten schwang der steinerne Herkules davor seine Keule, um das Böse zu besiegen – ohne Erfolg. Sie fragte sich, ob sie in den nächsten Tagen dem Bösen auf die Spur kommen würde. Hatte es bei dem Vorfall im Lavanttal überhaupt ein Verbrechen gegeben? Oder war es Schicksal gewesen, ein Unfall?

2. KAPITEL

Am Morgen des nächsten Tages erwachte Elvira mit schmerzendem Rücken. Sie hatte nicht gut geschlafen, die Matratze war zu weich. Die Erinnerung an einen Traum verfolgte sie: Dem Herkules am Neuen Platz war es gelungen, mit seiner Keule auf den Drachen einzuschlagen und ihn zu erlegen. Der Drache war in Hunderte Stücke zersprungen. Doch als er endgültig besiegt schien, fügten sich die Stücke durch eine gewaltige Kraft wieder zusammen. Der Drache ging daraufhin auf den Herkules los und blies ihn mit einem Feuerstrahl von seinem Sockel. Als nun der steinerne Recke zerbrochen auf der Erde lag, fügten sich seine Teile ebenfalls wieder zusammen und der Kampf begann von Neuem.

Elvira überlegte, was der Traum bedeuten konnte. Emotional irritierte er sie, aber sie konnte den Sinn nicht verstehen. Sie betrat den Frühstücksraum und suchte sich einen Tisch aus. Alle Tische hier waren klein, für ein opulentes Mahl würde es eng werden. Eine hübsche blonde Kellnerin kam auf sie zu und fragte: »Wollen Sie einen Kaffee?«

»Nein, ich bin Teetrinkerin. Können Sie mir einen kräftigen Schwarztee bringen, mit etwas Milch?«

»Einen Earl Grey haben wir, der ist sehr gut.« Elviras Stimmung sackte ab. Wenn man in der österreichischen Gastronomie zum Frühstück schwarzen Tee bestellte (den »Russischen Tee«, wie er früher genannt wurde, hatte man sich endlich abgewöhnt), bekam man einen Darjeeling – viel zu leicht, oder einen Earl Grey – viel zu blumig. Mit einem Seufzer bestellte sie den Earl Grey, der überdies von seinen Nachbarn, neben denen er gelagert gewesen war, einen Geruch nach Hagebutten und Kamille angenommen hatte.

Nachdem sie sich am deftigen und reichhaltigen Frühstücksbuffet bedient hatte, begann sie, sich mit ihrem Tagesplan zu beschäftigen. Als Erstes würde sie die Klagenfurter Redaktion ihrer Zeitung aufsuchen und bei der dortigen Redakteurin in Erfahrung bringen, wie der Stand der Recherche war. Mit ihr würde sie dann – wenn diese Zeit hatte – ins Lavanttal fahren und Erkundigungen einholen. Auch Gespräche mit Betroffenen, vor allem von der Literaturgesellschaft, plante sie ein. Und sie würde mit dem ermittelnden Kommissar Kontakt aufnehmen, dies musste wiederum in Klagenfurt geschehen. Wie sie die Mentalität hier einschätzte, würde alles wohl länger dauern, als von ihr geplant.

Magister Karin Perkonig von der Lokalredaktion des *Tagesboten* erwartete sie schon in ihrem Büro in der Villacherstraße. Die Redakteurin war etwa 30 Jahre alt, Brillenträgerin, pummelig und sah aus wie eine Germanistikstudentin bei der Einführungsvorlesung, die in der ersten Reihe saß und alles fleißig mitschrieb. Sie begrüßte Elvira herzlich und offenbarte ihr Wissen: »Bisher ist sicher, dass es sich bei dem Toten um den Vorsitzenden der Christine-Lavant-Vereinigung in St. Stefan handelt. Sie müssen wissen, dass die Christine Lavant bei uns eine sehr bekannte Dichterin ist, die von 1915 bis 1973 gelebt hat. Sie war ein armes Weiberl, aber doch auch ein Genie. St. Stefan ist der Ort, wo sie fast ihr ganzes Leben verbracht hat. Jetzt ist es ein Teil von Wolfsberg, früher war es eine eigene Gemeinde. Ein Bergwerk war auch einmal dort, das ist schon lang geschlossen. Der Vater von der Christine Lavant hat dort in früheren Jahren als Bergmann gearbeitet. Und die Lavant-Vereinigung hat sich bemüht, die Erinnerung an die Dichterin hochzuhalten. Die haben Lesungen und Literaturwettbewerbe veranstaltet, aber in der letzten Zeit war nicht mehr viel los. Ja, der Tote war ein alter Mann, 75 Jahre alt, und hieß Siegfried Unterberger. Er war früher Hofrat bei der Landesregierung in Klagenfurt, jetzt war er schon länger in Pension. Alles deutet darauf hin, dass er Selbstmord begangen hat. Ach ja, er ist vor zwei Wochen gefunden worden, an einem kleinen Wehr in der Lavant bei St. Andrä. Zwei Kinder haben ihn gefunden, die sind jetzt noch ganz fertig mit den Nerven. Schön hat er ja nimmer ausgeschaut, der Hofrat Unterberger. Und dann ist vor ein paar Tagen ein anonymer Anruf in unsere Redaktion gekommen. Ich war nicht am Apparat, unsere Sekretärin, die Frau Libernig, hat ihn entgegengenommen.«

Elvira hatte sich alles geduldig angehört und fragte dann: »Wie hat denn die Stimme geklungen?«

»Schwer zu sagen«, antwortete die eifrige Redakteurin. »Es war offenbar eine verstellte Stimme, sehr tief, unnatürlich. Der Mann hat gemeint, dass der Unterberger nicht freiwillig in die Lavant gegangen sei. Da wurde nachgeholfen, hat er gesagt. Und dann noch: ›Wer suchet, der findet.‹«

Elvira kam das seltsam vor. Ein anonymer Anrufer, der offenbar mehr wusste? Warum hatte er sich nicht bei der Polizei gemeldet?

»Und was ist mit der Polizei?«, fragte sie. »Was hat die herausgefunden?« Die Eifrige machte ein ratloses Gesicht und meinte: »Die haben noch gar nichts gefunden. Die scheint das nicht zu interessieren. Der zuständige Inspektor, ein Herr Speckbacher, hat gemeint, ein anonymer

Anruf kümmere ihn nicht. Für ihn ist es klar Selbstmord, und aus. Er will den Fall möglichst schnell abschließen, glaube ich.«

»Kann man mit dem Herrn Speckbacher einmal reden?«, fragte Elvira übellaunig. Sie kannte zu gut die oft geringe Motivation der Kriminalpolizei in den Bundesländern, die sich auf Überlastung, Personalnot und dergleichen ausredeten. Das Gespräch würde wahrscheinlich schwierig werden.

»Unsere Sekretärin wird für Sie einen Termin ausmachen. Aber so einer ist schwierig zu bekommen, der Inspektor hat angeblich nicht viel Zeit«, antwortete die Perkonig mit einem Sarkasmus in der Stimme, den Elvira dem braven Mädchen nicht zugetraut hätte.

»Wir können übrigens gern per Du sein. Ich heiße Elvira.«

»Gern, ich bin die Karin. Da redet sich's leichter, wenn man Du sagen kann.« Elvira, die sonst eher vorsichtig auf Menschen zuging, verwendete bei einer engen Zusammenarbeit immer das Du. »Und fahren wir dann gemeinsam ins Lavanttal?«, fragte sie.

»Warum denn das?«, versetzte die Redakteurin erstaunt. Die Frage Elviras schien sie durcheinanderzubringen.

»Weil ich mir alles vor Ort anschauen möchte. Und weil ich mit den Betroffenen dort reden möchte, wenn das geht«, antwortete Elvira. »Wer ist denn dort auskunftsbereit oder dazu fähig?«

»Mit dem Vizepräsidenten der Vereinigung hab ich schon gesprochen, der weiß auch nicht viel oder sagt nicht viel. Vielleicht mit der Frau von dem Hofrat, aber der geht's halt noch sehr schlecht!«

Zähe Recherchen standen bevor, das war Elvira jetzt schon klar. Und das in ein paar Tagen? Die Redaktion würde ihr mehr Zeit geben müssen, sonst würde sie ohne Ergebnis zurückfahren.

Widerwillig setzte sich Karin zu ihr in den Wagen (ein Renault Clio übrigens, 90.000 km, trotz einiger Reparaturen noch recht verlässlich) und raunzte: »Wann soll ich denn meine andere Arbeit machen?« Sie lotste Elvira aber anstandslos aus Klagenfurt hinaus und auf die Autobahn Richtung Graz, die zum Lavanttal führte. Die Fahrt dorthin dauerte eine knappe Stunde, einige Baustellen verlängerten die Fahrtdauer. Unterwegs erzählte ihr Karin noch mehr von der Dichterin: »Sie war sehr arm, aus einer ganz einfachen Familie. Und sie war immer sehr krank, als Kind schon. Sie hat Skofulose gehabt, was das auch immer sein mag. Eine Krankheit, die es heut nicht mehr gibt, etwas mit den Lymphknoten … Sie wäre als Kind fast daran gestorben. Deswegen ist sie von den anderen Kindern ausgespottet worden, weil sie von der Krankheit entstellt war. Und weil sie so dünn war.« Mobbing unter Kindern hat es schon immer gegeben, dachte Elvira. Man hatte es nur anders genannt. Karin setzte fort: »Sie war auch im späteren Leben eine Außenseiterin im Dorf. Und trotzdem hat sie St. Stefan nie verlassen wollen. Einmal hat sie sich überreden lassen, nach Klagenfurt in einen Neubau zu ziehen. Das hat sie dort nicht lang ausgehalten – die Leute rundherum, die ganzen Geräusche … Nach zwei Jahren ist sie wieder zurück in die Einsamkeit von St. Stefan, in die primitive Wohnung, in der sie vorher gelebt hat. Sie war eine seltsame Frau, und trotzdem hat sie hervorragende Gedichte geschrieben!«

Sie kamen zu einem Wegweiser, der die Abfahrt ›Völkermarkt-Ost‹ ankündigte. Auf einem weiteren Wegweiser war zu lesen: ›Werner Berg Museum‹. Karin geriet in

Begeisterung: »Das war ein berühmter Maler, der Werner Berg! Mit dem war sie befreundet, jahrelang. Man hat auch gemunkelt, dass sie was miteinander gehabt haben. Aber was Genaues weiß man nicht darüber. Jedenfalls hat er tolle Porträts von ihr gemacht!«

Elvira nahm alles aufmerksam zur Kenntnis. Die Beschreibung der Dichterin hatte etwas Widersprüchliches, fand sie. Aber es musste sich um eine interessante Person gehandelt haben. Sie würde im Internet über sie recherchieren, so viel stand fest. Sie musste mehr über sie erfahren. Sie fragte Karin, woher sie denn so gut über diese Dichterin Bescheid wusste. »Bei uns in Kärnten ist sie sehr bekannt. Und ich habe Germanistik auf der Uni Klagenfurt studiert, daher weiß ich das noch.« Elvira war mit ihrer spontanen Einschätzung der Germanistikstudentin goldrichtig gelegen.

Sie nahmen die Ausfahrt St. Andrä und fuhren durch die gleichnamige mittelgroße Ansiedlung, die als »Stadt« bezeichnet wurde. Sie hatte zwei überdimensionierte Kirchen, was Elvira wunderte. Die Beifahrerin erzählte vom »ehemaligen Bischofssitz von Kärnten, deshalb die zwei großen Kirchen« und von der »Marienbasilika, einer Wallfahrtskirche, die demnächst renoviert werden soll«. Von der Anhöhe, auf der der Ort lag, fuhren sie hinunter zum Fluss Lavant. »Ist das ein Zufall, dass die Dichterin so heißt wie der Fluss?«, fragte Elvira, nachdem sie die Namensgleichheit bemerkt hatte. Karin wusste auch darüber Bescheid: »Sie hat den Namen Lavant als Pseudonym angenommen. Eigentlich hat sie Thonhauser geheißen, oder später Habernig, weil sie einen alten Maler mit diesem Namen geheiratet hat. Das Pseudonym Lavant hat ihr der erste Verleger vorgeschlagen. Sie hat nämlich in ihrer Jugend sehr kritische Texte über das Dorfleben geschrieben, und wollte nicht, dass man im Dorf erkennt, dass die Texte von ihr waren. Aber es hat ihr nichts genutzt, die Leute sind draufgekommen und haben sie dann noch mehr gehasst als vorher.«

Also das Mobbing hat sich später noch fortgesetzt, dachte Elvira. Was für ein Außenseiterschicksal, was für eine seltsame Person! Ob dieses Schicksal etwas mit dem Tod ihres späteren Verehrers Unterberger zu tun hatte?

Sie waren am Ufer der Lavant angekommen. Die Straße endete bei einem Sportplatz, der am späten Vormittag noch leer war. Eine kleine Brücke führte von hier aus ans andere Ufer. »Wir müssen noch ein Stück die Lavant hinaufgehen, dort ist das Wehr, wo er gefunden wurde«, meinte Karin. Als sie flussaufwärts gingen, nahm Elvira einen eigenartigen, undefinierbaren Geruch war. Er hatte etwas Dumpfes, Modriges, Abgestandenes. »Riecht die Lavant immer so?«, fragte sie.

»Ja«, antwortete Karin. »Wahrscheinlich hat das was mit der Frantschacher Papierfabrik zu tun, die nördlich von Wolfsberg liegt. Früher soll ja das Wasser der Lavant schwarz gewesen sein, unterhalb der Fabrik. Das ist besser geworden, aber ganz sauber ist es halt noch nicht.«

Als sie beim Wehr anlangten, bekam Elvira eine leichte Gänsehaut bei dem Gedanken, dass hier ein Toter im Wasser getrieben war. Sie gingen über das Gemäuer, das sich wie eine Brücke über die Lavant spannte. »Da unten ist er gelegen«, sagte Karin und deutete direkt unterhalb ins Wasser. Vor der Wehranlage ging ein Bach – vielleicht ein ehemaliger Mühlbach – seitlich ab, der vom Hauptstrom der Lavant durch einen »Rechen« abgetrennt war. Dieser Hauptstrom sammelte sich in einem Auffangbecken, bevor er etwa drei Meter in die Tiefe stürzte. Dieses Becken wies am Ende eine ansteigende Betonkante auf, um Treibgut aufzufangen. Der Tote war, sozusagen als Treibgut, hier hängen geblieben. Elvira fragte sich, ob sein Körper hier oder schon weiter flussaufwärts ins Wasser geraten war.

»Und zwei Kinder haben die Leiche hier gefunden?«, wollte Elvira wissen. »Ja, zwei Buben, acht und zehn Jahre alt, hier aus der Stadt. Die wollten am Samstagvormittag Fußball spielen gehen. Vorher sind sie mit den Fahrrädern zur Lavant, dabei haben sie den Toten gefunden. Die haben einen totalen Schreck gekriegt, sind zu ihren Eltern nach Haus geradelt. Die sind dann selber nachschauen gegangen, weil sie den Kindern nicht geglaubt haben. Und sie haben am Ende die Polizei verständigt.«

»Kann man mit den Kindern reden?«, fragte Elvira.

»Nein, die Polizei hat es schon versucht. Die sind noch ganz verstört. Gewusst haben sie auch nichts.«

Elvira ging eine kleine steinerne Treppe hinab, die auf ein Mäuerchen direkt am Fluss führte. Zu ihren Füßen rauschte das Wasser. Für einen Fluss dieser Größe hat das Wasser eine ziemlich starke Strömung, dachte sie. Sie kam zur Vermutung, dass der Körper – durch Mord oder Selbstmord – weiter oberhalb in den Fluss geraten und rasch bis hierher abgetrieben worden war, um schließlich am Wehr hängen zu bleiben.

»Welche Polizei hat denn da ermittelt?«, war Elvira neugierig.

»Na, zuerst die Stadtpolizei, aber die ist vor allem mit Verkehrssachen beschäftigt. Bei Verdacht auf Mord oder Selbstmord wird die Kriminalpolizei von Klagenfurt angefordert. Die sind dann auch gekommen, mit der Spurensicherung.«

Eben dieser Inspektor Speckbacher, dachte Elvira, dem die Sache offenbar auf die Nerven ging. »Und die Spurensicherung, was hat die gefunden?« »Nichts!« – Diese Antwort Karins hatte Elvira schon im Voraus geahnt. »Nur dass die Leiche am ganzen Körper starke Abschürfungen hatte. Was nicht sein kann, wenn er hier ins Wasser gegangen wäre. Der Körper muss abgetrieben worden sein.« Elviras Vermutung wurde also bestätigt. »Wo ist die Leiche jetzt?«

»Im Kühlhaus der Bestattung in Wolfsberg, sie soll nächste Woche beerdigt werden.«

»Und hat's eine Obduktion gegeben?« Elviras Fragen begannen der Kollegin sichtlich unangenehm zu werden. Sie seufzte tief auf und meinte: »Eine gerichtsmedizinische Abteilung hat es in Klagenfurt nie gegeben, wir haben ja auch keine medizinische Fakultät. Bei uns gibt es einen Gerichtsmediziner, der von der Polizei beauftragt wird. Und wenn die sich auf den Standpunkt stellt, dass ein Todesfall Selbstmord war, dann gibt es halt keine Obduktion. So ist das leider bei uns!«

Elvira schwieg konsterniert. Ermittlungen bei einem unklaren Todesfall ohne Obduktion? Wie sollte das gehen? War es den Kärntnern egal, wie ihre Toten gestorben waren? Hatte die Polizei kein Interesse an der Aufklärung der Todesursache?

Langsam verließen sie die Stelle, die offenbar nicht der Tatort gewesen war. Am Flussufer war es kühl geworden. Obwohl der Grund ihrer Anwesenheit nicht gerade appetitanregend war, merkte Elvira ein zunehmendes Hungergefühl. Sie fragte ihre Kollegin nach einem Gasthaus, wo sie Mittagessen konnten. »Fahren wir nach Wolfsberg. In St. Stefan hat es ein feines Restaurant gegeben, *Zum alten*

Schacht. Leider hat es zugesperrt. Und ein guter Grieche war auch da, auch den gibt's nicht mehr. Hier ist leider eine kulinarische Wüste!« Karin schien sich in der Gastronomie Kärntens gut auszukennen.

Nach Wolfsberg waren es knappe zehn Kilometer auf einer schnurgeraden Bundesstraße. Nach der Stadteinfahrt – wie nicht anders zu erwarten – waren auf beiden Seiten Firmen, große Geschäfte und Einkaufszentren aufgereiht. Vor dem Zentrum staute sich der Verkehr. Sie stellten das Auto auf einem großen Parkplatz am Rand der Altstadt ab und begaben sich zu einem »original Kärntner Gasthaus«, wie Karin ankündigte. Ungefähr die Hälfte der Geschäftslokale stand leer, wie Elvira beim Gang durch die Altstadt feststellte. Hier war die Situation noch trostloser als in Klagenfurt! Die Stadtplaner mit ihrer Favorisierung von Einkaufszentren hatten – wie überall in Österreich – ganze Arbeit geleistet, um die mittelständischen Unternehmen im Zentrum umzubringen.

Das Gasthaus Dobernig – *Zum grauen Wolf*, wie es auch hieß – war eine gemütliche Kärntner Gastwirtschaft mit einer urigen Wirtsstube. Obwohl Elvira solche Lokale wegen des meist in der Luft hängenden Zigarettenrauchs – der Nichtraucherbereich war vom Raucher meist nicht klar abgetrennt – nicht besonders mochte, sah es einladend aus. Der Wirt näherte sich etwas ungestüm und erkundigte sich nach ihren Wünschen. Als Elvira fragte: »Haben Sie auch etwas Vegetarisches?«, sah er sie kurz geringschätzig an. »Die Kasnudeln, unsere Spezialität.« Elvira schluckte, wenn sie an die kalorienreichen Nudeln in der zerlassenen Butter dachte, aber sie sagte: »Na gut, dann nehm ich die Kasnudeln.« Karin, die sich als Kärntner Nudel-Fan herausstellte, nahm das Gleiche. Es folgte ein Vortrag von ihr über die verschiedenen Arten von Nudeln, die die Kärntner Küche bereithielt – Spinatnudeln, Kürbisnudeln, Blunzennudeln, Wurstnudeln und vieles mehr. »Und bei den wirklich guten Nudeln ist der Rand handgekrendelt«, sagte sie mit leuchtenden Augen. Die Oma hatte die Nudeln noch so zubereitet, ihre Mutter hatte keine Zeit mehr dafür gehabt. »Und die Minze darf man nicht vergessen«, ergänzte sie. »Das ist eine spezielle Minze, Nudelminze sagt man auch dazu. Wächst nur bei uns in Kärnten.«

»Was ist ›gekrendelt‹?«, fragte Elvira. Karin überlegte einige Momente, wie sie das erklären sollte. »Das ist … das ist … wenn man die Nudeln am Rand verschließt und so ein Muster reinmacht. Schaut aus wie eine Schnur …«

Die Nudeln, die später serviert wurden und die am Rand schön gekrendelt waren, schmeckten wirklich herrlich. Elvira, die beim Essen immer überschlagsmäßig die Kalorien zählte, beschloss, dies heute nicht zu tun. Sie ahnte, dass bei ihrem Aufenthalt in Kärnten dieses Kalorienzählen wenig Sinn haben würde. Hier war noch deftige Hausmannskost angesagt. Und die Kärntner und Kärntnerinnen waren bekanntlich stolz auf ihre Küche.

»Hast du die Nummer von dem Vizepräsidenten?«, fragte Elvira nach dem Essen, als sie schon beim Kaffee beziehungsweise Tee saßen.

»Ja, der heißt Alois Loinigg, ich ruf ihn gleich an.« Karin konnte ein Treffen mit Herrn Loinigg in einer Stunde bei ihm zu Hause ausmachen. »Und die Frau Unterberger? Können wir mit der auch reden, wenn wir schon da sind?« Auch mit ihr konnte Karin einen Termin vereinbaren, um halb fünf. Sie ergänzte noch: »Übrigens, unsere Sekretärin hat mich vorhin angerufen. Der Inspektor Speckbacher hat morgen Vormittag Zeit, um Viertel nach zehn, in der

Polizeidirektion Klagenfurt. Aber nur kurz, hat er gesagt. Er habe den Journalisten eh schon alles erzählt.«

Bis zum Treffen mit Herrn Loinigg flanierten sie noch durch das Städtchen. Es machte einen netten, aber verschlafenen Eindruck. Elvira sah eine hübsche Altstadt sowie ein Schloss auf dem Hügel oberhalb der Stadt. Dieses war in einem hässlichen englischen Tudor-Stil gebaut und passte ihrer Meinung nach nicht auf diesen Hügel. »Was ist denn das für ein kitschiges Märchenschloss?«, fragte Elvira die gut informierte Kollegin. Sie erfuhr, dass es sich um eine mehr als 1.000 Jahre alte Burganlage handelte, die von einem Industriellen Mitte des 19. Jahrhunderts im englischen Stil umgebaut worden war. Nun würde sich das Schloss im Besitz der »Kärntner Bergwerke« befinden und für öffentliche Veranstaltungen zugänglich sein. Karin erwähnte noch, dass das Burgcafé vor kurzem von einem neuen Pächter übernommen worden war.

Trotz des schönen Wetters waren nur wenige Menschen auf der Gasse. Waren alle an der Arbeit oder noch beim Mittagessen? Einige radelten die Lavant-Promenade entlang, auf einer Wiese im Hintergrund spielten zwei Buben Fußball. Hier nahm alles noch seinen gemächlichen Gang. Karin erklärte, dass es hier eine Ober- und eine Unterstadt gäbe, die »Grenze« dazwischen stelle der Fluss Lavant dar. Elvira fand die sogenannte Unterstadt noch etwas belebter vor. In der Oberstadt war fast niemand unterwegs. Fast schien es, als würden die Menschen – der Schwerkraft gehorchend – alle in den unteren Teil der Stadt hinabsinken und sich dort ansammeln.

Sie kamen an einem Lokal vorbei mit einer hässlichen Vorderfront aus den 80er-Jahren. »Das ist das Stadtcafé«, meinte Karin. »Davon wird eine seltsame Geschichte mit der Christine Lavant erzählt. Sie ist dort einmal in den 60er-Jahren rausgeworfen worden, zusammen mit ihrem Mann, weil sie angeblich gestunken haben. Der Wirt hat noch gesagt, sie sollen nur ja nicht wiederkommen, sie vertreiben ihm die anderen Gäste. Ja, sie wurde zum Teil sehr angefeindet.« Schrecklich, diese Diskriminierung, dachte Elvira. Die Lavant musste damals schon eine bekannte Dichterin gewesen sein und war einfach hinausgeworfen worden? Wie hatte man diese Frau in ihrer Heimat bloß behandelt?

Alois Loinigg wohnte in St. Stefan in einer ruhigen Seitengasse. Als er die Tür öffnete, machte er einen verstörten Eindruck. Er war ein glatzköpfiger und stoppelbärtiger Mann, etwa 65 Jahre alt. Bekleidet war er mit einer Hausweste, einer verschlissenen Hose und Filzpantoffeln mit der Aufschrift »Kärnten« auf beiden Seiten. Er führte die beiden Frauen ins Wohnzimmer: »Bitte machen Sie es sich bequem. Ich hab der Polizei an sich schon alles gesagt. Was wollen Sie denn noch wissen, woher kommen Sie eigentlich?« Seine Frau kam herein – eine biedere ältliche, grauhaarige Frau, deren Kopf in der Horizontalen hin und her wackelte – und fragte, was sie ihnen zum Trinken anbieten könnte. Die Journalistinnen lehnten ab: »Danke, wir haben gerade etwas gehabt.«

Nachdem Elvira ihre Kollegin und sich vorgestellt hatte, sah sie sich kurz im Zimmer um. Gemalte und gezeichnete Bilder, die offenbar Kärntner Landschaften darstellten, hingen an den Wänden. Sie fragte sich, warum sich die Menschen gern mit Bildern umgaben, die Motive aus der Gegend zeigten, in der sie ohnehin wohnten. Wollten sie sich des Ortes vergewissern, an dem sie sich aufhielten? Oder hätte der Anblick von fremden Gegenden zu viel Verunsicherung in ihr Leben gebracht?

Bei der folgenden Befragung übernahm Elvira die Führung. Wie denn der Hofrat Unterberger so gewesen wäre? »No, ein feiner Mann, untadelig, korrekt«, antwortete der alte Herr. »Er hat sich jahrelang um die Lavant bemüht, in unserer Vereinigung. Hat viel seiner Freizeit geopfert, alles gut organisiert. Wir anderen haben ihm geholfen, aber nicht viel zu tun gehabt.« Was für Aktivitäten denn die Vereinigung so unternommen hätte, wollte Elvira wissen. »Früher haben wir viele Lesungen veranstaltet, Symposien, Gedenktage. In den letzten Jahren ist uns …«, er geriet ins Stocken, »halt das … Geld ausgegangen. Und Nachwuchs ist auch keiner mehr gekommen. Von den Jungen interessiert sich keiner für die Lavant. Wird ja in den Schulen fast nichts mehr unterrichtet über sie!« In seinem Gesicht machte sich Resignation breit.

»Wieso haben Sie denn kein Geld mehr gehabt?«, wollte Elvira wissen.

»No, Sie wissen ja, wie's in Kärnten mit den Finanzen ausschaut. Es hat keine Subventionen mehr gegeben. Vom Land aus ist in den letzten Jahren nur mehr die Volkskultur gefördert worden. Trachtenvereine, Brauchtum, Volksmusik … Keine Dichtung, keine Literatur! Der frühere Landeshauptmann hat das so wollen. Er hat was gegen die Gebildeten und die Künstler gehabt, vielleicht hätten die was Kritisches gegen ihn sagen können.« Ob Unterberger Probleme gehabt hätte? »Ja, kann man sagen. Er war mit Begeisterung Beamter gewesen. Vor 15 Jahren ist er vorzeitig in Pension geschickt worden, das hat er schlecht verkraftet. Er hat sich in Arbeit gestürzt, in Aktivitäten für die Christine Lavant. In den letzten Jahren ist ihm das immer schwerer gefallen. Er ist irgendwie konfus geworden, hat wichtige Sachen vergessen. Vor drei Jahren, bei einem Gedenktag, hätte er die Einführung sprechen sollen. Er ist einfach nicht erschienen, hat das ganz vergessen gehabt. Wir mussten ihn von zu Hause holen, und die Veranstaltung hat zwei Stunden später begonnen. Das war sehr peinlich!« Elvira nickte verständnisvoll, um dann zu fragen: »Und trotzdem hat man ihm weiter die Leitung der Gesellschaft überlassen? Kann es sein, dass deshalb die Finanzen zerrüttet waren, weil der Hofrat den Überblick verloren hatte?«

Loinigg dachte kurz nach und meinte: »Das kann schon sein. Wir hatten schon alle Bedenken gehabt wegen seiner Amtsführung. Aber er war halt … wie soll ich sagen … eine graue Eminenz, und Nachfolger war auch weit und breit keiner in Sicht. Die Finanzen zum Beispiel, die hat er selber geregelt, wir anderen haben uns da nicht ausgekannt … Nicht einmal der Kassier war restlos informiert über die Finanzgebarung …«

Ein seltsamer Verein, dachte Elvira. Da wurschtelt einer eigenmächtig dahin und kann schon nicht mehr, und die anderen schauen zu. Hatte der alte Hofrat einen Schlaganfall gehabt und dabei sein Gedächtnis verloren? Oder sogar eine Demenz entwickelt? Konnte die psychische Erkrankung ein Grund für seinen vermeintlichen Selbstmord sein, zusammen mit den wirtschaftlichen Schwierigkeiten der Gesellschaft? Irgendetwas kam ihr dabei nicht schlüssig vor. Ob der Tote Feinde gehabt habe, wollte sie noch wissen. »Feinde, nein!« Loinigg schüttelte den Kopf. »Das war ein guter Mann, warum soll denn der Feinde gehabt haben?« Elvira dachte, dass es in der Geschichte oft die »guten Menschen« gewesen waren, die umgebracht wurden.

Loinigg stutzte auf einmal: »Warum fragen Sie eigentlich nach Feinden? Er hat doch Selbstmord begangen, oder? Bisher war immer von Suizid die Rede gewesen!«

»Das weiß man noch nicht so genau! Auch ein Mord ist denkbar, so schlimm es klingt!«, gab Elvira zur Antwort. Sie bohrte nach: »In der Vereinigung hat er also keine Feinde oder Gegner gehabt? Niemand, der anderer Meinung war als er?«

»Na ja«, antwortete Loinigg. »Nach allem, was ich Ihnen vorhin erzählt habe, hat es in der Vereinigung schon welche gegeben, die gemeint haben, er solle endlich zurücktreten. Aber Feinde waren das nicht, eher wohlmeinende Freunde. Ich kenne alle Mitglieder sehr gut, keiner würde so was tun!«

Elvira war erstaunt, wie naiv oft die Leute die Menschen ihrer Umgebung einschätzten. Wenn beispielsweise ein Amoklauf geschehen war, wurde der Täter von seiner Umgebung im Nachhinein meist als »netter junger Mann von nebenan, der freundlich gegrüßt hat« geschildert. Wahrscheinlich war der Gedanke, dass in jedem Menschen ein potenzieller Mörder oder eine Mörderin stecken könnte, unerträglich.

Die ausweichenden Antworten von Loinigg legten den Verdacht nahe, dass er Wichtiges verschwieg. Nonverbal gab er Elvira zu verstehen, dass sie die Angelegenheit hier nichts anginge. Die Reporterin hatte das Gefühl, dass sie von ihm nicht mehr erfahren würden. Die beiden Frauen bedankten sich für das Gespräch, das den älteren Mann offensichtlich angestrengt hatte. Teilnahmslos gab er ihnen beim Abschied die Hand.

»Der hat uns nicht alles gesagt«, meinte Karin, als sie draußen waren. Elvira pflichtete ihr bei. Karin fuhr fort: »Du musst wissen, die Leute hier im Tal sind nach außen hin freundlich, im Grunde aber verschlossen. Über Privates und Familiäres reden die nicht gern. Und keiner will den anderen anschwärzen.«

»Was meinst du damit?«

»Da war unlängst ein Fall, da ist einer jahrelang ohne Führerschein gefahren, immer wieder betrunken. Der hat dann einen Unfall gebaut, bei dem der gegnerische Lenker umgekommen ist. Dabei ist dann die Wahrheit an den Tag gekommen. Die Leute haben alle zugeschaut, wie der ohne Führerschein gefahren ist, keiner hat was gesagt. Und die Polizei hat offenbar auch beide Augen zugedrückt. Normal wissen die über so was Bescheid im Dorf.«

Jetzt musst du verdammt aufpassen, hier nicht in die Rolle der arroganten Wienerin zu geraten, sagte sich Elvira. Aber in dem Tal herrschten ja noch archaische Sitten und Bräuche! Vielleicht gab es da noch Blutrache oder Ehrenmorde, und der alte Unterberger war vielleicht Opfer davon geworden …? Möglicherweise würde ihnen seine Witwe weiterhelfen. Nur – ob man aus der Frau etwas herausbringen würde, die gerade ihren Mann verloren hatte?

Die Hofratswitwe hatte Tränen in den Augen, als sie ihnen aufmachte. Sie war eine für ihr Alter – sie mochte etwas über 70 sein – noch gut aussehende Dame, deren Äußeres aber in Auflösung begriffen war. Sie hatte sich offenbar schon länger nicht gekämmt; die Kleiderschürze, die sie trug, war schon lange nicht gewechselt worden. »Ich bin gerade … beim Kochen, Sie müssen … entschuldigen!«, stammelte sie. »Und überhaupt geht's mir nicht … nicht gut, wie Sie sich vorstellen können!« Elvira und Karin stellten sich vor und sprachen der alten Frau ihr Beileid aus, woraufhin sie wieder in Tränen ausbrach. Sie ließen sie eine Weile weinen, bevor sie Fragen stellen konnten. Frau Unterberger hatte sie in die Küche geführt, damit sie sich weiter der Zubereitung ihres Abendessens widmen konnte. Sie schnitt jetzt Zwiebeln, was ihren Tränenfluss noch vermehrte. »Mir macht's ja gar keine Freud' mehr, das Kochen … nur für mich allein!«, stieß sie hervor. Elvira und Karin, die auf kleinen Hockern dasaßen, schwiegen und nickten verständnisvoll.

»Mein Gott, er war so ein guter Mann«, heulte sie weiter. »Natürlich war er schon 75, da ist der Tod nimmer so weit. Aber so tragisch, in der Lavant ertrunken … Jetzt bin ich ganz allein. Wir waren 52 Jahre verheiratet, müssen Sie wissen. Wie soll man dann plötzlich allein zurechtkommen? Und er war im Grunde kerngesund. Ein leichter Herzfehler, bissel ein Zucker …, na ja, vergesslich ist er halt geworden in den letzten Jahren.«

»Wie – vergesslich?«, hakte Elvira nach. Die Witwe sah sie kurz überrascht an, als würde sie Elviras Berechtigung zu dieser Frage in Abrede stellen. »Na, vergesslich halt … Er wollte sich zum Beispiel was aus dem Keller holen und hat dann vergessen, was er holen wollte. Oder er hat am Vormittag immer wieder nachgefragt, was es denn zum Mittagessen geben wird, oder am Nachmittag nicht mehr gewusst, was er zu Mittag gegessen hat. Oder, wenn er am Klo war, hat er manchmal vergessen, die Spülung zu betätigen. Sie können sich vorstellen, das war oft unangenehm …«

»Ja, das kann ich mir vorstellen«, entgegnete Elvira. Sie hatte vor einigen Jahren im Gesundheitsressort der Zeitung gearbeitet und kannte daher die Grundsymptome der Demenz. Da deutet schon einiges darauf hin, dachte sie. Aber Demente, die ja ihren schlimmen Zustand meist nicht realisierten, brachten sich normalerweise nicht um. Sie fragte die Witwe so einfühlsam sie nur konnte: »Frau Unterberger, was glauben Sie, warum Ihr Mann gestorben ist?« Die alte Frau blickte verstört auf und sagte kopfschüttelnd: »Ich weiß es nicht … ich weiß es wirklich nicht!«

»Glauben Sie, er hat Selbstmord begangen?«

»Mein Mann und Selbstmord, das glaube ich nicht! Ja, der Lavant-Vereinigung ist es nicht gut gegangen. Er hat viel für diese getan, er hat das sehr ernst genommen. Oft hab ich ihm gesagt: Lass es doch bleiben, tritt zurück. Aber er wollte nicht, er hat sich verantwortlich gefühlt. Aber dass er sich umgebracht hat – nein!«

Elvira fragte wegen seiner Pensionierung nach. »Ja, die hat er anfangs schlecht verkraftet. Auch wenn Sie das nicht glauben werden, er war gern Beamter. Und er hatte eine verantwortungsvolle Position inne! Er war für alle Beschaffungen der Ämter in Kärnten zuständig, für alle Einkäufe. Da muss man gut wirtschaften können. Und es hat in seiner Amtsführung nie irgendwas gegeben, keine Unregelmäßigkeiten, keine Beanstandung!« Umso verwunderlicher, dass er die Finanzen der Vereinigung nicht mehr im Griff gehabt hatte, schoss es Elvira durch den Kopf. »Dann mit der Pensionierung ist er in ein Loch gefallen. Diese war ja vorzeitig, aus Kostengründen. Er hat auf einmal nicht gewusst, was er jetzt tun soll. Dann hat er sich noch mehr bei der Lavant-Vereinigung engagiert. In den letzten Jahren konnte er nicht mehr so, da ist ihm die Kraft ausgegangen.« Und nach einer kurzen Nachdenkpause: »Schauen Sie, meinem Mann ist es zuletzt nicht gut gegangen. Aber sich umbringen – nein. Er war so korrekt, hat an eine Aufgabe geglaubt, die jedem Menschen im Leben vorgegeben ist. Und er war auch sehr gläubig, wir sind jeden Sonntag in die Kirche gegangen. Vom Glauben her darf man sich doch nicht umbringen, oder?«

Nein, normalerweise nicht, da musste ihr Elvira recht geben. Aber auch da gab es Ausnahmen, wenn zum Beispiel Menschen glaubten, schwere Schuld auf sich geladen zu haben. Die Angaben der verzweifelten Frau kamen ihr glaubhaft vor. Elvira fragte, so behutsam sie konnte, weiter. »Und wenn der Tod Ihres Mannes Mord gewesen wäre?« Die alte Frau blickte überrascht auf, in ihrem Blick lag blankes Entsetzen. Sie setzte sich hin. »Was, Mord? Mein Mann wurde umgebracht?«

»Wenn es kein Selbstmord war und er sonst gesund war, was soll es dann gewesen sein?«

Frau Unterberger schwieg kurz und schaute wie ratsuchend ihre Hände an, die im Schoß lagen. »Ja, Sie haben recht, was soll es sonst gewesen sein …? Aber wer hätte denn das tun sollen?«

»Das müsste ich *Sie* fragen«, antwortete Elvira ruhig, »wer von den Personen, die Sie kennen, wäre denn zu so was imstande?« Die Witwe war trotz der vorsichtigen Befragung nun schwer irritiert. Sie blickte zwischen Elvira und Karin hin und her, schüttelte den Kopf und fragte mit lauter werdender Stimme: »Hören Sie, wie soll ich das wissen? Wieso fragen Sie mich das alles? Sind Sie vielleicht doch von der Polizei?«

Elvira erkannte, dass es aussichtslos war, von der verstörten Frau noch weitere Informationen einzuholen. Sie lenkte ein: »Nein, wir sind nicht von der Polizei. Wir sind Journalistinnen. Wahrscheinlich habe ich Sie schon zu viel gefragt.« Und nach einer Pause, in der sie sah, dass die Frau erleichtert reagierte: »Wir werden jetzt gehen, Frau Unterberger«, sagte sie. »Wir sind Ihnen dankbar, dass Sie uns trotzdem Auskunft gegeben haben, obwohl das jetzt schwer für Sie ist. Alles Gute!« Und, indem sie ihre Visitenkarte auf den Küchentisch legte: »Wenn Ihnen noch was einfällt, rufen Sie mich einfach an!« Im gleichen Augenblick, wie sie dies sagte, wusste sie, dass ihre Gesprächspartnerin das Angebot nicht in Anspruch nehmen würde.

Die beiden Frauen atmeten tief durch, nachdem sie das Haus verlassen hatten. Trauer und Verzweiflung der Witwe lasteten schwer auf ihnen. Eine Zigarette wäre jetzt gut, dachte Elvira. Aber nein, ich rauche ja nicht mehr! Sie behalf sich mit Merci-Schokoladen, die sie im Auto bei sich hatte. »Willst du auch eine?«, fragte sie Karin, indem sie ihr die Schachtel hinhielt. Bereitwillig streckte diese die Hand danach aus: »Ja, danke, gern. Puuhh, das war heftig! Ich habe schon lang nicht mehr jemanden so weinen gesehen!«

Auf der Rückfahrt nach Klagenfurt schwiegen die beiden Frauen die meiste Zeit. Elvira hing ihren Gedanken nach. Sie war nun sicher, dass der Hofrat nicht Selbstmord begangen hatte. Schon der Fundort der Leiche hatte sie an der Selbstmordtheorie zweifeln lassen. Die relativ seichte Lavant schien als Gewässer, um sich zu ertränken, ungeeignet. Da musste einer schon kopfüber ins Wasser springen, um sich zu töten. Auch wenn jemand sehr verzweifelt war – wer wäre wohl zu einer so mutigen und gleichzeitig selbstzerstörerischen Tat fähig?

Auch das, was Frau Unterberger gesagt hatte, und besonders, *wie* sie es gesagt hatte, machte einen Selbstmord unwahrscheinlich. Sie hatte ihren Mann wohl am besten gekannt und diese Möglichkeit glatt verneint. Eigenartig war nur, dass sie einen Mord als Alternative dazu überhaupt nicht in Betracht gezogen hatte. Wahrscheinlich befand sich die Frau in einem Schockzustand und ihre Denkfähigkeit war getrübt. So musste es wohl sein.

Andererseits, wenn es kein Selbstmord war – wer sollte den alten, harmlosen Mann umgebracht haben? Oder war er gar nicht so harmlos gewesen, wie alle meinten? War er in irgendwelche dunklen Geschäfte verwickelt gewesen? Hatte er als Präsident der Christine-Lavant-Vereinigung etwas erfahren, was er besser nicht wissen sollte? Hatte sich seine Seele vielleicht deshalb in eine Demenz geflüchtet – in ein allumfassendes, gnädiges Vergessen? Und, als entscheidende Frage: Gab es einen Zusammenhang zwischen all diesen Ungereimtheiten und der geheimnisvollen Dichterin, um die sich hier alles zu drehen schien?

Ein Gefühl sagte Elvira – und sie hatte mit der Zeit gelernt, auf solche Gefühle zu vertrauen –, dass es da sehr wohl einen Zusammenhang gab. Vielleicht ein Mord aus literarischen Gründen – so seltsam dies auch klingen mochte? Jedenfalls würde sie sich am nächsten Tag mit diesem dichterischen Werk beschäftigen. Vielleicht fand sich in diesem ein Schlüssel zur Lösung des Falles. War sie wieder dabei, einen Fall zu übernehmen, ohne dass dies in ihrer eigentlichen Kompetenz lag? Aber sie wusste schon jetzt, sie konnte nicht anders. Ihr Gerechtigkeitssinn würde ihr keine Ruhe lassen, bis der Todesfall geklärt war.

3. KAPITEL

Die Landespolizeidirektion Klagenfurt in der Sankt Ruprechter Straße, die Elvira am nächsten Vormittag aufsuchte, war ein modernes Gebäude mit einer nüchternen, abweisenden Fassade. Hinter dem Eingang ragte ein riesiger Sendemast in die Höhe wie ein sehr schmaler, sehr langer Phallus. Zwei Betonblöcke mit Metallverkleidung drohten auf die eintretenden Besucher herunter zu stürzen. Elvira fragte beim Informationsschalter eine nicht unhübsche Polizistin mit Sommersprossen, spitzer Nase und einem Rossschwanz nach Inspektor Speckbacher. Die junge Dame sah sie etwas säuerlich an und antwortete: »*Ober*inspektor Speckbacher, 2. Stock, Tür 211«. Elvira beschloss für den Aufstieg den Lift zu nehmen.

Der Oberinspektor erwartete die Redakteurin schon und begrüßte sie mit den Worten: »Sehr pünktlich, das freut mich. Eine Viertelstunde habe ich Zeit. Eigentlich habe ich keine Zeit, aber ich nehme sie mir, extra für Sie.« Er lächelte sie kurz und gekünstelt an. Bei ihm war das näselnde Kärntnerisch, das Elvira manchmal auf die Nerven ging, besonders ausgeprägt. Es war ihr unangenehm, mit diesem Inspektor hier allein zu sein. Karin hatte sich entschuldigt, sie hatte angeblich anderes zu tun. »Vom *Tagesboten* kommen Sie?«, fragte Speckbacher. »Ihre Kollegen, oder Kolleginnen, besser gesagt, waren vor ein paar Tagen schon da. Habe ihnen alles gesagt, was ich weiß. Dass es ein Selbstmord war, so klar wie nur was.« Elvira bemühte sich um einen möglichst neutralen Tonfall:

»Wieso sind Sie so sicher, dass das ein Selbstmord war?«
»Weil die Lavant-Vereinigung, bei der der Tote Präsident war, praktisch pleite ist. Und weil es bisher keinerlei Hinweise auf Fremdeinwirkung gibt. Wissen Sie, wie hoch die Selbstmordrate bei alten Männern ist? Viermal so hoch wie bei anderen Menschen! Und in Kärnten haben wir die zweithöchste Suizidrate von ganz Österreich! Was soll mich da zweifeln lassen?«

»Wir haben einen anonymen Anruf in unserer Redaktion bekommen, dass das ein Mord gewesen sein soll. Wollen Sie diesem Hinweis nicht nachgehen?«, ließ Elvira nicht locker. Speckbacher war die Frage sichtlich unangenehm, sein Tonfall wurde unfreundlich: »Auf anonyme Anrufe gebe ich gar nichts, so was zählt auch nicht als Beweismittel vor Gericht. Glauben Sie mir, ich habe jahrelange Erfahrung – mein Gefühl sagt mir, dass das Unsinn ist.«

»Und eine Obduktion haben Sie nicht durchführen lassen?«

Speckbacher reagierte noch ungehaltener: »Liebe junge Dame aus Wien, eine Gerichtsmedizin haben wir keine in Klagenfurt, weil es hier – wie Sie wissen – keine medizinische Fakultät gibt. Und glauben Sie, ich hole wegen einem klaren Selbstmord den Gerichtsmediziner des Landes und lasse den armen alten Mann aufschneiden? Das ist doch verantwortungslos seinen Angehörigen gegenüber! Lassen wir ihn ruhen in Frieden!«

Ich werde ihn nicht in Frieden ruhen lassen, bis der Fall geklärt ist, schwor sich Elvira.

Der Inspektor schaute schon ungeduldig auf die Uhr. Er war an dem Fall nicht interessiert, das war offensichtlich. »Kann ich mir die Leiche wenigstens ansehen?«, wollte Elvira noch wissen.

»Warum denn das? Schauen Sie sich gern tote alte Männer an?« Er lachte böse und sarkastisch. »Sie werden dabei nichts herausfinden, aber wenn Sie unbedingt wollen … Der Tote liegt im Kühlhaus der Bestattung in Wolfsberg. Da brauchen Sie aber eine Genehmigung der Bezirkshauptmannschaft, da könnte ja jeder kommen … Gehen Sie dorthin, die Genehmigung dauert drei Tage … Wenn Sie mich dann entschuldigen, ich habe noch jede Menge Arbeit!«

Elvira hatte schon geahnt, dass diese Begegnung unangenehm verlaufen würde. Aber das hier war schlimmer als befürchtet. Der Oberinspektor hatte sie mehr oder weniger hinausgeworfen. Als sie diesmal die Stiegen hinunterging, fiel ihr ein, dass auf seinem Schreibtisch kaum Akten gelegen waren – so viel zu seiner Zeitknappheit! Im Zimmer hatte es penetrant nach Kaffee gerochen, wahrscheinlich war das Trinken dieser Flüssigkeit seine Hauptbeschäftigung. Sie war wütend. An solchen indolenten Beamten, von denen es etliche in Österreich gab, hatte sie sich als Journalistin schon oft die Zähne ausgebissen. Diese ließen einen anrennen, abblitzen, »blöd sterben«, wie man in Wien sagte. Eine schlechte Presse war solchen Beamten, die nicht gekündigt werden konnten und damit nichts zu verlieren hatten, offensichtlich egal.

Am Rückweg zu ihrem Hotel kam sie wieder am Neuen Platz mit dem Lindwurm vorbei. Immer noch stand der steinerne Herkules da und schwang seine Keule gegen das Böse. Wenn dieser Kommissar jemals seine Keule gegen das Böse geschwungen hatte, so war diese Keule schlaff geworden, unbrauchbar. Von ihm war eindeutig keine Unterstützung zu erwarten.

Am Vortag hatte sie in der Altstadt ein *Wiener Kaffeehaus* entdeckt, das ihr nun als möglicher Fluchtpunkt erschien. Es befand sich in der 8.-Mai-Straße, wobei Elvira zu diesem Datum keine Assoziation hatte. Vielleicht der Kärntner Nationalfeiertag, dachte sie sarkastisch. Zu ihrer Freude bekam sie im Café eine schöne Tasse Schwarztee (»English breakfast«) mit Milch serviert. Die beruhigende Wirkung des Getränks half ihr, sich von dem frustrierenden Besuch bei der Polizei langsam zu erholen. Sie überlegte, wie sie den Tag noch nützen konnte. Andere Mitglieder der Lavant-Vereinigung befragen? Karin hatte die Mitgliederliste, die Treffen mussten erst organisiert werden. Sie würde sie bitten, ihr diese per Mail zu schicken. Andere Familienmitglieder des Toten kontaktieren? Unterberger hatte einen Sohn und eine Tochter, das hatte sie erfahren. Der Sohn lebte in Wolfsberg und arbeitete auf der Gemeinde. Konnte er ihr vielleicht dabei helfen, bei seinem Vater die »Totenbeschau« früher vornehmen zu können? Ach ja, da war noch die Dichterin, über die sie sich informieren wollte. Elvira beschloss, dies vorrangig in Angriff zu nehmen.

Nachdem der Tee sie gewärmt und ihre Nerven etwas beruhigt hatte, suchte sie die ein paar Schritte entfernt gelegene Buchhandlung Heyn auf und fragte nach Büchern von und über Christine Lavant. Die Buchhändlerin – sie sprach bundesdeutschen Akzent – ging prompt zu einem Regal, in dem mehrere Bände griffbereit waren. Bei Elviras Frage nach einer Biografie schüttelte sie den Kopf. »Tut mir leid, gibt es keine. Da hat sich noch keiner gefunden, eine zu schreiben. Die Germanisten streiten seit Jahren herum. Sie müssen wissen, Literaturwissenschaftler stehen zueinander immer in Konkurrenz. Daher wurde es bisher nichts mit der Biografie – obwohl sie schon überfällig ist. Leute kommen ins Geschäft und fragen danach –

und ich kann ihnen nichts anbieten!« Sie unterbrach kurz und nahm einen dicken Band aus dem Regal: »Eine gute Einführung wären für Sie die ›Gesammelten Gedichte‹, da steht auch einiges über Leben und Person der Lavant drinnen. Anerkannte Experten in Sachen Christine Lavant sind Margit Huber von der Uni Klagenfurt und Dozent Kurt Jauschnigg, der das Literaturarchiv des Landes Kärnten leitet. Das sind zwei kompetente Fachleute, die Ihnen sicher gerne weiterhelfen.«

Elvira kaufte den Band, obwohl er relativ teuer war, und notierte die erwähnten Namen. Zwei Bände mit Erzählungen nahm sie auch mit, die die Buchhändlerin ebenfalls empfohlen hatte: »Das Kind« und »Aufzeichnungen aus einem Irrenhaus«. Sie zahlte bei einer bildhübschen, jungen Verkäuferin. Manche Frauen hier in Kärnten sind so schön, da könnte man direkt neidisch werden, dachte sie. Ob das der slawische Einfluss war, der von den Deutsch-Kärntnern so gern verleugnet wurde?

Im Hotel setzte sie sich in die kleine Lobby, schaltete das WLAN ein und begann, im Internet zu recherchieren. Die Informationen entsprachen im Wesentlichen denen, die ihr Karin schon gegeben hatte. Die meisten Artikel erwähnten die Armut der Dichterin, ihre Krankheiten, ihre Außenseiterstellung im Dorf. Sie setzten sich auch mit der Frage auseinander, wo die Lavant ihre Dichtkunst hergenommen hatte, obwohl sie nur acht Klassen Volksschule besucht hatte. Mehrfach wurde sie als eine der größten Dichterinnen im deutschen Sprachraum nach dem Zweiten Weltkrieg bezeichnet. Und mehrere Artikel beschäftigten sich mit ihrer Liebe zu dem bekannten Maler Werner Berg, die in der damaligen Zeit ein Skandal gewesen war. Beide waren verheiratet gewesen, hatten sich dennoch häufig getroffen. Wahrscheinlich nicht nur zum Vorlesen von Gedichten oder dem Betrachten von Bildern, mutmaßte Elvira. Nach der Trennung von ihm war Christine Lavant vereinsamt, hatte auch nicht mehr geschrieben.

Elvira bekam Einblick in eine berührende, schwierige, tragische Lebensgeschichte. Christine Lavant musste aber auch eine zähe, selbstbewusste, unkonventionelle Frau gewesen sein. Elvira wurde neugierig auf das, was sie geschrieben hatte.

Sie las einige Gedichte und war stark berührt. Die Werke waren traurig, intensiv, tiefgründig, leidenschaftlich, hoffnungslos. Elvira hatte früher gern Gedichte gelesen, zum Beispiel von Erich Fried und Hilde Domin. Das hier war aber eine andere Kategorie. Eine Welt der Qualen tat sich auf, ohne Erbarmen, ohne Erlösung. Kein Wunder, dass die Umgebung der Dichterin mit ihnen nichts hatte anfangen können. Sie las noch einige Werke, die sie alle beeindruckten, aber auch erschreckten. Als sich die Schwermut dieser Werke auf ihr Gemüt zu legen begann, legte sie den Band weg. Eine der Erzählungen, die sicher um nichts erfreulicher war, würde sie sich als Bettlektüre vornehmen. Kurz überlegte sie, ob diese wohl schlechte Träume verursachen würde.

Was tun? Irgendwie hing sie in der Luft. Der Tag war bisher unbefriedigend verlaufen. Klagenfurt ging ihr auf die Nerven. Sie hatte das Gefühl, hier gegen Kärntner Gummiwände zu laufen, an denen die Einheimischen sie abprallen ließen. Ob Karin ihr schon die Listen geschickt hatte? Sie sah im Posteingang ihres Laptops nach – jawohl, sie waren schon eingelangt.

Elvira ließ an der Hotelrezeption die Listen ausdrucken und fuhr an den Wörthersee. Sie wollte am Ufer einen Spaziergang machen und dabei ihre Gedanken ordnen. Es war ein trüber, kühler Herbsttag. Wenige Menschen waren auf der Seepromenade unterwegs. Träge schlugen die Wellen gegen die Kaimauern, eine Entenfamilie schaukelte darauf. Das Dampfschiff *Thalia* legte gerade ab und sandte eine dünne Rauchfahne aus, die sich nur undeutlich gegen den grauen Himmel abhob. Hier zeigte sich die Stadt von ihrer schönsten Seite, fand Elvira. Diese direkte Lage am See war schon ein Privileg von Klagenfurt gegenüber anderen Städten. Die Seeseite täuschte eine Weltoffenheit vor, die die Stadt sonst nicht aufwies.

Ein Hungergefühl machte sich bemerkbar. Das Restaurant *Villa Lido* – schon wieder ein Italiener – mit schöner Aussicht auf den See kam ihr gerade recht. Sie nahm in der großen, aber gemütlich eingerichteten Gaststube Platz. Kitschige Bilder von Italien und Fischernetze hingen an den Wänden. Sie bestellte »Spaghetti aglio e olio«, eine ihrer Lieblingsspeisen. Die Nudeln kamen schön al dente gekocht auf den Tisch und rochen intensiv nach Knoblauch. Nach dem Essen gönnte sie sich ausnahmsweise einen Espresso – beim Italiener musste das einfach sein – und las die Listen mit den Mitgliedern der Lavant-Vereinigung durch. Ah, sehr gut: Karin hatte angestrichen, wer eventuell von Interesse sein konnte, und hatte Kommentare dazu geschrieben. Rudi Schloffer in Wolfsberg beispielsweise schien interessant zu sein. Er war selber Schriftsteller und Kärntner Schachmeister. Martha Sablatnig in Velden am Wörthersee war auch hervorgehoben, Karin hatte dazu geschrieben: »Graue Eminenz«. Was das wohl bedeutete? Beide Erwähnten rief sie an, erreichte aber nur die Mailbox und bat um Rückruf.

Und da war noch Unterberger junior, der Sohn des Ermordeten, der auf der Gemeinde Wolfsberg arbeitete. Vielleicht hatte der Zeit für sie? Sie wählte die Nummer der Stadtverwaltung und wurde mit ihm verbunden. Ja, sie könne vorbeikommen, er habe noch bis 16 Uhr Dienst. Er sei bereit, mit ihr zu reden, auch wenn es ihm nach dem Vorgefallenen schwerfalle.

Den Weg nach Wolfsberg kannte sie schon, auf der Fahrt hörte sie im Auto Jimmy Hendrix – einen ihrer Rock-Götter. Die vorsichtige Elvira bewunderte Menschen, die so intensiv und hemmungslos gelebt hatten wie der Musiker – auch um den Preis eines frühen Todes. Beim Lied »Hey Joe« verursachte ihr Jimmys tiefe, rauchige Stimme erotische Gefühle und sie stellte sich vor, als Groupie in den 60er-Jahren dem Verehrten nicht von der Seite zu weichen und sich ihm jederzeit und bedingungslos hinzugeben.

Der Anblick des Rathauses von Wolfsberg, am Fuß der Oberstadt und direkt am Lavantufer gelegen, brachte sie wieder in die Realität zurück. Es war ein Amtsgebäude vom Beginn des 20. Jahrhunderts, das einen freundlicheren Charakter als die Polizeidirektion aufwies. Magistratsrat – so lautete sein Titel – Michael Unterberger war nicht schwer zu finden: ›Referat für Bauwesen und Umweltschutz‹ stand auf seinem Schild. Ein ernster Mann mittleren Alters öffnete ihr die Tür. Er trug einen dunklen Anzug, hatte grau melierte Haare. Aus seinem Gesicht war nicht unbedingt Trauer, eher Strenge und Sachlichkeit, vielleicht auch ein Hauch Melancholie zu lesen.

»Wissen Sie, mein Vater und ich hatten nicht unbedingt das beste Verhältnis zueinander«, fing er an, nachdem er Elvira einen Stuhl neben dem Schreibtisch angeboten hatte. Er sah an ihr vorbei zum Fenster hinaus. »Wir waren nicht verfeindet, aber wir hatten uns auch nicht viel zu sagen. Er hat sich in meiner Kindheit wenig um uns gekümmert, um meine Schwester und mich. Er war ständig in seinem Büro in Klagenfurt. Sogar am Wochenende hat er zu Hause Akten erledigt. Dann kam die Fahrzeit noch dazu, er ist jeden Tag hin- und hergependelt. Er hat auch von meiner Arbeit bei der Stadtverwaltung nicht viel gehalten. Er als Hofrat der Landesregierung hat meine Tätigkeit hier als Abstieg betrachtet, fast als wäre ich eine Schande für die Familie.« Er sah kurz zu Elvira hin, dann auf einen Bleistift, den er verlegen in seinen Händen drehte. »Sie wissen ja, in meiner Generation waren die Väter meistens nicht besonders freundlich zu ihren Söhnen. Das war schon immer so – vielleicht ändert sich das jetzt bei der jüngeren Generation.«

»Haben Sie Kinder, Herr Magistratsrat?«, fragte Elvira spontan. Unterberger winkte müde ab und meinte: »Lassen Sie den Magistratsrat weg. Sagen Sie Herr Unterberger, dann tun wir uns leichter. Zu Ihrer Frage: »Ja, ich habe einen Sohn und eine Tochter. Mit der Tochter verstehe ich mich blendend, der Sohn geht mir aus dem Weg. Wir reden nicht viel miteinander. Wahrscheinlich geht es ihm so wie mir mit meinem Vater.«

Das übliche Schweigen der Männer, dachte Elvira. Sein Sohn mag ihn nicht und er hat seinen Vater nicht besonders gemocht. Ein mögliches Mordmotiv? Sie nahm bei Unterberger junior aber mehr Gleichgültigkeit als Hass wahr. Sie versuchte, ihn aus der Reserve zu locken: »Es gibt Hinweise darauf, dass Ihr Vater umgebracht wurde. Was halten Sie davon?« Ihr Gesprächspartner schaute kurz erstaunt auf: »Gibt es die? Wirklich? Mein Vater als Mordopfer? Wer soll ihn denn umgebracht haben?«

»Was meinen *Sie* denn, wer als Täter eventuell infrage kommt? Sie haben ihn ja gut gekannt!«

»Moment!« Der Magistratsrat hob beide Hände, wie um Elvira abzuwehren. »Es fällt mir schon schwer, mir vorzustellen, dass er ermordet wurde. Und erst recht, wer es gewesen sein könnte … Mein Vater hat versucht, mit allen Menschen ein gutes Einvernehmen zu haben, möglichst nicht anzuecken. Das war auch irgendwie sein Problem. Warum soll man so jemanden umbringen?«

Dieser Mann spricht wirklich sehr distanziert von seinem Vater, dachte Elvira und fragte weiter: »Und dass er Selbstmord begangen hat, ist das eher vorstellbar?«

»Na ja, Selbstmord … vielleicht? Wissen Sie, mein Vater war im Grunde ein melancholischer Mensch. Nach außen hin leutselig und kontaktfreudig, nach innen hin traurig. Er hat alles sehr schwergenommen, vor allem den vorzeitigen Ruhestand. Auch in seine Funktion bei der Lavant-Vereinigung hat er sich hineingesteigert. Und alles für Gotteslohn! Wir haben ihm oft gesagt: Komm, lass das bleiben, das bringt nichts. Er hat nicht auf uns gehört, und jetzt ist er tot. Nein, ich weiß nicht, wie er gestorben ist.«

»Wollen Sie es denn gar nicht wissen?«, fragte Elvira provokant. Unterberger sank in sich zusammen und fragte selbst mit tonloser Stimme: »Ist denn das jetzt noch wichtig?«

Ein eiskalter Mörder schaut anders aus, dachte Elvira. Aber sie hatte schon oft erlebt, dass man sich in Menschen gravierend täuschen konnte. Hatte dieser depressiv wirkende Mann auf einmal einen Mut- oder Wutanfall bekommen und seinen verhassten Vater …? Schwierig vorzustellen, aber nicht unmöglich. »Ist Ihnen sonst an Ihrem Vater in letzter Zeit etwas aufgefallen, in den letzten Wochen oder Monaten?«, fragte sie.

Ihr Gesprächspartner dachte nach und sagte nach einer Weile: »Bedrückt war er, bedrückter und verschlossener als sonst. Wie wenn er eine schwere Last mit sich herumtragen würde.«

»Ihre Mutter, mit der ich schon gesprochen habe, hat gemeint, er sei immer vergesslicher geworden?«, bohrte Elvira nach. Unterberger schenkte ihr einen kurzen, überraschten Blick, bevor er antwortete: »Jetzt, wo Sie es sagen ... Ja, das stimmt, er hat viel vergessen. Die Mutter hat es eher bemerkt, sie hat ja mehr mit ihm zu tun gehabt. Meinen Sie, dass er vielleicht Alzheimer gehabt hat?«

»Das kann ich nicht sagen, ich habe ihn ja nicht gekannt. Aber den Symptomen nach wäre es möglich, zumindest im Frühstadium.« Elvira fand ihre Erfahrung bestätigt, dass die Angehörigen eine Demenzerkrankung lange nicht wahrhaben wollten – aus falscher Rücksicht dem Patienten und vor allem sich selber gegenüber.

»Darf ich Ihnen noch eine Frage stellen, Herr Unterberger? Ihr Vater liegt noch im Kühlhaus der Bestattung. Ich würde mir die Leiche gern ansehen. Könnten Sie mir helfen, das zu organisieren? Angeblich dauert die Genehmigung der Bezirkshauptmannschaft drei Tage, habe ich gehört.« Der Beamte schaute sie zuerst entgeistert an: »Sie wollen sich meinen Vater nochmals anschauen? Was für einen Sinn soll das denn haben?« Dann, nach kurzem Überlegen: »Ich bin zwar nicht bei der Bezirkshauptmannschaft, aber ich kenne deren Leiter natürlich gut. Sicher kann ich Ihnen behilflich sein. Morgen oder übermorgen sollte das möglich sein. Ich gebe Ihnen Bescheid, wenn Sie mir Ihre Nummer hinterlassen.« Der

Beamte dachte nochmals kurz nach und ergänzte dann: »Wenn es Sie nicht stört, würde ich gerne mitkommen. Ich möchte meinen Vater noch einmal sehen, bevor er beerdigt wird.«

Elvira war erstaunt. Nach kurzem Zögern entgegnete sie: »Natürlich, wenn Sie wollen.« Sie war gespannt, wie er auf den Anblick seines Vaters reagieren würde. Gleichzeitig fand sie es bezeichnend, dass es ihm bisher noch kein Bedürfnis gewesen war, auf seinen toten Vater einen letzten Blick zu werfen. Unterberger junior streckte ihr zum Abschied seine Hand hin und warf ihr einen melancholisch-sorgenvollen Blick zu. Elvira glaubte, bei ihrem Gesprächspartner starke Emotionen zu spüren, die hinter seiner sachlich-kühlen Fassade verborgen waren.

Nach dem Gespräch ging sie durch Wolfsberg, es wurde dunkel. Da kam ihr die Idee, sich das Grab von Christine Lavant anzuschauen. Sie stieg ins Auto und fuhr die kurze Strecke nach St. Stefan. Der Friedhof war leicht zu finden, er war angeschrieben und lag direkt im Zentrum. Hier waren die Friedhöfe noch in der Mitte des Ortes – in Wien und in anderen Städten waren sie an die Peripherie gerückt, möglichst weit weg vom Bewusstsein der Menschen. Sie stellte den Renault auf dem erstaunlich großen Parkplatz ab. Offenbar wurde dieser Friedhof häufig besucht und alle kamen mit dem Auto hierher.

Das Erste, was ihr auffiel, war ein Gestell, auf dem grüne Plastikgießkannen mit kleinen Ketten befestigt waren. Wie bei Supermarkt-Wägelchen musste man eine Münze einwerfen, um eine Gießkanne zu entnehmen. Das ist ja kurios, fand Elvira. Die haben offenbar Angst, jemand könnte die Gießkannen, die höchstens ein paar Euro wert sind, von hier mitnehmen! Schon fast eine Form von Paranoia!

Sie betrat den Friedhof und entdeckte gleich linker Hand das Grabmal der Christine Lavant. Es war nicht zu übersehen. An Größe übertraf es die anderen Gräber bei Weitem. Ein schmiedeeisernes Kreuz – eine ansprechende Verbindung von runden und geraden Formen – ragte in den Himmel. Elvira beschloss, dieses Grab erst am Schluss näher zu besichtigen und vorher eine Runde durch den übrigen Friedhof zu machen.

Der Kies knirschte unter ihren Füßen. Es war kurz vor Allerheiligen, einige Frauen schmückten die Gräber für den Festtag. Sie wischten und rechten, gruben und pflanzten. Männer sah man weit und breit keine. Natürlich sind die Frauen für die Gräber zuständig, dachte Elvira, und eine emanzipatorische Wut – die sonst bei ihr nicht sonderlich ausgeprägt war – wallte auf. Hier am Land gab es noch eine klare Aufteilung in Frauen- und Männerarbeit, und die unangenehmen Arbeiten hatten die Frauen zu erledigen.

Aufgrund des Fleißes dieser Frauen waren die Gräber alle gepflegt und geschmackvoll gestaltet. Auf vielen brannte ein rotes Licht. Als sie die Inschriften der Grabsteine betrachtete, fiel Elvira auf, dass viele Menschen schon in relativ jungem Alter gestorben waren, zwischen 50 und 60 Jahren. Die Lebenserwartung war hier offenbar nicht allzu hoch. Und immer wieder Gräber, die an ganz junge Menschen erinnerten, die mit ungefähr 20 Jahren der Tod ereilt hatte. Vermutlich Opfer von Verkehrsunfällen – das übliche Gemetzel auf der Straße. Wie mochte es den Eltern dieser »Kinder« danach gegangen sein, wie konnte man so etwas verkraften? Dies war einer der Momente, in denen Elvira froh war, selber keine Kinder zu haben (sonst hatte sie sich immer welche gewünscht). Die Sorgen um die Kinder, die Mühe für sie – und am Ende dann ein früher, sinnloser Tod?

Elvira kam zurück zum Grab der Dichterin. Es wurde begrenzt von einem niedrigen Mäuerchen. In der Mitte war ein Betonsockel, darin eingelassen eine runde Metallplatte mit dem Kreuz. Entlang dem Mäuerchen waren weiße und rote Blumen eingesetzt. Auf der Metallplatte waren erhabene Buchstaben sichtbar, die eine Inschrift darstellten. Elvira musste im Kreis gehen, um sie zu entziffern. Hier stand:

›SO NAH GING MIR DIE NACHT NOCH NIE /
IM HALBTRAUM BEUGE ICH DAS KNIE /
HELF IHR DAS MONDKREUZ TRAGEN‹

Elvira blieb berührt stehen. Wie die Pfeile des Heiligen Sebastian, dessen barocke Abbildungen man in vielen Landkirchen bewundern konnte, so traf diese Dichtung ins Mark, ins Herz, in die Emotion. Da wurde so viel gleichzeitig ausgedrückt und angedeutet – Dunkelheit, Demut, Hoffnung, Bewegtheit, Kraft. Wie schon von den Gedichten, die sie am Vormittag gelesen hatte, war Elvira – die beruflich mit trivialer Alltagssprache zu tun hatte – zutiefst beeindruckt.

Sie setzte sich auf das Mäuerchen. Inzwischen war es dunkel geworden. An den Bäumen, die den Friedhof begrenzten, raschelte das letzte, spärliche Laub. Sie sah auf das schmiedeeiserne »Mondkreuz« und atmete die kühle Nachtluft ein. Der Mordfall – und dass es einer war, davon war sie mittlerweile überzeugt – fiel ihr wieder ein. War da unter der kühlen Erde ein Geheimnis verborgen, das bis zum heutigen Tag nachwirkte, möglicherweise zu dem Verbrechen geführt hatte? Und worum konnte es sich dabei handeln?

Als es stockdunkel war und die abendlich-herbstliche Kälte immer stärker wurde, stand sie langsam auf und verließ nachdenklich den Friedhof. Etwas hatte sie traurig gemacht. War es das überdimensionierte Grabmal gewesen, das so gar nicht mit der Tatsache zusammenpasste, dass die Dichterin zu Lebzeiten eine krasse Außenseiterin im Dorf gewesen war? Hatte man damit eine späte »Wiedergutmachung« leisten wollen? Elvira fiel das Schlagwort vom »österreichischen Schicksal« ein. Während des Lebens wurden Künstler verachtet und diffamiert, nach ihrem Tod wurden ihnen Lobeshymnen gesungen und große Denkmäler errichtet.

Elvira ging zu ihrem Auto und fragte sich, was sie gegen ihren trübsinnigen Zustand tun konnte. Wenn sie in sich hineinhorchte, schwang mit der Traurigkeit viel Wut mit. Sie legte wiederum eine CD von Jimmy Hendrix ein und drehte die Musik absichtlich besonders laut auf. Die tiefe, erotische Stimme des genialen Gitarristen begleitete sie auf dem Weg zur Autobahn und weiter bis Klagenfurt. Sie fuhr an dichten, dunklen Wäldern sowie an beleuchteten Raststätten und Burgen vorbei. Schön war es, dieses nächtliche Kärnten, schön und geheimnisvoll. Langsam ging es ihr besser.

Zurück in Klagenfurt, hörte sie die Mailbox ihres Handys ab. Frau Sablatnig – die »graue Eminenz« – bot ihr einen Termin morgen um 15 Uhr bei sich zu Hause an, sie solle auf einen Kaffee vorbeikommen (nachdem Frau Sablatnig sich wie eine kultivierte Dame anhörte, hoffte

Elvira, dort auch Tee serviert zu bekommen). Herr Schloffer hatte sich noch nicht gemeldet. Vielleicht war er in einer endlosen Schachpartie.

Nach dem Abendessen, das sie wieder in der *Trattoria Siciliana* einnahm, ging Elvira – entgegen ihrer üblichen Gewohnheit – früh schlafen. Im Bett wollte sie nochmals die Tagesereignisse Revue passieren lassen, bald fielen ihr aber die Augen zu …

4. KAPITEL

Elvira war auf dem Friedhof von St. Stefan, saß auf dem Mäuerchen am Grab der Dichterin. Kühl war es, schon fast dunkel. Sie fröstelte. Auf einmal vermeinte sie, eine Stimme zu hören. Sie schaute sich um. Alle Leute hatten den Friedhof schon verlassen, niemand wollte in der Dunkelheit hier sein. Die Stimme, dünn und brüchig, kam eindeutig aus der Richtung des Grabes. Sie sprach den breiten Dialekt der Gegend. »Ja, so wos«, sagte diese, »ja, so wos, da kummt a Madl aus der großen Stod zua uns ins Lofntol. Und suacht de Woaheid, nix ois de Woaheid. Wia wonns de wiaklich gabert!«

Elvira traute ihren Ohren nicht. Sie schaute wieder um sich, kein Mensch weit und breit – woher kam also die Stimme? War es möglich … nein; das war doch nicht möglich …, dass diese Stimme aus dem Grab kam, an dessen Rand sie gerade saß? Dass es wirklich … die Stimme der toten Dichterin war, die aus dem Grab zu ihr redete? Elvira wurde es eiskalt. Jetzt bin ich schon ganz verrückt geworden! »Jo, dea oide Unterberger hod vü für mi don, am End hod er sie in wos verrent! Der oame Kearl, jetz is er so koid wia i!« Die Stimme kicherte. Bei dem Wort »kalt« schauderte Elvira. Mein Gott, war das unheimlich – sollte sie davonlaufen? »Hob koa Angst, Madl! I tua da nix. Vüle hom se g'fiacht voa mia, dobei hob i niemand wos don. Renn ned aa davon wia olle ondern!«

Elvira konnte gar nicht davonlaufen, sie war wie gelähmt. Sie hatte schon Leute getroffen, die behauptet hatten, mit

Toten reden zu können. Elvira war das durchgeknallt vorgekommen. Und jetzt sprach eindeutig eine Stimme zu ihr, die aus dem Grab kam! Konnte man mit der toten Dichterin reden, konnte man ihr Fragen stellen? Vielleicht sogar nach der Tat und dem Täter? Elvira zögerte und wartete ab.

Nach einer Weile meldete sich wieder die Stimme aus dem Grab: »Suach weida, Madl, du bisd gscheid und findst no de Woaheid ausse. I sog da nua: de Liab, de Liab, da himmlische Diab …« Dann war Stille, Totenstille.

Nachdem die Stimme verstummt war, saß Elvira minutenlang starr da. Das Zittern, das sie spürte, kam nicht nur von der Kälte. Es war unglaublich: Christine Lavant, die verstorbene berühmte Dichterin, hatte wirklich zu ihr gesprochen! Elvira stand auf und verließ fluchtartig den Friedhof. Angst und Grauen hatten sie gepackt, sie lief in den Ort hinein, sie lief und lief …

Ihre Füße strampelten noch, als sie im Bett erwachte. Sie drehte den Kopf ruckartig nach links und rechts – um zu schauen, wo sie war. Da war das Nachtkästchen mit dem Gedichtband der Christine Lavant, da war der Eingang zum Bad, da war die Wand mit dem schlecht gemalten Aquarell, das den Klagenfurter Neuen Platz mit dem Lindwurm darstellte. Sie war in ihrem Hotelzimmer.

Benommen setzte sie sich auf. Oh Gott, was war das für ein Traum gewesen? Christine Lavant hatte zu ihr aus dem Grab gesprochen! Unglaublich! Es fiel ihr schwer, aus dem gerade Erlebten wieder in die Realität zu finden. Sie war noch komplett in der Emotion des Traumes gefangen.

Sie schaute auf den Wecker, den sie am Abend zu stellen vergessen hatte. Es war 9 Uhr. Nur bis halb zehn gab es Frühstück! Die Sorge, dieses zu verpassen, ließ Elvira aus dem Bett springen. Mithilfe einer heißen und dann kalten Dusche schaffte sie die Rückkehr ins reale Leben.

Als sie zum Frühstück kam, fragte sie das blonde Serviermädchen neuerlich: »Wollen Sie einen Kaffee?«

»Nein, ich hätte gern einen schwarzen Tee, wie gestern!«, antwortete Elvira seufzend. Die meisten Menschen hier sind nett, aber unbedarft, dachte sie. Irgendetwas Naives haben sie, deshalb sind sie auch so lang dem Landeshauptmann auf den Leim gegangen! Doch dann sagte sie sich: Vorsicht, Elvira, nicht die arrogante Wienerin heraushängen lassen! Du hast schlecht geträumt, bist jetzt verwirrt und grantig. Pass auf!

Sie brauchte heute ein kräftiges Frühstück. Nachdem sie sich einen Kornspitz mit Schinken und Käse belegt hatte, versuchte sie, ihre Gedanken und Gefühle zu ordnen. Sie hatte gelernt, dass ihre Träume oft wichtige Botschaften enthielten, die sie ernst nehmen sollte. Was wollte dieser absurde Traum ihr sagen? Hatte ihr die Verstorbene tatsächlich etwas mitteilen wollen? Und wenn dem so war, worin hatte Unterberger sich verrannt? Gab es wirklich keine Wahrheit, wie die unheimliche Stimme gemeint hatte? Und was hatte es mit der »Liab« auf sich, die etwas gestohlen hatte oder die gestohlen worden war? Hatte die Lavant das im übertragenen Sinn gemeint oder auf eine konkrete Liebe bezogen? Auf eine Liebe aus ihrem Leben etwa, beispielsweise zu dem Maler Berg?

Elvira dachte nach und kam zu keinem Ergebnis. Die Angst hatte sich etwas gelegt, eine gewisse Verunsicherung war geblieben. Obwohl sie nicht wusste, was sie von dem Gesagten halten sollte, machte sie sich darüber Notizen. Vielleicht würde sie später einmal darauf zurückkommen.

Sie wählte die Nummer von Karin, wollte diese heute

unbedingt bei den Recherchen als »Verstärkung« dabeihaben. Karin hob nach einer Weile ab und sagte ihr seufzend ihre Unterstützung für den Nachmittag zu: »Dann muss das andere halt liegen bleiben!« Sie tat, als wäre sie in ihrer Lokalredaktion rund um die Uhr beschäftigt. Elvira war froh, dass Karin mitkam. Sie war intelligent und wusste einiges von Land und Leuten. Dieses Wissen war in einer dicken Watteschicht von Bequemlichkeit eingepackt – eigentlich schade, dachte Elvira.

Was stand heute sonst noch auf dem Programm? Sie rief erst einmal Chefredakteur Prassler in Wien an, um ihm mitzuteilen, dass sie für ihre Recherchen in Kärnten mehr Zeit benötigen würde. Prassler war kurz angebunden und sagte: »Ich hab's befürchtet, dass es bei den Kärntnern schwierig wird. Nehmen Sie sich halt die Zeit, aber das Hotel können wir Ihnen für maximal eine Woche zahlen. Ich hoffe, Sie haben es bis dahin!«

»Herr Prassler«, meinte sie daraufhin, »das ist ein komplizierter Fall. Es ist bis jetzt nicht einmal sicher, ob das Mord oder Selbstmord war. Und die Uhren gehen hier anders!«

»Na, dann stellen S' die Uhren halt ein bissel vor!«, gab Prassler trocken zurück und legte auf.

Sie überlegte sich, wen sie kontaktieren konnte, um in dem Fall voranzukommen. Weitere Mitglieder der Lavant-Vereinigung? Sehr mitteilsam waren die bisher nicht gewesen. Vielleicht die Germanisten, die die Buchhändlerin genannt hatte? Das war eventuell eine Idee, sie würde im Internet ihre Kontaktdaten heraussuchen. Nach dem verwirrenden Traum wollte sie heute nichts überstürzen.

Elvira beschloss, wieder einmal durch Klagenfurt zu flanieren. Eine andere Frau als sie wäre in ihrer angeschlagenen Verfassung shoppen gegangen, um die Nerven zu beruhigen. Doch Elvira war keine »Shopperin« und nicht bereit, auf diese unsinnige Weise der Wirtschaft zum Wachstum zu verhelfen – auch wenn diese in Kärnten einen solchen Impuls durchaus gebraucht hätte. Nein, sie war mehr an den Bauwerken und der Atmosphäre einer Stadt interessiert und an den Menschen, die den Charakter einer Stadt prägten.

Von dieser Stadt hier hatte sie bisher noch wenig gesehen. Es war in den letzten Oktobertagen empfindlich kalt geworden. Klagenfurt lag meist den ganzen Vormittag unter einer dichten Nebeldecke. Fröstelnde Menschen hasteten dick eingepackt dahin und hielten sich nicht länger auf der Straße auf als notwendig. Wenn sich der Nebel zu Mittag hob, glaubte man, in einer anderen Stadt zu sein. Sie war in strahlendes, wärmendes Licht getaucht. Die Leute begannen zu lächeln. Aber so weit war es jetzt noch nicht, noch war alles im Nebel gefangen.

Nett ist die Stadt, fand Elvira, aber unspektakulär, wenig aufregend. »Undämonisch«, fiel ihr ein, wenn sie im Vergleich dazu an Wien oder Salzburg dachte. Keine unumschränkte Macht hatte sich hier baulich ausgetobt, keine Imperien hatten sich verewigt. Was ihr auffiel, waren jedoch etliche Gedenktafeln und Denkmäler, die an den Kärntner Abwehrkampf 1919 erinnerten. An verschiedenen Plätzen wurde an Abwehrkämpfer erinnert, die als »Helden« und »Befreier der Heimat« bezeichnet wurden. Blumen und Kränze – jetzt vor Allerheiligen – waren davor niedergelegt. Die Erinnerung an diese Ereignisse wurde hier bewusst wachgehalten, fand Elvira.

Ihr Weg führte sie in Richtung Bahnhof. Sie schlenderte über den weiten Platz davor und kam an einem alleinstehenden Gründerzeithaus vorbei, das ihr auffiel. ›Robert-Musil-Literatur-Museum‹ war über dem Eingang zu lesen. Sie ging hinein und fand im Erdgeschoss eine Ausstellung, die Gedenkstätte für Robert Musil, Ingeborg Bachmann und Christine Lavant war. Elvira war die einzige Besucherin. Eine energisch wirkende Dame kam ihr entgegen, die sich als Leiterin des Museums vorstellte. »Frau Magister Kleindienst mein Name!«, begrüßte sie den Gast. Die Frau war etwa 45 Jahre alt, mittelgroß, stark parfümiert und hatte ein von der Sonne oder vom Solarium gegerbtes Gesicht. Sie war grell geschminkt, trug eine dicke, schwarze Brille, die zur Seite hin flügelförmig verbreitert war. Dies verlieh ihr ein katzenartiges Aussehen. Auch ihr Gang hatte etwas Lauerndes, was Elvira wiederum an dieses Tier denken ließ. Sie schien die Beute schon gewittert zu haben und empfing Elvira mit einem Wortschwall: »Haben Sie ein bestimmtes Interesse? Christine Lavant? Sehr gut! Sie stellt einen der Schwerpunkte unseres Museums dar. Wir sind spezialisiert auf sie, in der Darstellung ihres Lebens und in der Forschung. Die Lavant-Forschung steckt nämlich noch in den Kinderschuhen, müssen Sie wissen. Viel zu lang wurde sie vernachlässigt, wurde das Hauptaugenmerk anderen Dichtern und Dichterinnen zugewandt. Zum Beispiel Ingeborg Bachmann, die ich im Vergleich mit der Lavant als direkt trivial betrachte. Robert Musil ist zwar nicht trivial, aber dafür für Otto Normalverbraucher viel zu kompliziert. Stellen Sie sich vor, sein Hauptwerk, ›Der Mann ohne Eigenschaften‹, hat fast 2.000 Seiten! Wer liest denn so etwas außer uns verrückten Germanisten und Germanistinnen?« Sie kicherte und freute sich sichtlich über ihre Selbstironie. »Nein, die Lavant wurde lange Zeit völlig unterschätzt. Und wissen

Sie, warum? Männer, ich sag Ihnen: Männer! Die meisten Forscher auf der Uni sind Männer. Die Frauen sind entweder bei den Kindern daheim oder stauben in Bibliotheken Bücher ab oder leiten ein unbedeutendes Museum, wie ich es tue. Und die Männer? Die beschäftigen sich nicht mit Dichterinnen. Die können sich nicht hineinversetzen in uns menstruationsgebeutelte und gebärende Wesen. Also haben sie zur Lavant gemeint: uninteressant, konventionell, pseudokatholisches Gefasel! Sentimentale Herz-Schmerz-Dichtung! Immer diese alten Vorurteile und Stereotype. Dabei ist die Frau so vielseitig und geheimnisvoll! Was wollen Sie wissen über sie?« Elvira hatte der Expertin mit zunehmender Verwirrung zugehört und erwiderte vorerst gar nichts. Als sie sich von dieser Privatvorlesung im Zeitraffer einige Momente erholt hatte, sagte sie unsicher: »Also, ich suche nichts Bestimmtes. Möchte mir einfach … die Ausstellung hier anschauen, … etwas über das Leben der Christine Lavant erfahren …« Die Frau Magister war ob dieser Antwort sichtlich enttäuscht. Sie tat auf einmal gelangweilt und wandte sich ab mit der Bemerkung: »Na, dann schauen Sie sich halt einmal um. Wenn Sie etwas brauchen, wenden Sie sich an mich.«

Elvira begann sich umzuschauen. Die Schau war in drei Teile gegliedert, die jeweils Robert Musil, Ingeborg Bachmann und eben Christine Lavant gewidmet waren. Zum Gedenken an die zuletzt Genannte war ein einfaches Zimmer nachempfunden worden, in dem sie – bei einer Familie einquartiert – fast ihr ganzes Leben verbracht hatte. Nicht ungemütlich, fand Elvira. Ein großes Sofa stand da, mit Pölstern und Teppichen belegt. Bilder hingen an der Wand, ein altes Grammophon mit Schallplatten stand davor. Wie sie aus dem Internet am Vortag erfahren hatte, musste man sich diesen Raum zu Lebzeiten der Lavant kalt und in eine dicke Rauchwolke gehüllt vorstellen. Die Dichterin war eine starke Raucherin gewesen, obwohl Rauchen damals für eine Frau noch ein Ding der Unmöglichkeit gewesen war. Eine starke und trotzige Frau, folgerte Elvira.

Einige Bilder waren an den Zwischenwänden, die das Pseudo-Zimmer begrenzten, angebracht. Sie zeigten hagere, ausgemergelte bäuerliche Gesichter, davon eines mit dem Konterfei der Christine Lavant. Elvira kam zu dem Schluss, dass diese Bilder von Werner Berg waren. Sie wollte sich darüber Gewissheit verschaffen und suchte die eloquente Leiterin, einen neuen Wortschwall befürchtend. Sie fand sie nach einigen Minuten, gemütlich vor der Eingangstür des Museums stehend und eine Zigarette rauchend. Rauchen tut sie natürlich auch, durchfuhr es Elvira. Sie fühlte sich fatal an ihre Mutter erinnert. »Die Bilder? Ja natürlich sind sie von Werner Berg! Sind keine Originale, das wäre hier zu unsicher. Wissen Sie, was die Originale wert wären? Das könnte sich unser bescheidenes Museum nicht leisten! Wir müssen mit einem Jahresbudget von einer Million auskommen, da sind Personal und Energiekosten schon inbegriffen. Die Ölgemälde von Berg kosten einige Hunderttausend Euro. Die hängen in den Villen von Bauunternehmern, Fabrikanten, Fernsehmoderatoren …«

Elvira nahm all ihren Mut zusammen und fragte laut, um die Sprecherin, die selber als Fernsehmoderatorin eine gute Figur gemacht hätte, zu unterbrechen: »Gibt es Bildmaterial von der Lavant? Ich würde gern wissen, wie sie sich bewegt, wie sie gesprochen hat.«

»Ja, es gibt ein authentisches Video von ihr, wenn Sie das interessiert.« Als die Frau Magister die altertümliche

VHS-Kassette einlegte, fragte Elvira: »Es kommen wohl nicht allzu viele Leute hierher, nicht wahr?«

»Jetzt am Vormittag höchstens Schulklassen«, antwortete Magistra Kleindienst, »die werden von den Lehrern hierhergeschleppt und stehen dann gelangweilt herum. Das bedeutet, Perlen vor die Säue zu werfen. Am Nachmittag kommen dann einige Berufstätige, auch Interessierte von auswärts, aber insgesamt ist nicht viel los, leider. Die Klagenfurter sind an Kultur nicht interessiert, nur an Volkskultur! Hum-ta-ta, hum-ta-ta! Gleich hier nebenan steht das Haus der Volkskultur. Es wurde vom Land vor einigen Jahren eröffnet, da wurden Millionen hineingesteckt. Da bleibt halt für Einrichtungen wie unsere nur wenig Geld übrig.«

Während des Films blieb sie neben Elvira sitzen. Die Frage, ob sie stören könnte, stellte sich für die egozentrische Leiterin offenbar nicht, und Elvira wurde in eine Wolke intensiven Parfums gehüllt. Der Film erinnerte die Besucherin an Schulfilme, wie sie früher im Unterricht gezeigt worden waren. Schwarz-weiß, flimmernd, mit etwas schwülstigen Kommentaren. Da saß die Lavant, schwarz gekleidet, mit Kopftuch, ein schmales, altes Weiblein. Sie rauchte die ganze Zeit und sprach im breiten Lavanttaler Dialekt. Elvira erstarrte, als sie erstmals die Stimme hörte: Das war genau jene, die sie im Traum gehört hatte! Ihr wurde schwindlig und übel.

»Ist Ihnen nicht gut?«, wurde sie von der neben ihr Sitzenden gefragt, als diese spät, aber eben doch, ihre Unpässlichkeit bemerkte.

»Nein, alles in Ordnung!«, antwortete Elvira.

»Wollen Sie weiterschauen? Ein Glas Wasser?«

»Ja bitte, ein Wasser!« Die Frau brachte ihr das

Gewünschte, sehr kalt. Danach fühlte sich Elvira besser und schaute irritiert das Video zu Ende. Sie überlegte, ob sie diese Stimme von irgendwo anders her kannte. Nein! Dennoch hatte sie sie zweifelsfrei im Traum gehört. Wie war das möglich? War das ihrer hohen Intuition zu verdanken? Ein Ausdruck ihrer »hellseherischen Fähigkeiten«, die ihr Freundeskreis ihr zuschrieb?

Der Film bestätigte ihre Vermutung, dass die Lavant eine beeindruckende Person gewesen war. Eine ausgemergelte, zähe Frau im Habit einer Klosterschwester, mit einer Zigarette in der Hand. Mit ihrem breiten Dialekt sprach sie ruhig und präzise, ohne lang nachzudenken. Das, was sie sagte, zeugte von einem klaren Verstand und einem guten Urteilsvermögen.

»Darf ich Ihnen noch was zum Trinken bringen? Einen Kaffee vielleicht?«, fragte Magistra Kleindienst sie, als der Film zu Ende war. Der Gedanke an Kaffee verstärkte Elviras Übelkeit. »Nein, bitte noch ein Wasser. Danke schön!« Sie trank gierig das zweite Glas leer. »Können Sie mir noch was über Werner Berg erzählen?«, fragte sie dann geradeheraus.

»Über Werner Berg? Ja sicher, wenn es Sie interessiert!«, antwortete die Kuratorin mit einem leicht beleidigten Unterton in der Stimme. »Das Porträt hier von der Lavant gehört zu seinen besten Bildern!« Sie führte die Besucherin nochmals zu dem nachgebauten Zimmer. »Sie können ruhig hineingehen!«, lud sie Elvira ein und schob eine Kordel beiseite, die den Raum schützen sollte. Elvira betrachtete das Werk von der Nähe. Eine tieftraurige Frau mit schmalem, hohlwangigem, ernstem Gesicht schaute müde vor sich hin. Und die Augen! Dunkel, intensiv – wie glühende Kohlen sahen sie aus. Das Gesicht schien fast nur aus Augen zu bestehen, fand Elvira.

Dann erfuhr sie die Lebensgeschichte von Werner Berg. Dass er aus Deutschland stammte, einen verwahrlosten Bauernhof im Kärntner Unterland gekauft und renoviert hatte. Dass er gleichzeitig Maler und Landwirt gewesen war – Ersteres mit deutlich mehr Erfolg. Dass er selbstgewählt mit seiner Familie ein weitgehend isoliertes, karges Leben geführt hatte. Dass er ein Freund der Kärntner Slowenen gewesen war und deren Gesichter und Lebensumgebung gern gemalt hatte. Dass er seine fünf Kinder auf die Slowenische Schule nach Klagenfurt geschickt, selber aber nie Slowenisch gelernt hatte. Und dass er von seiner politischen Überzeugung her dezidierter Antifaschist war und sich deshalb bei der deutschsprachigen Bevölkerung Kärntens oft unbeliebt gemacht hatte. »Er ist der Maler der Unterkärntner Landschaft und ihrer Bewohner!«, sagte die Frau Magister mit sichtlichem Stolz. »Und die Beziehung zu Christine Lavant, was war damit?«, wollte Elvira wissen. Wieder erzählte die Expertin ausführlich, aber diesmal weniger weitschweifig: Dass sich Lavant und Berg bei den »St. Veiter Literaturtagen« – die heutzutage immer noch stattfanden – kennen gelernt und sich ineinander verliebt hatten. Dass die Leute viel über die beiden gemunkelt hätten und es nicht für möglich gehalten hatten, dass sich der attraktive, maskuline Berg in das verhutzelte Dichterweiblein verliebt hatte. Dass die Freundschaft vier Jahre gedauert hatte und auf Betreiben der Frau Bergs beendet worden war. Und dass sowohl die Lavant als auch Berg an der Trennung fast zugrunde gegangen wären. »Der Berg hat ein Jahr später einen Selbstmordversuch unternommen, bei dem er fast gestorben wäre. Und die Lavant ist danach in eine schwere Depression verfallen. Manche Germanisten meinen, dass die ganze ›Spindel im Mond‹ eine sehnsuchtsvolle

Abrechnung mit Werner Berg darstellt. Ich weiß es nicht, aber möglich wäre es.«

»Und war da auch eine sexuelle Beziehung?«, fragte Elvira.

»Davon kann man ausgehen«, meinte Kleindienst. »Warum hätten die sich sonst heimlich treffen sollen? Ein Hotel am Griffner Berg war ihr Liebesnest. Das Ganze war natürlich sehr gewagt, vor allem in der damaligen Zeit. Die Familie vom Berg wollte nicht, dass davon was an die Öffentlichkeit dringt. Aber Gerüchte entstehen schnell und die Liebesgeschichte von Lavant und Berg haben damals die Spatzen von den Dächern gepfiffen.«

Ob darin der Schlüssel zur Lösung des Falles lag, fragte sich Elvira. Eine verrückte Liebe, die schlecht ausgegangen war. Eine Liebelei, die in Verzweiflung und einem Selbstmordversuch geendet hatte. Und eine tabuisierte Sexualität, die damals ein Skandal gewesen war. Dahinter konnten sich auch heute noch Mordmotive verbergen, wenn das Tabu aufrechterhalten werden musste.

»Ach, es ist spät geworden!« Elvira schreckte aus ihren Gedanken hoch. »Danke, Frau Magister, Sie haben mir sehr geholfen. Ich muss jetzt gehen.« Als sie der anderen Frau zum Abschied die Hand gab, stellte sie fest, dass ihr die anfangs aufdringlich wirkende Person fast sympathisch geworden war. Auch eine Einsame, mutmaßte Elvira – beruflich in ihrem wenig frequentierten Museum und wahrscheinlich auch privat. In den Augen der Museumsleiterin lag offenes Bedauern, eine interessierte Besucherin verabschieden zu müssen.

Auf dem Rückweg zum Hotel läutete ihr Handy. Sie nahm ab. »Hier Unterberger aus Wolfsberg. Wir können morgen ins Leichenschauhaus zu meinem Vater gehen. Ich habe die Genehmigung eingeholt.«

»Sehr gut, danke! Ich hole Sie um 10 Uhr von Ihrem Büro ab, wenn es recht ist.« Es war ihm recht, offenbar hatte er ausreichend Zeit für solche Exkursionen.

Herr Schloffer hatte sich noch immer nicht gemeldet. Stattdessen konnte sie mit den beiden Experten Kontakt aufnehmen, die die Buchhändlerin genannt hatte. Sie eruierte im Internet die Adressen und Telefonnummern, rief an. Frau Magister Huber sei im Krankenstand, meinte die Telefonistin der Universität Klagenfurt. Wie lange, konnte sie nicht sagen. Magister Jauschnigg vom Literaturarchiv, den sie sofort erreichte, reagierte misstrauisch auf ihren Anruf. »Mit der Presse habe ich schon schlechte Erfahrungen gemacht. Was wollen Sie genau? Wegen dem Tod des alten Unterberger? Ein möglicher Mordfall, sagen Sie? Na gut, morgen um die Mittagszeit ginge es. Wenn Sie wollen, treffen wir uns um halb eins in der *Villa Lido* an der Seepromenade. Ah, Sie kennen sie schon? Na, Sie haben sich mit Klagenfurt ja schon recht vertraut gemacht!« Elvira musste schmunzeln, dass Jauschnigg sich ausgerechnet in dem Lokal mit ihr treffen wollte, in dem sie am Vortag schon gewesen war. »Ja, gerne«, antwortete sie und dankte dem Dozenten für die Zeit, die er für sie aufwenden würde.

Elvira holte Karin um 14 Uhr von der Lokalredaktion ab. Ihre Kollegin war gut gelaunt, heute sichtlich froh, der Redaktionsroutine für ein paar Stunden zu entkommen. Sie war gesprächig und erzählte Elvira auf der Fahrt von anderen Kärntner Kriminalfällen. »Vor ein paar Monaten, da hat man den Glanschnig, den Leiter vom größten Pflegeheim in Klagenfurt, umgebracht. Das ist das Heim am Hülgerth-Park.« Den Park hatte Elvira beim Vorbeigehen schon entdeckt, benannt war er natürlich nach einem Kärntner Abwehrkämpfer. »Der Glanschnig war ein feiner, gebildeter Mann. Der hat sich mit seinem Nachbarn angelegt, der offenbar ein Psychopath war. Der Streit ist jahrelang dahingegangen. Der Glanschnig hat immer wieder bei der Polizei Anzeige erstattet, weil der Nachbar ihn mit dem Umbringen bedroht hat. Die Polizei hat jedes Mal gesagt: Solang nichts passiert ist, können wir nichts machen. Bis am Ende der Nachbar sich wieder einmal provoziert gefühlt hat und den Glanschnig auf offener Straße mit einem Küchenmesser erstochen hat. Der Ermordete hat eine Ehefrau und zwei Kinder hinterlassen, zehn und zwölf Jahre alt. Schlimm, nicht?«

Elvira schauderte bei dem Gedanken, was für Psychopathen frei herumliefen. Der Mörder des Herrn Glanschnig war sicher nicht der einzige. Im scheinbar friedlichen Österreich lagen die Nerven blank und die Küchenmesser wurden nicht nur zum Schneiden von Kartoffeln und Gulaschfleisch verwendet.

Frau Sablatnig wohnte in einer Villa in Velden, nicht weit vom Ufer des Wörther Sees entfernt. Die alte Dame öffnete die Tür. Sie war klein, schlank, gepflegt, leicht gehbehindert. »Vor zwei Jahren hatte ich einen Schenkelhalsbruch, seitdem gehe ich schlecht«, meinte sie in kärntnerisch-nasalem Tonfall, als sie die beiden Reporterinnen ins Wohnzimmer führte. Dieses war relativ groß und mit wertvollen Gegenständen eingerichtet. Große Teppiche, dunkle Möbel, ein offener Kamin. An den Wänden hingen Bilder, die offenbar Originale waren. Die Dame ging trotz ihrer Gehbehinderung resolut auf ein Bild zu und sagte: »Schauen Sie, das ist sie, die Christl. Ein Bild von Professor Wucherer, einem akademischen Maler aus Klagenfurt. Ist sie nicht schön?« Als schön hätte Elvira das Gesicht der Christine Lavant mit den dunklen, melancholischen Augen zwar nicht bezeichnet, aber als ausdrucksvoll. Ihre Gesprächspartnerin und die Dichterin – von ihr salopp »Christl« genannt – schienen miteinander recht vertraut gewesen zu sein.

»Was wollen die Damen denn trinken? Einen Kaffee, einen Tee, einen Saft? Kekse habe ich auch hergerichtet.« Karin bestellte einen Kaffee, Elvira ihr Lieblingsgetränk. Als die alte Dame draußen war, um das Gewünschte herzurichten, sahen Karin und sie sich kurz an. »Kärntner Oberschicht«, sagte Karin leise. »Alter Landadel oder so was. Sicher ein schweres Kaliber!« Elvira nickte zustimmend und verdrehte die Augen.

Frau Sablatnig kam mit einem Tablett zurück, auf dem sie die Getränke balancierte. »Bitte bedienen Sie sich!«, forderte sie die beiden auf. Obwohl der Tee vorzüglich zubereitet war, fühlte sich Elvira unbehaglich. Die alte Dame praktizierte anfangs Small Talk. »Sind Sie das erste Mal in Kärnten? … Ah, nicht, als Reporterin kommen Sie sicher viel herum. Wo sind Sie untergebracht? … In Klagenfurt, im Hotel Geyer? Sehr gut, eines der besten Häuser der Stadt. Wie gefällt Ihnen die Stadt? … Schön, nicht? Da können wir schon stolz sein auf unsere Landeshauptstadt …« Die Frauen schwiegen eine Weile. Dann hob Elvira an: »Eigentlich kommen wir wegen …«

»Ach ja, wegen der Christine-Lavant-Vereinigung«, erwiderte die Gastgeberin. »Was wollen Sie denn wissen? Etwas über die Vereinigung oder über die Christl selber?«

»Vielleicht einmal was über die Christine Lavant selber. Sie haben sie noch persönlich gekannt?«, fragte Elvira.

»Ja, sie war eine gute Bekannte meines Mannes. Mein Mann – Gott hab ihn selig«, sie bekreuzigte sich theatralisch, »war Rechtsanwalt in Klagenfurt und war eine Zeitlang in der Lavant-Vereinigung sehr aktiv.«

»Sehr interessant, da sind Sie ja noch eine richtige Zeitzeugin!« Die alte Dame fühlte sich sichtlich geschmeichelt. »Und den Herrn Unterberger haben Sie auch gekannt, natürlich!«

»Ja, der war ja der Präsident von unserer Vereinigung. Ein fähiger Mann, der viel für sie getan hat. Schade, dass er schon tot ist. Möge er ruhen in Frieden!« Sie bekreuzigte sich wieder, offenbar war sie eine fromme Frau. »Was hatten Sie denn für ein Einvernehmen mit ihm?«, wollte Elvira wissen.

»Na, ein gutes! In den letzten Jahren war er verändert, irgendwie müde und entschlusslos. Er war geistig oft abwesend, hat Probleme gehabt, Projekte in Angriff zu nehmen und zu realisieren. Da hat man ihm halt manchmal auf die Sprünge helfen müssen – die Korrespondenz führen, Listen erstellen, einige Entscheidungen abnehmen. Finanziell ist es auch bergab gegangen. Er hat am Ende die Dinge nicht mehr im Griff gehabt.«

Elvira hörte aus dem Gesagten heraus, dass die Sablatnig den Hofrat informell entmündigt und mehr oder weniger gegängelt hatte. Jetzt verstand sie auch, warum die alte Dame als »graue Eminenz« bezeichnet wurde. »Die finanziellen Probleme, waren die gravierend?«, fragte die Reporterin.

»Ja schon, die Vereinigung stand vor der Pleite.«

»Und wie hat man auf die drohende Pleite reagiert?«, wollte Elvira wissen. »Ehrlich gesagt, haben wir alle ihn zum Rücktritt bewegen wollen, damit ein frischer Wind weht. Aber er hat sich bis zum Schluss geweigert.« War dem alten Unterberger diese Weigerung zum Verhängnis geworden?, fragte sich Elvira. Hatte ihn wer daran hindern wollen, die Vereinigung endgültig in die Pleite zu führen? War seine Weigerung, zurückzutreten, Altersstarrsinn gewesen oder hatte er bis zum Schluss nicht realisiert, dass er dement wurde?

Schweigen machte sich im Raum breit. »Was wissen Sie denn über die Beziehung von Christine Lavant zu Werner Berg?«, fragte Elvira nach einer Weile. Frau Sablatnig wurde frostig, der Tee war auch schon kalt geworden. »Das war eine intensive Freundschaft. Eine Freundschaft unter Künstlern, verstehen Sie? Sie waren Seelenverwandte, Geschwister im Geist!« Auch Seelenverwandte kommunizieren manchmal intensiv über ihren Körper, dachte Elvira. Mit einer gewissen Überwindung fragte sie: »Hatten die beiden auch eine intime Beziehung, was meinen Sie?« Ihre Gesprächspartnerin wurde noch frostiger: »Das sind unappetitliche Geschichten, das interessiert mich nicht. Das beschmutzt nur das Andenken unserer Christl. Es wurde immer behauptet, ja. Ich weiß es nicht, ich habe meine Zweifel. Warum wollen Sie denn das wissen?« »Weil der Tod des Herrn Unterberger vielleicht damit zusammenhängt«, meinte Elvira ruhig.

»Damit zusammenhängt?«, ätzte die alte Frau. »Wie soll denn sein Tod damit zusammenhängen? Das sind doch völlig absurde Spekulationen!« Jetzt wurde sie kurzfristig laut, um gleich wieder ihre Contenance zu finden. »Der hat sich doch umgebracht, wissen Sie das nicht?«

Elvira schwieg kurz, bevor sie ruhig erwiderte: »Das ist noch nicht so sicher, Frau Sablatnig.« Diese starrte ihr feindselig in die Augen, bevor sie feststellte: »Nach allem, was ich weiß, hat er sich umgebracht! Und bei den ganzen Problemen wäre es ja kein Wunder, nicht?« Die alte Dame wollte das Thema ganz offensichtlich zu einem Abschluss bringen. Elvira musste vorsichtig sein. »Was ist denn Ihre Meinung, wieso Herr Unterberger gestorben ist?«, fragte sie nach einer Pause.

Die Dame hatte ihre Beherrschung wiedererlangt. Sie sah die Gesprächspartnerinnen bedeutungsvoll an und fragte: »Haben Sie schon von dem Fluch der Christine Lavant gehört?« Elvira zuckte zusammen, sah ratsuchend zu Karin hin. Diese schüttelte den Kopf. Frau Sablatnig beugte sich nach vorn und fuhr flüsternd fort: »Es gibt Gerüchte, dass ein Fluch über jedem lastet, der sich intensiv mit der Christl beschäftigt. Vor fünf Jahren war es eine junge Klagenfurter Germanistin, die eine Dissertation über sie hat schreiben wollen. Kurz vor der Veröffentlichung ist sie bei einem mysteriösen Verkehrsunfall gestorben. Die genauen Umstände konnten nie aufgeklärt werden. Vor zwei Jahren ein Germanist, der extra aus Deutschland angereist ist, um über die Lavant zu forschen. Er hat sich nach einigen Monaten in seiner Klagenfurter Wohnung erschossen. Dann ist ein Psychologe aus Wien gekommen, der ein Buch über sie schreiben wollte. Vor einem Jahr ist er fluchtartig wieder abgereist, der soll jetzt nicht mehr arbeiten können und völlig dem Alkohol verfallen sein. Der heißt übrigens Franz Jirecek, mit dem können Sie in Wien auch reden … Wenn man mit dem noch reden kann. Und jetzt der arme Unterberger … Wenn das kein Fluch ist!«

Elvira und Karin sahen sich betroffen an. Was hatte es damit auf sich? Die Sache wurde immer verworrener. Flüche, Aberglauben und Mythen schienen hier noch zum Alltagsrepertoire der Menschen zu gehören. Elvira hatte die Erfahrung gemacht, dass hinter sogenannten Flüchen meist banale menschliche Interessen verborgen waren.

»Danke vielmals, Frau Sablatnig, wir werden dann gehen. Danke auch für den Tee und den Kaffee!« Elvira stand auf und machte Karin ein Zeichen, dass sie aufbrechen sollten. Als sie sich gemeinsam mit der Gastgeberin der Tür näherten, die zum Flur und zum Ausgang hinführte, ging diese auf einmal auf. Herein trat ein älterer Mann von verwahrlostem Äußeren, der wie vom Donner gerührt stehen blieb, als er die beiden fremden Frauen sah. »Paul, du brauchst dich nicht zu fürchten, das sind Reporterinnen vom *Tagesboten*. Die wollten was über die Lavant-Vereinigung und über die Christl wissen.« Und erklärend zu den beiden Frauen: »Das ist Paul, mein Bruder. Er lebt bei mir. Sie werden nicht mit ihm reden können, er ist Autist. Er kommt gerade von der geschützten Werkstätte nach Hause, wo er sich unter Tags aufhält. Gelt, Paul, war es schön in der Werkstätte?«

Paul sah die drei Frauen verständnislos, ja, feindselig an, wendete sich abrupt nach rechts und ging in den oberen Stock hinauf, vermutlich in sein Zimmer. »Paul ist nicht sehr gesellig, Sie müssen bitte entschuldigen.« Elvira und Karin äußerten Verständnis und verließen den Raum. »Ich hoffe, ich habe Ihnen weiterhelfen können«, sagte Fr. Sablatnig, als sie jeder von ihnen frostig die Hand gab.

»Danke, auf jeden Fall«, sagte Elvira, bevor sie das Haus verließen. Draußen tauchten sie in den Abendnebel ein, der am Wörthersee besonders dicht sein konnte.

Während der Rückfahrt schwiegen sie eine Weile. Auch deshalb, weil sich Elvira bei der schlechten Sicht sehr aufs Fahren konzentrieren musste. »Das war doch jetzt ziemlich spooky, nicht?«, durchbrach Karin endlich das Schweigen.

»Ja, das war es wirklich!«, erwiderte Elvira. »Zuerst der Fluch der Lavant – was das wohl soll? Und dann dieser Mann, irgendwie eine unheimliche Erscheinung.«

Karin meinte dazu: »Das mit dem Fluch, das ist nicht so absonderlich. Bei uns werden immer wieder solche Spukgeschichten erzählt. Da gibt es schon einmal einen Fluch in einer Familie oder ein Haus ist verwunschen. Und die alten Sagengeschichten, vor allem die slawischen, die sind noch sehr lebendig! Zum Beispiel glauben die Leute, wenn sie einen Albtraum haben, dass sich die Trut, oder im Slowenischen Trota mora, auf sie draufgesetzt hat. Also ein boshafter Dämon, der einem im Schlaf keine Ruhe gibt.«

»Manchmal habe ich den Eindruck, ihr seid hier noch im Mittelalter«, rutschte es Elvira heraus. »Entschuldige, damit bist nicht du gemeint!«, ergänzte sie noch, als sie das betroffene Schweigen der Kollegin wahrnahm. Nach einer Pause fragte sie: »Wie hat schnell der Psychologe in Wien geheißen, weißt du noch? Ich will den aufsuchen, der könnte wichtig sein.«

»Ich glaube, Jirecek oder so. Ich werde morgen die Sablatnig nochmals anrufen und sie nach dem Namen fragen. Dann geb ich dir Bescheid.« Elvira bedankte sich und schwieg für den Rest der Fahrt. Als sie Karin bei der Redaktion aussteigen ließ, war sie froh, dass diese mitgekommen war. Sie war ihr sympathisch geworden, diese unaufdringliche junge Frau, die erfolgreich verbarg, was sie an Fähigkeiten aufzuweisen hatte.

5. KAPITEL

Elvira war heute schon zeitig im Frühstücksraum. Sie sollte um 10 Uhr in Wolfsberg sein, mit einer Stunde Fahrzeit musste sie rechnen. Nachdem das blonde, freundliche Mädchen – sie hieß übrigens Andrea – ihr wieder Kaffee angeboten hatte, wies sie sie ungehalten darauf hin, dass sie morgens grundsätzlich keinen Kaffee trinke und ob es ihr nicht aufgefallen wäre, dass sie bisher immer Tee bestellt habe. »Entschuldigung!«, murmelte das Mädchen und schlich in die Küche.

Schon der fünfte Tag, dachte Elvira, und noch immer kein Hinweis auf einen möglichen Täter – eine Täterin konnte es auch sein, diese Möglichkeit hatte sie noch gar nicht ins Auge gefasst. Nur schwer vorstellbar, dass eine Frau den schweren Körper des Hofrates Unterberger in den Fluss geworfen haben könnte. Ihr war weiterhin unklar, warum man diesen harmlosen, offensichtlich dementen alten Mann umgebracht hatte. Eigentlich war es nicht ihre Aufgabe, dies zu klären. Sie war Journalistin und hatte nur zu berichten. Aber sie hatte Feuer gefangen und wollte den Fall lösen. Ihr Instinkt für kriminelle Zusammenhänge und ihr Gerechtigkeitsgefühl gingen mit ihr durch, möglicherweise auch gegen die eigenen Interessen.

Eines war sicher: Es war kein Selbstmord, auch wenn die würdige Vertreterin der besseren Kärntner Gesellschaft gestern vehement diese Theorie vertreten hatte. Diese wusste natürlich auch mehr, als sie gesagt hatte, dessen war sich Elvira sicher. Warum hielten sich alle so bedeckt?

Weil sie »nur« eine Journalistin war? Oder herrschte hier in Kärnten eine Art Omertà, wo die Menschen von irgendwelchen Mächtigen zum Schweigen gezwungen wurden? Wenn sie an die Geschehnisse rund um die Hypo-Alpe-Adria dachte, so musste dort jahrelang ein umfassendes kollektives Schweigen geherrscht haben, damit es so weit hatte kommen können. Und der Landeshauptmann hatte mit autoritärem Gehabe ebenfalls dafür gesorgt, dass es den Menschen nicht in den Sinn kam, Fragen zu stellen, geschweige denn Widerstand zu leisten.

Elvira machte sich auf den Weg Richtung Autobahn. Sie hatte erfahren, dass sich das Hauptgebäude der Skandalbank auf der Wiener Straße befand – also direkt an der Strecke nach Wolfsberg. Sie parkte das Auto am rechten Fahrbahnrand und betrachtete eingehend das Gebäude. Eine auffällige, gewagte Architektur zeichnete die Konstruktion aus – viel Beton, schräge Stützen, die Fassade wie ein riesiges Metallgerüst gestaltet. Hier hatte sich ein Stararchitekt stilistisch ausgetobt, hier war viel Geld hineingeflossen. Elvira wurde mulmig bei der Vorstellung, wie in diesem Gebäude Politiker und Mafiabosse vom Balkan ein und aus gegangen waren und Geld für windige Projekte erhalten hatten; auch bei dem Gedanken, dass hier der verunglückte Landeshauptmann interveniert hatte, damit bestimmte Personen ohne jegliche Absicherung Kredite erhielten. Dass so etwas auf die Dauer nicht gut gehen hatte können, war klar. Jetzt war das Land praktisch pleite deswegen! Zornig schlug sie die Autotür zu und fuhr weiter.

In Wolfsberg erwartete sie Herr Unterberger, wie abgemacht, in seinem Büro. Er bot ihr an, sie mit seinem Auto zur Wolfsberger Bestattung zu fahren. »Das Kühlhaus ist etwas außerhalb«, informierte er sie. Der Angestellte, der den Zutritt zu dem Gebäude überwachte, grüßte ihn freundlich. »Oh, Herr Magistratsrat, Sie kommen sicher Ihren Vater besuchen!« Elvira fand den Ausdruck »besuchen« unpassend, Unterberger zeigte aber keine Reaktion. Vielleicht vermochten alle hier noch nicht zu glauben, dass der alte, in der Öffentlichkeit angesehene Mann tot war.

In Begleitung des Angestellten betraten sie den Kühlraum. Elvira hatte im Rahmen ihrer Tätigkeit schon öfter Leichenschauhäuser betreten, dennoch erschauerte sie jedes Mal aufs Neue – nicht nur wegen der Temperatur. Ein bizarrer Vergleich schoss ihr durch den Kopf: Die quadratischen Türchen mit den Leichen dahinter erinnerten sie an japanische Billighotels, in denen jedem Schläfer und jeder Schläferin nur eine schmale Box zur Verfügung stand. Einmal hatte sie in so einem Hotel genächtigt und in ihrer Koje prompt eine mittelstarke Panikattacke bekommen. Panikattacke hatte sie jetzt zwar keine, aber eine starke Beklommenheit erfasste sie. Hier bekam der Tod etwas Banales, Stumpfsinniges. Er wurde auf eine mechanistische Weise verwaltet, die Toten waren auf einen tiefgefrorenen Klumpen von Fleisch und Knochen reduziert. Sie sah kurz zu Unterberger hin. Ihm schien es ähnlich zu gehen, er hatte den Kopf eingezogen, den grauen Mantel fest um seinen Körper geschlungen und schaute starr vor sich hin.

»In dieser Box liegt Ihr Vater!«, verkündete der Angestellte und schob die Tür auf. »Sind Sie bereit?«, fragte er noch, bevor er das Tuch wegschob, das den Körper bedeckte. »Ja«, flüsterte der Sohn. Vor ihnen lag ein alter Mann von kräftiger, gedrungener Statur und gelblicher Hautfarbe, dessen Gesicht erhebliche Abschürfungen aufwies. Unterberger junior wurde starr. »Mein Gott, wie der aussieht! Man kann ihn ja kaum mehr erkennen!«, rief er aus. Elvira begann, die Leiche in Augenschein zu nehmen. Die Abschürfungen waren naturgemäß an Kopf und Händen am stärksten, weil sie unbekleidet gewesen waren. Die Leiche war auch etwas aufgedunsen. Elvira hatte schon schlimmer entstellte Wasserleichen gesehen, die mehr aufgequollen gewesen waren. Unterberger senior war offenbar nur kurze Zeit im Wasser gelegen, bevor er gefunden wurde.

»Könnten Sie Ihren Vater einmal kurz zur Seite drehen?«, fragte Elvira den Sohn. Dieser erwachte prompt aus seiner Erstarrung und fragte: »Was soll ich?« »Ihn kurz zu Ihnen drehen, ich möchte mir die Rückseite anschauen.« Wortlos packte Unterberger seinen toten Vater mit beiden Händen und hob ihn auf einer Seite auf, was viel Kraft erforderte. Aus Elviras Perspektive sah es so aus, als würde er ihn noch einmal umarmen. Elvira inspizierte Rücken und Hinterkopf der Leiche. Auch dort das gleiche Bild: diffuse Abschürfungen, nur am Hinterkopf eine massive Platzwunde, stärker als die anderen Verletzungen. War er zuerst mit dem Hinterkopf aufgeschlagen, als er ins Wasser gefallen war? Oder war die Wunde schon vorher entstanden, beispielsweise weil er mit oder ohne Fremdeinwirkung nach hinten gefallen war? Elvira wusste, dass ohne Obduktion sich dieser Ablauf nicht würde klären lassen.

Unterberger, der Sohn, stöhnte vor Anstrengung. »Brauchen Sie noch lang?« Elvira hatte genug gesehen und antwortete: »Ja, geht schon!« Mit hochrotem Gesicht ließ der Junior seinen Vater wieder in die Ausgangsposition zurückfallen. Einige Momente starrte er die Leiche an. »Entschuldige … wenn ich dich … enttäuscht habe«, stammelte er, drehte sich um und ging in Richtung Ausgang. Elvira folgte ihm.

Draußen saßen sie eine Zeitlang schweigend auf einer Bank. Unterberger zündete sich eine Zigarette an. »Ich hoffe, es stört Sie nicht?«

»Nein!« Elvira hätte auch gern eine gehabt, versagte sich aber den Wunsch. Sie musste an den Tod ihrer Mutter vor fünf Jahren denken. Sie hatte mit dieser auch nicht das beste Einvernehmen gehabt. Ihre Mutter hatte die meiste Zeit mit Fernsehen, dem Lesen von Illustrierten und mit Rauchen – deshalb war Elvira seit Jahren strikte Nichtraucherin – verbracht und hatte für ihre beiden Töchter kein sichtliches Interesse gezeigt. Sie hatten Kleidung und Nahrung erhalten, manchmal einen Verweis, wenn sie nicht »brav« waren – das war es auch schon gewesen. Erst in höherem Alter hatte die Mutter Kontakt zu ihr gesucht, hatte Elvira öfter gefragt, wie es ihr ginge. Diese plötzliche Zuwendung hatte die Tochter verunsichert, sie war umso mehr auf Distanz gegangen. Bis zum qualvollen Tod der Mutter – sie erstickte an einem Kehlkopfkrebs – blieb die Distanz zwischen beiden Frauen aufrecht. Elviras Vater lebte noch. Dieser war offensichtlich an einer chronischen Depression erkrankt und führte ein Leben als zurückgezogener Einzelgänger in einem Häuschen in der Nähe von St. Pölten. Auch zu ihm hatte sie wenig Kontakt. Wenn sie ihn gelegentlich besuchte, hatten sie sich wenig zu sagen.

Der Beamte saß starr und schweigend da, seufzte ab und zu. Elvira legte ihm, einem Impuls gehorchend, ihre Hand auf den Arm. »Ich habe das vor fünf Jahren auch erlebt, mit meiner Mutter. Es ist schwer zu verkraften, vor allem, wenn man zu der Person kein besonders gutes Verhältnis gehabt hat.« Der Sohn schluckte und antwortete, ohne sie anzusehen: »Ich habe es mir nicht so schwierig vorgestellt. Und wie er ausschaut – schrecklich!«

Elvira teilte ihm vorsichtig ihre Beobachtung mit, welche die große Wunde am Kopf anbelangte. »Er muss mit dem Hinterkopf stark aufgeprallt sein, vielleicht hat ihn jemand gestoßen.« Unterberger sah zum ersten Mal auf, schaute sie verständnislos an: »Ich kann mir beim besten Willen nicht vorstellen, dass meinen Vater jemand umgebracht hat!«

Elvira nickte. »Es ist schwer vorstellbar, aber ich kann es mir nicht anders erklären. Nach Selbstmord schaut es jedenfalls nicht aus.«

Als sie zum Auto zurückgingen, bot Elvira dem sichtlich gezeichneten Mann an, für die Rückfahrt das Steuer zu übernehmen. »Nein danke, es geht schon!«, erwiderte er, wirkte aber immer noch geistesabwesend. Langsam fuhren sie zum Rathaus zurück. Beim Abschied sah er ihr kurz in die Augen und dankte ihr, dass sie ihn begleitet hatte. »Ohne Sie hätte ich meinen Vater nicht mehr gesehen. Wahrscheinlich war es gut so!« Das klingt ja fast nach später Versöhnung, wunderte sich Elvira. Wenigstens nach einem Schritt in diese Richtung. Bis zur vollen Versöhnung würde es – wie in ihrem Fall mit der Mutter – wohl noch eine Weile dauern. Ja, sie hatte der Mutter Jahre nach ihrem Tod ihre Lieblosigkeit verziehen. Sie spürte jetzt keinen Ärger mehr, keinen Hass. Zerwürfnisse passieren schnell, Versöhnungen gehen langsam. So hatte sie es schon oft erlebt – bei anderen und bei sich.

Nach der Verabschiedung von Herrn Unterberger bekam sie das unbestimmte Gefühl, dass sie etwas vergessen hatte.

Ach ja – den Termin mit dem Germanisten, dem Dozenten Jauschnigg in Klagenfurt! Halb zwölf war es schon und sie musste um halb eins in Klagenfurt sein.

Elvira machte sich gleich auf den Weg. Die Fahrt war mühsam, mit vielen Geschwindigkeitsbegrenzungen und einigen langen Baustellen. Sie wurde ungeduldig. Lieber hätte sie das Erlebte in Ruhe verarbeitet, als gleich zum nächsten Termin zu hetzen. Diese Hektik kannte sie als Journalistin gut, sie war ihr aber im Grunde zuwider. Als sensible Person brauchte sie eine längere Zeit als andere Menschen, um Geschehnisse zu verdauen. Sie legte Musik von Leonard Cohen in den CD-Spieler ein, um sich zu beruhigen. Dann nutzte sie die knappe Stunde, um den Vormittag zu reflektieren.

Der »junge« Unterberger hatte betroffener reagiert, als sie vermutet hatte. Ein Emotionsbolzen war er ja wahrlich nicht! Wie sie ihm spontan die Hand auf den Arm gelegt hatte – war sie da zu weit gegangen? Er hatte keine Reaktion gezeigt. Waren seine Emotionen genauso tiefgefroren wie der Körper seines Vaters im Kühlhaus? So war das bei vielen Männern. Sie hatte noch kaum einen kennengelernt, der zu seinen Gefühlen stand oder diese überhaupt wahrnahm. Die wenigen Male, wo sie sich auf eine Beziehung eingelassen hatte, war sie gefühlsmäßig abgeprallt, hatte sich unnötig ausgeliefert. Wahrscheinlich sind die Empfindungen aus den meisten Männern als Kind herausgeprügelt worden, mutmaßte sie. Oder es ist ihnen eine emotionale Zwangsjacke übergestreift worden, weil sie keine Schwächen zeigen durften. Und jetzt gingen sie als emotionale Leichen durchs Leben, tiefgekühlt, möglichst »cool« in allen Lebenslagen.

Nachdem sie ein langes Tunnelsystem durchfahren

hatte, erreichte sie die Ausfahrt Klagenfurt-West, von wo es nicht mehr weit zum Restaurant war. Sie kam pünktlich ins Lokal, Dozent Jauschnigg erwartete sie schon. Er war ein großer, attraktiver Mann um die 40, der eine Halbglatze und eine Hornbrille trug. Er strahlte hohe Intelligenz, aber auch Ungeduld und Strenge aus. Den will ich mir lieber nicht als Prüfer auf der Uni vorstellen, dachte Elvira. Er lief gleich einmal zur Vorspeisenvitrine, um sich einen mittelgroßen Teller voll aufzuladen. Elvira gab sich mit einem kleinen zufrieden. »Was kann ich für Sie tun?«, fragte Jauschnigg, indem er sie interessiert ansah. Er aß hastig, der Vorspeisenteller war bald leer.

Elvira fragte nach der Tätigkeit des Kärntner Literatur-Archivs und nach seinen Aufgaben als dessen Leiter. »Was genau ist Ihr Interesse daran?«, wollte er wissen. »Sind Sie Kulturjournalistin?«

»Eigentlich nicht«, antwortete Elvira. »Ich bin in meiner Zeitung für den Chronikteil zuständig und habe mit Kultur nur peripher zu tun. Aber ich interessiere mich privat dafür.« Und dann erwähnte sie den Mordfall, der sich im Lavanttal zugetragen hatte. »Das Mordopfer war immerhin Vorsitzender der Christine-Lavant-Vereinigung.«

Jauschnigg nickte: »Der Unterberger, ja, ich habe ihn gekannt. Ich war auch eine Zeitlang in der Vereinigung aktiv. Schreckliche Geschichte. Der hat doch Selbstmord begangen, nicht?«

Elvira zögerte einen Moment, seufzte dann und meinte: »Das mit dem Selbstmord ist ein Gerücht, das gestreut wurde. Meine Nachforschungen haben ergeben, dass er umgebracht wurde.« Jauschnigg, der auch seine Hauptspeise (»Tagliatelle frutti di mare«) schnell verschlang, blieb nun sichtlich der Bissen im Hals stecken. »Der Unterberger wurde umgebracht, meinen Sie – nein, das gibt's doch nicht!«

»Doch«, erwiderte Elvira, »und bei meinen Nachforschungen habe ich den Eindruck gewonnen, dass die Christine Lavant in dem Ganzen eine nicht unwesentliche Rolle spielt. Deshalb bin ich für jeden Hinweis dankbar, den Sie mir geben können.«

Jauschnigg aß weiter und nickte. »Ich verstehe, Sie sondieren das Umfeld der Christine-Lavant-Vereinigung. Jeder davon ist verdächtig, sozusagen. Auch ich wahrscheinlich.« Er lachte sarkastisch. »Nun, ich verwalte das Kärntner Literaturarchiv, wie Sie wissen. Dieses befindet sich im Zentrum von Klagenfurt, im Haus vom Robert-Musil-Literatur-Museum. Ach, Sie kennen es schon? Waren schon dort, und die Kleindienst haben Sie auch dort getroffen? Alle Achtung, Sie sind ja schnell unterwegs! >Die rasende Reporterin< könnte man Sie nennen! Die Kleindienst, die redet viel, aber sie weiß auch eine Menge. Wir arbeiten eng mit dem Museum zusammen, machen gemeinsame Veranstaltungen und so weiter. Das Archiv also gehört dem Land Kärnten, wird von ihm erhalten und finanziert. Wie Sie sich vorstellen können, geht es uns nach den Finanzskandalen der letzten Jahre schlecht. Genauer gesagt: Wir kämpfen um unsere Existenz.«

Elvira sah besorgt drein und nickte verständnisvoll. »Ja, kann ich mir vorstellen. Und was machen Sie da genau?« Jauschnigg war bei der Nachspeise, einem großen Stück Tiramisu, angelangt, das von einem doppelten Espresso begleitet wurde. Er holte etwas aus: »Nun, wie Sie wahrscheinlich wissen, sind wir im Land Kärnten mit einer Menge herausragender Literaten gesegnet. Manche von ihnen sind schon tot, wie der Jonke, die Bachmann oder

der Gutenbrunner. Der Michael Gutenbrunner war übrigens ein hervorragender Autor, aber ein großer Gegner der Christine Lavant. Er hat einmal eine Parodie über sie geschrieben, die boshafter nicht hätte sein können … Bei den verstorbenen Autoren schauen wir, dass wir den Nachlass erwerben und wissenschaftlich auswerten. Das kann bei kiloweise Papier eine Heidenarbeit sein. Und die lebenden Kärntner Autoren, von denen es eine Menge sehr guter gibt, versuchen wir nach Kräften zu fördern, zum Beispiel mit Lesungen, Symposien und Buchpräsentationen. Es gibt also eine Menge zu tun, und ich habe nur zwei Mitarbeiterinnen zur Verfügung. Wir kommen mit der Arbeit kaum nach.«

»Und Sie sind Spezialist für Christine Lavant?«, wollte sie wissen.

»Nicht direkt«, antwortete der Experte. »Aber wenn man sich in Kärnten mit Literatur beschäftigt, kommt man an der Lavant nicht vorbei.« Was ihn an der Lavant denn fasziniere und was er besonders schätze, wollte die Journalistin wissen. Jauschnigg nippte an seinem Espresso. »Wissen Sie, die Lavant war schon eine spezielle Frau. Ich weiß nicht, was Sie schon von ihr wissen«, er hielt kurz inne, »aber sie ist ein Sonderfall in der Literatur. Sie hat sich aus dem Nichts in die Höhen der deutschsprachigen Literatur hinaufkatapultiert. Aus dem Nichts. Damit meine ich: Sie ist ganz arm aufgewachsen, hat kaum eine Schulbildung genossen. Acht Jahre in einer Dorfvolksschule – Sie können sich vorstellen! Nicht weil sie dumm war, sondern weil sie für die drei Kilometer in die nächste Hauptschule keine Kraft hatte. Sie war krank, sie war unansehnlich, und doch ungeheuer kreativ. Ich bin mit dem Wort ›Naturtalent‹ vorsichtig, aber in ihrem Fall dürfte er zutreffen.

Und, obwohl sie aus einfachsten Verhältnissen stammte, hat sie sich in Politiker- und Künstlerkreisen sehr souverän bewegt!«

»Und dabei den Werner Berg kennengelernt«, ergänzte Elvira.

»Ah, davon haben Sie auch schon gehört?«, fragte Jauschnigg sichtlich beeindruckt. »Von der verrückten Liebe, von dem Skandal im Lavanttal? Aus dieser Liebe wird immer noch ein großes Mysterium gemacht. Dabei waren die Beweggründe von ihrer Seite her einfach: Sie hatte endlich einen attraktiven Mann gefunden, der nicht nur ihre Dichtung schätzte, sondern ihr das Gefühl gab, eine richtige Frau zu sein. Sie fixierte sich total auf ihn, wollte ihn nicht mehr hergeben. Und als es mit der Beziehung aus war, ist sie zusammengebrochen. Sie hat den Verlust ihr Leben lang nicht verkraftet, ist in eine – wie ich vermute, aber ich bin kein Psychiater – chronische Depression verfallen und hat später nichts mehr schreiben können. Die Liebesbeziehung und die schmerzhafte Zeit danach waren für sie der Treibstoff, der den Schreibmotor in Gang gehalten hat. Eigentlich ist sie eine der großen, tragischen Liebenden der neueren Literaturgeschichte.«

»Und ihre Sexualität?«, fragte Elvira. Der Dozent verzog das Gesicht. »Ich weiß nicht, was daran so interessant sein soll, dass ständig darüber geredet wird. Natürlich wird es in dieser Beziehung auch Sexualität gegeben haben – na und? Vor 50 Jahren war das noch ein Skandal in der Öffentlichkeit. Aber heute, wo jeder zweite verheiratete Mann und jede dritte verheiratete Frau fremdgehen, laut Statistik … Was ist jetzt daran noch aufregend?« Und nach einer kurzen Pause: »Aber es gibt auch heutzutage noch Kreise, die diese Frage weiterhin tabuisieren wollen. Die nicht wollen, dass irgendwie darüber geredet wird. Wobei ich die Tabuisierung peinlicher finde als die Fakten selber.«

»Und wie geht diese Tabuisierung vor sich?«, fragte Elvira scheinbar naiv nach – sie hatte von Magistra Kleindienst schon einiges darüber erfahren.

Jauschnigg zögerte etwas, bevor er, leiser als bisher, entgegnete: »Ich weiß nicht, ob Sie schon von dem ominösen Buch gehört haben, das die Lavant über die Beziehung zu Berg geschrieben hat. Es existiert nur als Manuskript, wurde nie veröffentlicht. Darin hat sie mit ihm gnadenlos abgerechnet, er kommt da offenbar nicht gut weg.« Elvira wurde hellhörig. Ein Buch über die gescheiterte Beziehung? Eine Abrechnung der Christine Lavant mit ihrem verflossenen Liebhaber? Und nie veröffentlicht! Warum nicht?

»Und wo ist dieses Buch, gibt es das Manuskript noch?«

»In unserem Archiv«, meinte der Germanist lakonisch.

»In Ihrem Archiv? Und was steht drinnen?«, bohrte Elvira nach.

»Es tut mir leid, das weiß ich nicht!«

»Wie, das Buch befindet sich in Ihrem Archiv, und Sie wissen nicht, was drinnen steht?«

»Ja, das klingt jetzt komisch«, Jauschnigg räusperte sich etwas verlegen, »aber dieser Teil des Nachlasses ist gesperrt. Niemand darf Einblick nehmen, sogar wir Wissenschaftler nicht.«

Elvira war perplex. Da gab es tatsächlich ein unveröffentlichtes Manuskript der Christine Lavant. Es war offenbar von heiklem und pikantem Inhalt. Aber 60 Jahre nach den Ereignissen war es immer noch nicht möglich, dieses Manuskript zu bearbeiten und als Buch zu veröffentlichen? Was, um Himmels willen, stand da drinnen? »Und wer hat die Sperrung des Nachlasses veranlasst?«, wollte sie wissen.

»Nun, die Erben von Berg, zusammen mit Mitgliedern der Christine-Lavant-Vereinigung. Es gab Gerichtsverfahren, Unterlassungsklagen, die ganze Palette. Mehrere Verlage waren an dem Buch interessiert, klarerweise. Am Ende gab es eine gerichtliche Verfügung, dass dieses Buch nicht veröffentlicht werden darf.«

Verfahren, Verfügungen, Unterlassungsklagen – die Sache der Christine Lavant war im Gerichtssaal angelangt. Eines war klar: Mächtige Kreise hatten versucht, die Veröffentlichung um jeden Preis zu verhindern. Vermutlich aus Pietätsgründen, mutmaßte Elvira. Eine mögliche Verbindung zu dem Mordfall begann sich abzuzeichnen. Vielleicht hatte der tote Unterberger etwas damit zu tun gehabt. – Aber was?

Elvira fragte neugierig nach: »Kann man das Manuskript sehen? Wie lautet denn der Titel?«

»Es heißt: ›Du hast mir meine Augen gestohlen!‹ Betrachten darf man es schon, aber nicht hineinschauen. Es gibt da nicht viel zu sehen – ein Konvolut aus vergilbtem Papier, mit Maschine beschrieben. Äußerlich uninteressant, aber der Inhalt wäre für die Lavant-Forschung natürlich sehr wichtig. Wahrscheinlich ein direkter Einblick in das Seelenleben der Dichterin.«

»Und Sie haben wirklich noch nicht darin gelesen?«

»Sehr geehrte Dame«, antwortete der Dozent bedeutungsvoll. »Ich bin ein seriöser Wissenschaftler und halte mich an die Vorschriften! Nein, ich habe keinen Einblick genommen – auch wenn es mich sehr gereizt hätte.«

Sofern er die Wahrheit sprach, war Elvira von der Standhaftigkeit dieses Mannes beeindruckt. Plötzlich schoss ihr durch den Kopf, ob er gegenüber sexuellen Avancen auch so standhaft war? Sie merkte, dass sie das gern einmal ausprobiert hätte. Dieser intelligente, gebildete und in seinem Metier leidenschaftliche Mann gefiel ihr. Sie spürte auch, wie die geheime Liebesgeschichte zwischen Lavant und Berg sie angeregt hatte. Wie die tiefen Blicke, die er Elvira zuwarf, verrieten, hegte auch der Magister Sympathien für sie. Möglicherweise, um nicht Gefangener seiner eigenen Fantasien zu werden, stand er abrupt auf und sagte: »Ich muss jetzt gehen, ich habe meine Mittagspause ohnehin schon überzogen. Zahlen muss ich auch noch …«

»Ist schon erledigt«, erwiderte Elvira, die einen Toilettengang einige Minuten vorher gleich mit zur Bezahlung der Rechnung verwendet hatte. »Übernimmt die Redaktion. Danke dafür, dass Sie sich Zeit für mich genommen haben.« Jauschnigg wurde leicht rot, als er antwortete: »Das ist mal was anderes, von einer attraktiven Frau zum Mittagessen eingeladen zu werden! Dann danke ich vielmals. Ich hoffe, ich habe Ihnen weiterhelfen können. Wenn Sie noch Fragen haben, rufen Sie mich ruhig an.« Er hielt ihr seine Visitenkarte hin. Elvira konnte sich gut vorstellen, dass sie ihn wieder anrufen würde. Und das nicht nur aus literarischen oder kriminalistischen Gründen.

Elvira hatte nun den ganzen Nachmittag für sich. Sie wollte ihn nutzen, um ihre Gedanken zu ordnen; wollte für sich zusammenfassen, was bisher geschehen war. In Fällen wie diesem hatte sie die Angewohnheit, sich die Informationen aufzuschreiben beziehungsweise auf einem großen Blatt Papier grafisch anzuordnen. Oft fielen ihr dabei wichtige

Querverbindungen und Zusammenhänge auf. Dazu suchte sie das ihr schon bekannte Wiener Café auf. Eine abgerackert wirkende Serviererin mit ausdruckslosem Gesicht brachte ihr eine Schale schwarzen Tee mit Milch. Es war immer wieder eine Freude, die ersten Schlucke dieses Getränks zu genießen, das sie an Leib und Seele wärmte.

Obwohl schon wichtige Informationen vorhanden waren, kam Elvira der Fall weiterhin reichlich verwirrend vor. Vor allem hatte sie das Gefühl, in eine fremde Welt geraten zu sein, mit eigenen Regeln und Gesetzen. Und möglicherweise konnte in dieser Welt einer mit dem Tode bestraft werden, wenn er in irgendeiner Weise gegen diese Regeln verstieß.

Elvira wollte mehr über dieses seltsame Bundesland wissen, das zwar zu Österreich gehörte, aber doch starke Eigengesetzlichkeiten aufwies. Nach einer Weile verließ sie das Kaffeehaus und ging über den Platz zur Buchhandlung, die sie schon einmal aufgesucht hatte. Dort erwarb sie zwei Bände über die Kärntner Geschichte. Mit dieser Lektüre verbrachte sie den Rest des Nachmittags, bequem auf ihrem Hotelbett liegend.

Gegen Abend flanierte sie wieder durch die Stadt, auf der Suche nach einem passenden Lokal fürs Abendessen. Am Rand der Altstadt stieß sie auf eine große gelbe Kirche mit einem hohen Turm. ›Pfarrkirche St. Egid‹ war am Kirchenportal zu lesen und ›Aufstieg zum Turm: 1 Euro‹. Von oben hatte man sicher eine schöne Aussicht auf die Stadt, dachte sie. Doch jetzt war es schon zu spät, der Aufgang war geschlossen.

Auf einmal hörte sie eine Orgelmelodie. Sie horchte am Kirchenportal, das ebenfalls schon geschlossen war –

nein, die Melodie kam nicht aus der Kirche. Sie ging dem Klang nach und bog um die Ecke. Zu ihrer Überraschung sah sie in einer Höhe von etwa zehn Metern ein Sichtfenster, das in die Wand des Kirchturms eingelassen war. Darin erschien eine Reihe von Figuren, die zu jeder vollen Stunde vorüberzogen. Wie die berühmte Ankeruhr in Wien, dachte Elvira. Sie wartete ein paar Minuten, bis es so weit war. Sie betrachtete den Aufmarsch der Figuren – Handwerker, Herzöge, schön gekleidete Frauen. Am Ende erschien eine Figur, die den Tod darstellte. Als Gerippe, in einen schwarzen Mantel gehüllt. Doch nach einem Moment verschwand die Figur wieder, schneller als die anderen. Dies kam ihr seltsam vor.

Auf einmal spürte sie wieder die eisige Kälte wie im Traum am Grab der Christine Lavant oder im Musil-Museum beim Betrachten des Videos. Sie schauderte, ihr war leicht schwindlig. Sie wandte sich an eine ältere Frau, die gerade vorbeikam: »Entschuldigen Sie, bei den Figuren, die da oben vorbeigehen, ist da auch der Tod dabei?« Die Frau schaute sie erstaunt an und antwortete zögerlich: »Warten Sie, da muss ich kurz nachdenken … Also ich glaube nicht … nein, da kommt kein Tod. Warum fragen Sie?«

»Weil ich mir einbilde, ihn da oben gesehen zu haben … Entschuldigen Sie, wenn ich Sie belästigt habe!« Sie ließ die überraschte Frau stehen und ging schnell davon.

Elvira lief durch die Stadt. Ihr war immer noch eiskalt. Was … was hatte *das* nun zu bedeuten?, fragte sie sich. Konnte sie ihrer Wahrnehmung nicht mehr trauen? War sie gerade dabei, den Verstand zu verlieren? Was bewirkte diese Christine Lavant, was löste sie aus – fast 40 Jahre nach ihrem Tod? Hatte es doch etwas mit dem Fluch auf sich, von dem Frau Sablatnig gestern gesprochen hatte?

Die Altstadt erschien ihr auf einmal fremd, bedrohlich. Hell erleuchtete Geschäfte grinsten sie an, die leer stehenden Läden waren dunkle Höhlen, in denen ein Geheimnis lauerte. Die Ringstraße, die die Altstadt umgab, kam ihr vor wie eine eiserne Klammer, die die Menschen gefangen hielt. Vermummte Gestalten hasteten durch die Stadt. Wussten sie vom Geheimnis der Christine Lavant? Wussten sie, wer der Mörder von Unterberger war – und keiner wollte oder durfte es verraten?

Elvira erkannte, dass ihre Angststörung sie einzuholen begann. Dieser Zustand musste beendet werden – nur hatte sie kein Beruhigungsmittel in der Tasche wie früher in solchen Situationen! Tee würde ihr jetzt nicht helfen, das wusste sie. Mit einem Viertel Rotwein würde sie herunterkommen, vielleicht war ein zweites notwendig. Ein simples Mittel, aber wirksam. Ein paar Gassen weiter fand sie eine einfache Weinstube, in die sie unter normalen Umständen nie eingekehrt wäre. Eine dunkle Spelunke, die im Tabakqualm versank. Die verunglückten österreichischen Rauchergesetze, über die sie sich maßlos ärgern konnte, waren ihr jetzt egal. Hinter einem dichten, grauen Schleier sah sie mehr oder weniger alkoholisierte Männer, die sie anstarrten. Frauen waren keine im Lokal. Auch egal.

Elvira bestellte ein Viertel Rotwein. Es war ein billiger Wein, der scheußlich schmeckte, den sie aber rasch austrank. »Die hat aber einen guten Zug!«, stellte einer der Männer, die sie ständig beobachteten, anerkennend fest. Elvira spürte, wie die Angst langsam von ihr wich. Zur Sicherheit bestellte sie ein zweites Viertel. Dann bin ich halt heute betrunken, dachte sie. Hauptsache, die verdammte Angst verschwindet! Bevor ihr das Denken schwerer zu fallen begann, tauchte eine vage Erkenntnis auf: Wahrscheinlich wollte ihr Unterbewusstes sie warnen, indem es ihr den vorüberziehenden Tod vorgaukelte. Eine tiefe Beunruhigung blieb bestehen, die auch der steigende Alkoholspiegel nicht beseitigen konnte.

6. KAPITEL

Ihre Hände zitterten, als sie das Schreiben las. Sie war zum Frühstück in den Speisesaal gekommen, hatte ihren Tee bestellt und sich ihren Teller vollgefüllt. Als Andrea ihr das gewünschte Getränk brachte, hielt sie einen Brief in der Hand. »Sie sind doch die Frau Hausmann, nicht?«

»Ja, die bin ich.«

»Da war ein Brief für Sie in unserem Hauspostkasten.«

Elvira betrachtete die Sendung. Kein Absender. AN FRAU HAUSMANN. Sonst nichts. Der Name war in krakeligen Blockbuchstaben geschrieben. Sie war verwundert über diese Sendung, mit den meisten Personen verkehrte sie per E-Mail. Woher wusste der Absender, dass sie hier wohnte?

Sie öffnete den Umschlag und erstarrte. Hier stand in großen Buchstaben:

MACHEN SIE DASS SIE FORTKOMMEN,
BEVOR ETWAS PASSIERT

Diese Botschaft war eindeutig. Es war ein Drohbrief. Sie spürte wieder die Eiseskälte in sich. Fassungslos starrte sie das Schreiben an. Andrea bemerkte, dass etwas nicht stimmte, näherte sich und fragte: »Ist Ihnen nicht gut?« Erst nach einer Weile konnte Elvira sie anschauen und antwortete: »Es geht schon … Nur dieser Brief … ist so seltsam.«

Als sie den Brief wieder ansah, machte sie die banale Feststellung, dass nach den ersten zwei Worten ein Beistrich fehlte. Dann drängten viele Gedanken auf einmal in ihr Gehirn: Jemand hatte von ihren Recherchen erfahren und fühlte sich bedroht. War sie damit zu weit gegangen – obwohl sie ihrem Empfinden nach noch ganz am Anfang stand? War sie jemandem auf die Spur gekommen, ohne es zu wissen? Hatte eine der Personen, die sie in den letzten Tagen getroffen hatte, diesen Brief verfasst? Wie hatte der Absender erfahren, dass sie hier wohnte?

Sie rührte das Frühstück nicht mehr an, sogar ihren Tee ließ sie kalt werden. Nachdem sie sich einigermaßen gefangen hatte, stand sie auf und ging zur Rezeption. Diese war mit einem jungen Mann besetzt, den sie schon kannte. »Wo genau ist dieser Brief gefunden worden?«, wollte sie wissen.

»Dort drüben«, antwortete der Rezeptionist, dessen Namensschild ihn als ›Anton‹ auswies, »in unserem Hausbriefkasten.« Dabei deutete er auf einen grauen Behälter mit der Aufschrift ›WÜNSCHE ANREGUNGEN BESCHWERDEN‹. »Und wer hat ihn abgegeben?«

»Das weiß ich nicht. Es muss irgendwann letzte Nacht gewesen sein. Ist was mit dem Brief?«, fragte Anton. Elvira hielt ihm das Schreiben hin: »Bitte fassen Sie ihn nicht an, es geht um die Fingerabdrücke!« Der Rezeptionist überflog den Satz auf dem Papier, riss die Augen auf und stotterte: »Nein … das gibt's ja nicht! Das ist ja arg … Das ist ja wie … im Krimi!« Er hatte recht. Elvira wusste, dass spätestens zu diesem Zeitpunkt ihre Nachforschungen, ja, die ganze Geschichte zum Krimi geworden war, in dem sie die Hauptrolle spielte. »Kann man feststellen, wer den abgegeben hat?«, fragte sie mit zitternder Stimme. Anton dachte kurz nach und meinte, dass man den Nachtportier fragen müsse. »Aber der schläft jetzt sicher noch.«

Also, dachte Elvira, das wird bis zum Nachmittag dauern, bis man von dem was erfährt. Vermutlich hatte es der Absender so angestellt, dass er unerkannt geblieben war. Unbemerkt nachts in die schwach beleuchtete Lobby, deren Plafond von einigen dicken Säulen (an einer dieser Säulen war der Hausbriefkasten befestigt) getragen war, hineinzugehen und den Brief einzuwerfen – das war wahrscheinlich kein Problem. Vermutlich hatte der Nachtportier auch gerade geschlafen, als der Täter oder die Täterin kam.

»Kann ich Ihnen was zu trinken bringen?«, fragte Anton besorgt. Elvira hatte sich auf einen Stuhl in der Lobby gesetzt, zitterte immer noch. »Ja, bringen Sie mir ein Tonic, bitte.« Nach einigen Schlucken des kalten, bitteren Getränks überlegte sie, was sie jetzt machen sollte. Jemanden anrufen, aber wen? Karin würde sie auf jeden Fall Bescheid sagen. Die Polizei informieren? Oh je, das war wieder Kommissar Speckbacher – machte das Sinn? Wo ihm sowieso alles egal war? Gleichgültig, es gehörte zu seinen Pflichten, sie in dieser Situation zu schützen.

»Kommissar Speckbacher hier«, klang es wenig später gelangweilt aus dem Lautsprecher ihres Handys. Elvira schilderte ihm den Vorfall, Speckbacher hörte ihr zu. Einige Momente schwieg er, offenbar war er selber von dieser Entwicklung überrascht. »Können Sie mit dem Schreiben vorbeikommen?«, fragte er schließlich. Elvira bejahte und meinte, dass sie in einer Stunde bei ihm sein könne.

Karin war die Nächste, die sie kontaktierte. Diese war schockiert, als sie die Neuigkeit erfuhr. »Das ist ja echt arg! Du Arme … Was wollen die von dir? Hast du die Polizei schon angerufen?« Elvira bejahte – nicht ohne den Hinweis, dass sie von dieser nicht viel erwartete.

»Wie auch immer, die müssen der Sache nachgehen, dir vielleicht Personenschutz geben!« Karin war wirklich anteilnehmend, fast wie eine Freundin. »Komm doch her, bleib hier in der Redaktion!«, bot sie an. Elvira versprach zu kommen, nachdem sie den Kommissar aufgesucht hatte.

Nach dem Gespräch mit der Kollegin ging Elvira aufs Zimmer und brach dort in Tränen aus. Sie war verzweifelt. Was für eine Welt war das hier? Was hatte sie Böses getan, was falsch gemacht? Sie hatte in einem ungeklärten Todesfall Recherchen angestellt, das war alles. Offenbar war sie auf eine heiße Spur gekommen, sonst hätte der Täter – oder die Täterin – nicht so reagiert. Wer von den harmlos wirkenden Menschen, die sie in den letzten Tagen kontaktiert hatte, konnte dahinterstecken? Der unbeholfene Herr Loinigg? Der steife, emotionslose Herr Unterberger? Die alte, aber resolute Frau Sablatnig? Der charmante Magister Jauschnigg von gestern Nachmittag, dem gegenüber sie sogar erotische Gefühle entwickelt hatte? Mein Gott, wie unvorstellbar!

Elvira warf sich aufs Bett und heulte weiter. So etwas war ihr in ihrem ganzen Berufsleben noch nicht passiert! Sie hatte schon andere bedrohliche Situationen erlebt. Einmal war ein Querulant in die Wiener Redaktion des *Tagesboten* gestürmt und hatte herumgeschrien, weil die Zeitung einen Leserbrief, der ihm ungeheuer wichtig war, nicht veröffentlicht hatte. Er hatte angedroht, den zuständigen Redakteur zu erschießen, und war dann von der Polizei mitgenommen worden. Aber eine Drohung gegen sie persönlich? Nein, so was war noch nie vorgekommen!

Sollte sie sich erpressen lassen und abreisen? Dann hatte der Täter erreicht, was er beabsichtigte. Aber hierbleiben und vielleicht ihr Leben riskieren? War das die Sache wert? Was, wenn der Täter seine Drohung wirklich wahr machte? Sie spürte, dass sie keine überstürzte Entscheidung treffen sollte.

Mit wackeligen Schritten begab sie sich in Richtung Polizeidirektion, die unter normalen Umständen in 15 Gehminuten zu erreichen war. Heute würde sie länger brauchen. Bang sah sie dem Treffen mit Speckbacher entgegen. Wie würde er sich heute ihr gegenüber verhalten?

Der Kommissar erwartete sie schon neugierig in seinem Büro. Er fasste das ominöse Schreiben mit einer Pinzette an, um nicht seine Fingerabdrücke darauf zu hinterlassen. »Mit dem, was da steht, können wir nicht viel anfangen«, meinte er. »Die Schrift ist sicher verstellt, wie sollen wir den Verfasser finden? Wir werden den Brief auf Fingerabdrücke untersuchen lassen. Das wird schwierig werden, weil es auf dem Blatt sicher von Ihren Fingerabdrücken wimmelt! Mehr können wir im Moment nicht tun.«

Das war genau die Reaktion, die Elvira befürchtet hatte. »Sie entschuldigen, dass ich das Blatt angegriffen habe«, meinte sie sarkastisch. »Und mehr können Sie nicht machen? Ist nach so einer unverhohlenen Drohung kein Personenschutz vorgesehen? Ich fühle mich eindeutig meines Lebens nicht mehr sicher!«

Speckbacher sah sie geringschätzig an: »Personenschutz? Dafür haben wir weder die Leute noch das Geld! Das Beste, was Sie machen können, um sich zu schützen, ist, dass Sie sofort Ihre Ermittlungen einstellen und heim ins schöne Wien fahren. Sich dort in ein gemütliches Kaffeehaus setzen und für Ihre Zeitung Artikel über Radwege, die Taubenplage und die neue Frau des Bürgermeisters verfassen.« Fast triumphierend klang der Nachsatz: »Ich hab Ihnen ja gleich gesagt, Sie sollen die Finger von der Sache lassen!«

Die Botschaft war klar: Sie sollte sich »schleichen«, wie man in ihrer Heimatstadt sagte. Sie hatte hier nichts verloren und sollte ihre Nase nicht in Kärntner Angelegenheiten stecken. Elvira musste sich sehr beherrschen, um Speckbacher nicht anzuschreien. Sie biss sich auf die Unterlippe und starrte ihn hasserfüllt an. Hier war nicht mehr zu holen, das war klar. »Ermittlungen«, hatte er gesagt. Offenbar empfand er sie als Konkurrenz. Dabei hatte sie nur Recherchen angestellt, das war doch etwas anderes!

Sie wandte sich zum Gehen. Als sie die Tür schon geöffnet hatte, drehte sie sich nochmals um und sagte bissig: »Ich danke Ihnen für die freundliche Hilfe! Wann ist mit der Auswertung der Fingerabdrücke zu rechnen?«

»Morgen im Lauf des Tages«, entgegnete der Kommissar. »Vorher gehen Sie aber noch ins Zimmer 29 im Erdgeschoss. Dort lassen Sie sich Ihre eigenen Fingerabdrücke abnehmen. Damit wir diese auseinanderkennen und nicht am Ende Sie für die Täterin halten!« Speckbacher lachte hämisch und war sichtlich stolz auf den originellen Witz, den er gemacht hatte. »Ja, so weit kommt es noch! Bei Ihnen ist alles möglich«, schnaubte Elvira und knallte die Türe zu. Wütend holte sie den Lift und fuhr ins Erdgeschoss.

Vor der Polizeidirektion war ein Taxistandplatz. Sie warf sich in ein Fahrzeug und ließ sich zur Redaktion bringen. Nach den jüngsten Entwicklungen fiel es ihr nicht leicht, ihre Fassung wiederzuerlangen. Karin erwartete sie schon besorgt. Elvira betrat das Zimmer und fiel der jungen Frau um den Hals. »Es ist so schlimm, es ist so schlimm!«, schluchzte sie und legte den Kopf an Karins Schulter. Diese ließ sie einfach weinen. Als das Schluchzen nachließ, setzte sich Elvira auf den Stuhl gegenüber Karins Schreibtisch und nahm das Päckchen Taschentücher, das die Kollegin ihr hinhielt. Dann erzählte sie ihr die ganze Geschichte. Karin schüttelte immer wieder den Kopf und jammerte: »Und das bei uns in Kärnten! Der Kommissar Speckbacher hat keinen guten Ruf, vor allem mit der Presse will er nicht zusammenarbeiten. Aber ich bin entsetzt, dass er *so* arg ist! Warum gibt er dir keinen Personenschutz, nach so einer Drohung?«

»Wahrscheinlich, weil er mich … nicht mag«, schluchzte Elvira, »oder weil ich aus Wien bin! Ich mag ihn auch nicht. Mir ist noch selten so … ein widerlicher Typ begegnet!« Der Zorn ließ die Tränen versiegen. »Und jetzt weiß ich auch, warum in der Angelegenheit bisher niemand ermitteln wollte! Die Sache stinkt zum Himmel und gefährlich ist sie auch. Wie komme ich eigentlich als Auswärtige dazu, hier mein Leben aufs Spiel zu setzen?«

Karin schwieg. Besser sage ich jetzt nichts, dachte sie. Elvira hatte sich tatsächlich heldenmütig, aber auch ein wenig ungestüm in die Nachforschungen gestürzt. Als geborene Kärntnerin wusste Karin, dass es manchmal besser war, gewisse Fragen nicht zu stellen und von heiklen Angelegenheiten die Finger zu lassen.

»Und ihr schweigt hier einfach zu allem, mischt euch möglichst nicht ein, nicht?«, fuhr Elvira sie an, als hätte sie ihre Gedanken erraten. »Da werden in der Hypo-Alpe-Adria-Angelegenheit Millionen vernichtet und ihr schweigt dazu! Da baut ein Landeshauptmann über Jahre ein autoritäres Regime auf und ihr schweigt dazu! Wo waren die anderen Parteien und wo war die Presse? Habt ihr alle ein Schweigegelübde abgelegt?«

Karin blieb eine Antwort zunächst schuldig und starrte betreten vor sich auf die Schreibtischplatte. Dann sagte sie leise: »Das ist hier einfach unsere Mentalität. Das versteht ihr in Wien nicht.« Und nach kurzem Nachdenken: »Und überhaupt, ist es dort so viel anders? Macht da nicht auch die SPÖ seit Jahren, was sie will?« Elvira merkte, dass sie zu weit gegangen war und dass Karin recht hatte. Sie hatte an der Kollegin, die sie geduldig und sorgsam behandelt hatte, ihre Wut abreagiert, die eigentlich dem Inspektor Speckbacher und dem Verfasser des Drohbriefs galt. »Entschuldige, ich wollte dich nicht kränken. Es gibt hier einfach Dinge, die ich nicht begreife. Und meine Nerven liegen blank.« »Das verstehe ich ja!«, erwiderte ihre Kollegin. Und nach einer Weile fragte sie: »Was willst du denn jetzt tun?«

»Ich kann nicht weitermachen«, schüttelte Elvira den Kopf. »Es ist mir zu gefährlich. Dann bleibt der Fall halt ungelöst. Wenn mich die Polizei nicht schützt …« Karin kam aus ihrer Deckung hinter dem Schreibtisch hervor. Sie setzte sich neben Elvira hin und meinte: »Vielleicht ist es besser so. Wogegen die Kärntner besonders allergisch sind, ist, wenn jemand von auswärts kommt und sich in ihre Angelegenheiten einmischt. Das hat damals sogar der Kreisky beim Ortstafelsturm erfahren. So ist das bei uns …«

»Der Prassler wird froh sein, wenn ich wieder zurückkomme. Die brauchen mich sicher schon dringend in der Redaktion. Hier bin ich offenbar unerwünscht.« Resigniert starrte Elvira auf den Boden vor sich. Karin hätte ihr gern die Hand auf die Schulter gelegt, aber eine innere Stimme ließ sie davon Abstand nehmen.

Elviras Handy läutete. Ratsuchend sah sie die Kollegin an, um dieser schließlich das Gerät hinzuhalten und zu sagen: »Nimm du ab, bitte!« Karin nahm das Gerät und meldete sich: »Karin Perkonig, für Frau Hausmann.« Nach kurzem Schweigen meldete sich Dozent Jauschnigg und wollte Elvira sprechen. »Die kann gerade nicht … Es geht ihr nicht besonders.« Karin schaltete den Lautsprecher ein, damit Elvira mithören konnte.

»Was hat sie denn? Gestern war sie doch noch ganz munter!«

Karin überlegte kurz, dann antwortete sie: »Die Recherchen im Fall Unterberger haben ihr … etwas zugesetzt.«

»Na, das kann ich mir vorstellen. Üble Geschichte, das Ganze. Ich habe da eine neue Mitteilung, eine wichtige.«

Elviras Interesse war geweckt und sie nahm das Handy an sich. Mit tränenerstickter Stimme sagte sie ihren Namen.

»Hier Jauschnigg«, klang es erleichtert aus dem Apparat. »Schön, dass ich doch mit Ihnen reden kann. Na, Sie klingen ja wirklich nicht gut. Sind Sie trotzdem aufnahmefähig? … Also gut, ich habe da eine Neuigkeit, die Sie interessieren wird. Auch wenn sie für uns sehr unangenehm ist – für das Literaturarchiv, meine ich.« Dem Magister fiel es sichtlich schwer, das heikle Thema anzusprechen. »Worum geht es denn?«, fragte Elvira vorsichtig.

»Das Manuskript ist weg. Sie wissen schon. Das unveröffentlichte Buch von der Lavant.«

»Was?«, rief Elvira. »Das Buch, von dem Sie mir gestern erzählt haben?«

»Genau dieses. Ich habe heute Morgen ein seltsames Gefühl gehabt und mir gedacht: Gehst du einmal nachschauen. Und ich traute meinen Augen nicht: Es ist weg!«

Elvira war perplex, ließ vor Überraschung kurz das Handy sinken. Dann führte sie es wieder zum Ohr: »Na, das ist ja ein Hammer! Und man weiß nicht, wer es genommen haben könnte?« Jauschnigg verneinte. Nach einer kurzen Gedankenpause teilte Elvira ihm mit, was sie selber erlebt hatte. »Wissen Sie, was mir heute passiert ist? Ich habe einen Drohbrief erhalten!«

»Einen Drohbrief, tatsächlich?« Die Frage kam eigenartig zurückhaltend. »Was steht denn drinnen?«

»Dass ich verschwinden soll und dass mir etwas passiert, wenn ich es nicht tue! Ist das nicht schlimm?«

»Ja, das ist schlimm«, erwiderte der Germanist ohne spürbare Anteilnahme in der Stimme. Ließ ihn der Schock, den er heute erlebt hatte, so verhalten reagieren? Elvira bedauerte schon, Jauschnigg von ihrem Erlebnis erzählt zu haben. Kam er nicht auch als potenzieller Täter infrage? »Und was machen Sie jetzt?«, fragte er.

»Weiß noch nicht … muss ich mir erst überlegen«, antwortete Elvira, obwohl sie ihre Entscheidung schon getroffen hatte. Sie hatte sich von dem sensibel wirkenden Mann, der ihr gefallen hatte, mehr Anteilnahme erwartet. Um von ihrer Enttäuschung abzulenken, fragte sie: »Haben Sie wegen dem Manuskript schon die Polizei verständigt? Wenn ja, wie hat sie reagiert?«

»Ich habe davon noch Abstand genommen.« Jauschnigg wurde wieder lebendiger. »Sie müssen wissen, dass das für unsere Universität eine überaus peinliche Sache darstellt. Nicht nur peinlich – es ist eine Katastrophe! Es wäre schlimm, wenn das an die Öffentlichkeit kommt! Und wenn man die Polizei informiert, kommt es das mit Sicherheit!«

»Das kann ich verstehen. Ich habe selber gerade eine

unangenehme Begegnung mit dem Oberinspektor Speckbacher von der Polizeidirektion gehabt. Helfen würden die Ihnen sicher nicht, das Manuskript wiederzufinden!« Elvira überlegte. »Können Sie nicht selber herausbekommen, wer die Papiere genommen hat?«

»Wie meinen Sie das?«

»Na, werden die Besucher, die in die Manuskripte Einblick nehmen oder die sich Bücher ausleihen, denn nicht aufgezeichnet? Wird das nicht kontrolliert?« »Oh ja«, antwortete Jauschnigg. »Die Besucher werden in ein Buch eingetragen und auch, welche Bände sie entlehnt haben. Am Ende müssen sie das Buch oder das Manuskript wieder abgeben. Das dürfen sie nicht mit nach Hause nehmen.«

»Und die Werke sind im Lesesaal aufbewahrt oder gibt es da einen anderen Raum dafür?«, wollte Elvira wissen. »Nein, da gibt es einen anderen Raum, gleich daneben, das Archiv. Hier werden die Nachlässe, aber auch die schon erschienenen Bände der Autoren aufbewahrt. Aus diesem entnimmt Frau Magister Niederroither, meine Mitarbeiterin, die Bände und händigt sie den Lesern aus. Die Tür dazwischen ist nicht wirklich versperrt, es gibt nur ein Schnappschloss. Bisher konnten wir unseren Nutzern aber vertrauen.«

»Und ist der Lesesaal beaufsichtigt, wenn sich Personen darin aufhalten?«, wollte Elvira wissen. Sie ertappte sich, dass sie schon wieder mitten drin in den Recherchen war. »Sie wollen aber viel wissen!«, entgegnete Magister Jauschnigg etwas genervt. »Nein, für eine ständige Beaufsichtigung des Lesesaals haben wir nicht die Ressourcen. Aber wie gesagt, bisher konnten wir unseren Besuchern vertrauen. Es ist noch nie etwas weggekommen.«

»Schauen Sie bitte einmal nach, wer in den letzten Wochen den Lesesaal aufgesucht hat und wer was entlehnt hat. Vielleicht bekommen wir dann einen Hinweis, wo das Manuskript sein könnte«, forderte Elvira ihn auf. Ein sehr lockerer Umgang mit heiklen Dokumenten, dachte sie. Der Lesesaal war nicht beaufsichtigt, und von dort aus konnte man leicht ins Archiv gelangen. Und dann unbemerkt ein Manuskript zu entwenden, schien ein Leichtes!

Jauschnigg war mit dem Vorgehen einverstanden und versprach, sie nach dem Studium der Besuchereinträge zu benachrichtigen. Elvira legte auf. Ganz klar spürte sie, dass es zwischen dem Verschwinden des Buches und dem Tod von Unterberger einen Zusammenhang gab. »Da gibt es ein geheimes Manuskript von der Christine Lavant«, erklärte sie Karin, als sie deren erwartungsvollen Blick sah. »Hat mir gestern der Magister Jauschnigg vom Literaturarchiv Kärnten erzählt, mit dem ich gerade gesprochen habe. Das ist gerichtlich gesperrt, weil die Lavant darin mit ihrem Liebhaber, dem Werner Berg, abrechnet und weil der Inhalt offenbar zu pikant ist. Und, was glaubst du, was jetzt passiert ist?« Sie zögerte nicht mit der Antwort: »Es ist verschwunden!«

»Das ist ja wie im ›Namen der Rose‹ von Umberto Eco«, erwiderte Karin. »Die Suche nach dem geheimnisvollen Buch.«

»Ja, sucht in eurem verkommenen Kloster hier selber nach dem Manuskript!« Elvira versuchte sich loszureißen, bevor sie wieder Gefahr lief, den Fall lösen zu wollen. »Ich fahre nach Wien, morgen schon. Ich weiche der höheren Gewalt!« »Du wirst mir abgehen, Elvira«, meinte Karin mit ehrlichem Bedauern. »Du warst eine Bereicherung für unsere Redaktion. Es war toll, wie du recherchiert hast!«

»Danke, Karin!« Auf Elviras angespanntem Gesicht erschien kurz ein müdes Lächeln.

Wenn Karin in Wien wäre, würde ich mich sicher weiter mit ihr treffen, dachte Elvira, als sie sich mit dem Taxi zum Hotel zurückbringen ließ. Es war Nachmittag geworden. Schon den ganzen Tag lag Nebel über der Stadt und ließ keinen Sonnenstrahl durch. Im Hotel warf sie sich aufs Bett. Sie war total erschöpft, mit den Nerven am Ende. Die letzten Tage waren überaus anstrengend gewesen – und dann erst der heutige! Sie konnte nicht mehr weinen, sie wollte nur schlafen. Ihre Gedanken kreisten um den Drohbrief und die Nachricht, dass das Manuskript verschwunden war. Es war klar, dass es da einen Zusammenhang gab. Ihre Gedanken drehten sich im Kreis. Endlich schlief sie ein …

Als sie erwachte, war es dunkel. Eine Weile brauchte sie, um sich zurechtzufinden. Nach und nach kamen die Erinnerungen wieder und damit auch der Schrecken. Ihr Ausflug nach Kärnten war zum Albtraum geworden. Ein Abgrund tat sich auf, und an der tiefsten Stelle des Abgrunds lag ein halb verblichenes Manuskript, das eine zutiefst enttäuschte und verletzte Dichterin vor vielen Jahren geschrieben hatte. Eine Abrechnung, ein Vermächtnis. Dieses Werk war nicht dafür vorgesehen, veröffentlicht zu werden – wie ein Kind, das nicht das Licht der Welt erblicken sollte. Da war ein Geheimnis um dieses Werk, etwas Brisantes und Gefährliches. Und es sollte unter allen Umständen verhindert werden, dass das Geheimnis gelüftet wurde …

Nach dem Schlaf fühlte sie sich etwas besser. Sie schaute auf den Wecker: 20 Uhr! Sie verspürte Hunger, da sie den ganzen Tag nichts gegessen hatte. Der Gedanke an einen guten Italiener hatte etwas Tröstliches. Sie verließ das Hotel und machte sich wieder auf den Weg zur *Trattoria Siciliana*, wo sie schon mehrmals eingekehrt war. Vor allem die »Pizza Carinzia«, mit Glundener Käse und Kärntner Hauswurst belegt, hatte es ihr angetan. Dafür vergaß sie sogar die vegetarischen Grundsätze, die sie sonst beherzigte. Die köstliche Pizza beruhigte ihren Magen und ihr Nervensystem – wozu auch das Glas Chianti beitrug, das sie sich dazu gönnte.

Auf dem Rückweg von der Trattoria machte sie einen kleinen Spaziergang, der sie wieder über den Neuen Platz führte. Der Lindwurm riss sein Maul auf, der Herkules schwang seine Keule. Erst heute bemerkte sie, dass die Bäume, die den Platz auf beiden Seiten begrenzten, abends von unten angestrahlt waren. Das sah zauberhaft aus. Der Platz war friedlich und fast menschenleer. Auf einmal nahm sie wieder die Schönheit wahr, die dieses Land im Grunde hatte. Ihre Schritte bekamen etwas Leichtes, als sie sich über den Platz bewegte.

Am Nachthimmel stand ein Sichelmond mit einem strahlenden Stern daneben. Sie hatte gelesen, dass die berühmte Dichterin den leuchtenden Begleiter der Erde – besonders als schmale Sichel – sehr verehrt hatte. Beim Anblick des Mondes fühlte Elvira sich mit Christine Lavant verbunden – und mit allen Menschen, die sich mutig für die Wahrheit einsetzten. Auf einmal fühlte sie sich von einer starken Macht gehalten und getragen. Nichts konnte ihr passieren. Und schon begann sie zu bedauern, dass sie morgen dieser Stadt den Rücken kehren und nach Wien fahren würde. Aber sie hatte ihren Entschluss gefasst und dabei blieb es.

7. KAPITEL

Elvira war auf dem Weg nach Hause, nach Wien. Es war früher Nachmittag. Sie war gerade an Graz vorbeigefahren, unangenehme Erinnerungen waren wieder aufgetaucht. Jetzt fuhr sie durch die Oststeiermark – eine langweilige Gegend, wie ihr vorkam – und hatte sich zur Ablenkung ein Zuckerl in den Mund gesteckt. Ihre Laune war schlecht. Daran änderte auch die Mitteilung nichts, die sie heute Morgen noch von Jauschnigg erhalten hatte. Er hatte das Anwesenheitsbuch des Literaturarchivs durchgesehen und festgestellt, dass Unterberger zwei Wochen vor seinem Tod das Archiv aufgesucht hatte. Der Germanist hatte ihr die Neuigkeit als Sensation berichtet, Elvira hatte sich nicht darüber gewundert. Sie hatte genau das vermutet. Allem Anschein nach hatte Unterberger das Manuskript an sich genommen und bei sich zu Hause verwahrt. Und dieses Schriftstück war ihm zum tödlichen Verhängnis geworden.

Warum er das getan hatte, war noch unklar. Hatte er das Manuskript einer Veröffentlichung zugänglich machen wollen, obwohl es gerichtlich gesperrt war? Oder hatte er ein originales Schriftstück seiner geliebten Christine Lavant bei sich haben und wie einen Fetisch hüten wollen? Oder hatte seine Demenz ihn zu dieser Handlung getrieben, nicht mehr bei vollem Bewusstsein, damit eine eindeutig kriminelle Handlung zu begehen?

Diese Gedanken gingen Elvira durch den Kopf, als sie das Zuckerl in ihrem Mund hin und her schob. Eigentlich waren das wichtige Erkenntnisse, sie bemühte sich aber um eine gleichgültige Einstellung. Sie war dabei, innerlich mit dem Kärntner Drama abzuschließen, das offenbar nicht geklärt werden sollte. Sie war enttäuscht, sauer, empfand ihre Heimfahrt als Niederlage. Die von der Redaktion für die Recherche vorgesehene Woche war um, der Fall weiterhin ungeklärt, der weitere Ausgang offen. Bald würde sie wieder in die Wiener Redaktionsroutine eingespannt sein, würde sich mit Budgetdefiziten, Spitalsneubauten, politischem Hick-Hack und Gerichtsverhandlungen beschäftigen müssen.

Im Grunde war sie froh, Kärnten – das ihr am Anfang freundlich, am Schluss bedrohlich begegnet war – den Rücken zu kehren. Sie dachte an die Begegnungen mit den Menschen, die sie gehabt hatte. Ihr fiel der steife Beamte, Herr Unterberger junior, ein, die förmliche und distanzierte Frau Sablatnig mit ihrem seltsamen Bruder sowie der schreckliche Oberinspektor Speckbacher. Und sie dachte an den gehetzten, aber charmanten und gebildeten Magister Jauschnigg, den sie gern einmal privat getroffen hätte … Eine solche Begegnung würde jetzt wohl nicht mehr zustande kommen.

Mit Karin würde sie in Kontakt bleiben, das war so ausgemacht. Die beiden Freundinnen – so konnte man sie nun nennen – hatten sich am Vormittag nach dem Frühstück noch in Elviras Hotel getroffen, um sich zu verabschieden. In der Hotellobby sitzend, hatten sie sich ihre Lebensgeschichten erzählt und waren sich dabei menschlich nähergekommen. Elvira hatte der Freundin Folgendes erzählt:

Sie war in »geordneten« Verhältnissen in der Wiener Vorstadt aufgewachsen. Ihre Eltern entstammten dem Kleinbürgertum, waren weder arm noch begütert gewesen.

Der Vater hatte sich als Gerichtsvollzieher verdingt – ein ernster, hagerer Mann, der wenig sprach, schon gar nicht über sich und seine Gefühle. Seine Melancholie und sein hoher Zigarettenkonsum ließen darauf schließen, dass ihm das, was er in seiner Tätigkeit erlebte, psychisch zusetzte. Elvira hatte sich lange nicht vorstellen können, was er eigentlich machte. Sie hatte aber mitbekommen, dass er bei den Leuten, die er aufsuchte, alles andere als beliebt war. Nachdem in den letzten Jahren seiner Arbeit nicht nur verbale, sondern auch körperliche Angriffe gegen seine Person vorgekommen waren, hatte er sich mit knapp 60 Jahren den Traum der meisten Österreicher erfüllt und war in Frühpension gegangen.

Die Mutter war ebenfalls starke Raucherin gewesen. Elvira war also in einer Tabakwolke groß geworden, die ständig in der Wohnung hing. Auch die Mutter war eher schweigsam gewesen, sodass zu Hause meist eine unheimliche Stille geherrscht hatte. Die Mutter hatte in einem Herrenmodengeschäft als Verkäuferin gearbeitet. Sie war in diesem Metier recht erfolgreich gewesen, weil sie dort ihre charmante Seite zeigte, die sie zu Hause erfolgreich verbarg. Für Elvira als Kind hatte sie nicht viel Zeit gehabt, sodass diese vor allem bei der Großmutter aufwuchs. Mutter und Tochter hatten wenig Beziehung zueinander entwickelt. Als die Mutter relativ jung ein Opfer ihrer Tabaksucht geworden war, hatte Elvira nicht viele Tränen um sie vergossen. Sie hatte sich für die fehlende Trauer geschämt, hatte aber nicht anders können.

Elvira hatte ihre Kindheit, trotz der Tabakwolke und der Schweigemauer, von denen sie umgeben war, in grundsätzlicher Geborgenheit erlebt. Materielle Not war keine vorhanden gewesen. Sie war Einzelkind geblieben, zu einem weiteren Kind war es aufgrund der wachsenden Entfremdung zwischen den Eltern nicht mehr gekommen. Als Kind hatte sie viel Einsamkeit erfahren, gleichzeitig die Fähigkeit erlangt, sich allein zu beschäftigen.

Sie war ein fröhliches und braves Kind gewesen, mit gelegentlichen Zornesausbrüchen, die von den Eltern mit eisigem Schweigen quittiert wurden. Nachts hatte sie Angstzustände, von denen sie niemandem erzählte. In der Schule zeichnete sie sich durch mittelmäßige Leistungen aus. Am wichtigsten war ihr, dort nicht aufzufallen. Sie hatte einige wenige Freundinnen, die aber nicht gerne zu ihr nach Hause kamen, weil sie die Atmosphäre dort als unangenehm empfanden. Mit einer von ihnen, Sabine, hatte sie heute immer noch Kontakt.

Elvira war im Nachhinein dankbar dafür, dass ihre Kindheit weder durch sexuelle noch körperliche Gewalt geprägt war. Darin unterschied sie sich von den meisten Frauen, die im Österreich der 70er-Jahre aufgewachsen waren. In späteren Jahren lernte sie, die elterliche Schweigewolke zu verlassen und sich mitzuteilen. Daran hatte eine drei Jahre dauernde Psychotherapie Anteil, die sie wegen Ängsten (Höhen- und Flugangst) und zeitweisen depressiven Verstimmungen gemacht hatte. Die Therapeutin, eine vitale und in ihren Ansichten oft unkonventionelle 60-jährige Frau, war Elvira so manches Mal als Ersatzmutter vorgekommen. Jedenfalls erfuhr sie von ihr die Aufmerksamkeit und Zuneigung, die sie sich von ihrer eigenen Mutter gewünscht hätte.

Im Grunde war sie eine positive und fröhliche Person. Manchmal ereilte sie eine Melancholie, die sie von ihrem Vater gut kannte. Dann ging sie nur widerwillig arbeiten, alles fiel ihr schwer. An Wochenenden blieb sie zu Hause und verbrachte die Zeit mit Lesen und vor dem Fernseher. Ihr Kater Schnurr war dann die einzige Gesellschaft. Gelesen hatte sie schon als Kind sehr viel, sie hatte Bücher geradezu verschlungen. Wobei es nicht nur typische Mädchenbücher gewesen waren, die sie gelesen hatte. Auch sogenannte Bubenbücher, also Abenteuerromane, Wildwest-Geschichten und Geschichten über Autorennfahrer, waren dabei. Später las sie fast alles, was ihr in die Finger kam. Nur die zeitgenössische Literatur war ihr zu verworren und zu negativ. Lektüre musste für sie auch einen gewissen Unterhaltungswert haben.

Elvira war ein geduldiger Mensch, gleichzeitig eine Gerechtigkeitsfanatikerin. Deswegen hatte sie auch den Beruf der Journalistin gewählt. Eigentlich hatte sie Künstlerin werden oder Psychologie studieren wollen. Ein Psychologiestudium hatte sie nach zwei Semestern abbrechen müssen, nachdem ihre Eltern ihr die finanzielle Unterstützung versagt hatten. Diese hatten die weit verbreitete Meinung vertreten, dass ein Mädchen nicht unbedingt studieren müsse. Ihrer Meinung nach genügte es, wenn Elvira eine Lehre machte, vielleicht einmal heiratete und Kinder bekam. Über ihren Entschluss, Journalistin zu werden, hatten sie nur den Kopf geschüttelt.

Wie die meisten modernen Frauen, denen von Plakatwänden schöne, schlanke, sportliche Models entgegenlachten, war Elvira mit ihrem Körper unzufrieden. Sie wusste, dass sie nicht hässlich war, empfand aber ihren Körper als unförmig und zu dick. Ständig hatte sie etwas an sich auszusetzen: Um die Hüften hatte sie zu viele Fettpölsterchen (eine Folge der Süßigkeiten, zu denen sie bei Stress gerne griff), die Brüste waren zu klein, die Beine zu stark. Wenn sie gelegentlich ins Fitnessstudio ging, kam sie zu dem Schluss, dass sie bei einer Schönheitskonkurrenz der anwesenden Damen im mittleren bis hinteren Drittel zu liegen kommen würde.

Wegen dieser angeblichen körperlichen Makel war sie Männern gegenüber scheu, zurückhaltend. Nie wäre es ihr eingefallen, aktiv auf einen Mann zuzugehen, auch wenn er ihr gefiel. Für schnelle Affären und One-Night-Stands war sie nicht zu haben. Sie wollte sich die Person schon genauer anschauen, bevor sie mit ihr ins Bett ging. Ihre Beziehungen – die längste hatte fünf Jahre gedauert – waren jeweils von den Männern beendet worden. Und immer mit seltsamen, zum Teil verletzenden Begründungen. Oft war eine andere Frau im Spiel, in die sich der Partner unsterblich verliebt hatte. Im Nachhinein vermutete sie, dass sich die meist unselbstständigen, juvenilen Männer, die sie sich gesucht hatte, durch ihre Unabhängigkeit und ihr Selbstbewusstsein bedroht gefühlt hatten. Dazu kamen noch die unregelmäßigen Arbeitszeiten als Journalistin, die diesen schutzbedürftigen Männern zu wenig Sicherheit vermittelten. So wurde sie von Verlierern immer wieder »abserviert«, was sie jeweils einige Monate lang sehr kränkte.

Elvira war ehrlich und zu tiefen Gefühlen fähig. Das machte ihr Leben nicht einfacher. Sie war zu dem Schluss gelangt, dass sie zur Gruppe der sehr sensiblen Menschen gehörte. In einem Buch, das sie darüber gelesen hatte, hatte sie sich stark wiedererkannt. Sie spürte Dinge, die in der Luft lagen, die nicht ausgesprochen wurden. Diese hohe Sensibilität war für ihre berufliche Tätigkeit von Vorteil, stellte aber manchmal eine große Last dar.

Karin hatte Elviras Erzählung aufmerksam zugehört. Es war schon gegen Mittag, als sie dann mit ihrer Selbstschilderung begann. Obwohl die junge Frau gern und viel redete, fiel es ihr sichtlich nicht leicht, über sich selbst zu sprechen. Wie die meisten Menschen hielt sie sich dafür nicht interessant genug. Elvira musste häufig nachfragen, um mehr über die Freundin zu erfahren.

Karin war in einem Vorort von Klagenfurt aufgewachsen, in Annabichl. »Wie die Ingeborg Bachmann«, schmunzelte Karin. Ihre Eltern waren ein gut situiertes Lehrerehepaar – der Vater Gymnasiallehrer, die Mutter Volksschullehrerin. Der Vater entstammte dem Klagenfurter Bürgertum, die Mutter einer slowenischen Bauernfamilie aus Südkärnten. Das Schicksal dieser Familie hing wie ein Schatten über Karins Kindheit. Mit etwa acht Jahren erfuhr sie, dass der slowenische Großvater als Partisan von den Deutschen grausam umgebracht und der Hof angezündet worden war. Die Familie hatte daraufhin keine Lebensgrundlage mehr gehabt, die Mutter war als junges Mädchen nach Klagenfurt gezogen und verdingte sich anfangs als Haushaltshilfe und Kindermädchen. Die Eltern des Vaters gehörten dem deutschnationalen Lager an – so ging der Bruch zwischen den Volksgruppen auch durch Karins Familie. »Wenn sich meine Eltern nicht so gern hätten, wären sie schon hundertmal auseinandergegangen«, schilderte Karin die häufigen Streitereien innerhalb der Familie. So hatte Karin als Kind viel Liebe bekommen, aber auch viel Streit erlebt. Da war noch ein Bruder, zwei Jahre jünger als sie. Dieser war der »Star« in der Familie, von den Eltern hemmungslos bevorzugt und gegenüber Karin wegen seiner guten Schulleistungen oft als Vorbild dargestellt. Karin hatte das undankbare Schicksal erlitten, als Ältere dem jüngeren Bruder gegenüber ins Hintertreffen zu geraten. Dies nagte auch in späteren Jahren an ihrem Selbstbewusstsein.

Anders als Elvira war Karin eine recht gute Schülerin gewesen. Ihre ausgeprägte Bequemlichkeit hatte noch bessere Leistungen verhindert, zum Lernen musste sie sich mühsam aufraffen. Auch sie lag am liebsten zu Hause und las, sie bevorzugte allerdings die typischen Mädchenbücher wie Pippi Langstrumpf. Sie hatte wenige Freundinnen und spielte gerne mit Tieren, am liebsten mit dem Mischlingshund Rudi, der immerhin 14 Jahre lang ihre Kindheit begleitete.

Karin war als Kind Fremden gegenüber schüchtern gewesen, pummelig und eigenwillig. Der Turnunterricht in der Schule war oft ein Desaster gewesen. Wegen ihrer Ungeschicklichkeit musste sie viel Spott ihrer Schulkameradinnen einstecken. Dies alles trug nicht dazu bei, ein gesundes Selbstbewusstsein zu entwickeln. Im Gegensatz zu Elvira schaffte sie es aber nicht, therapeutische Hilfe zu suchen. Sie war zu pessimistisch, dass sich ihr Zustand jemals verändern ließe.

Als Jugendliche beschloss Karin, ihre Liebe zur Sprache zum Beruf zu machen. Nach der Matura an einem Klagenfurter Gymnasium studierte sie Germanistik und Publizistik an der dortigen Uni. Nie wäre sie auf die Idee gekommen, wegen des Studiums in eine andere Stadt zu ziehen. »Ich wäre wahrscheinlich an Heimweh gestorben«, meinte sie, wiederum schmunzelnd. Während der Studienzeit erlebte sie einen erstmaligen Triumph über ihren Bruder, der als Student nach Graz gegangen war, dort in eine psychische Krise geriet und sein Studium der technischen Mathematik schließlich abbrechen musste. Als sie das Studium mit etwas Verspätung schließlich beenden konnte, waren die Eltern erstmals auf sie stolz und nicht auf ihren ewigen Kontrahenten.

Nach der Sponsion fand sie bald eine Stelle als Redakteurin beim *Tagesboten.* »Und das ganz ohne Protektion«, vermeldete Karin stolz, »weil ich dort schon als Volontärin gearbeitet habe.« Dort verliebte sie sich in einen Kollegen, mit dem sie mit 25 Jahren das erste Mal Sex hatte. Dieser trennte sich von Karin nach einigen Wochen mit der Begründung, sie sei ihm »zu anhänglich gewesen«. Sie verkraftete das nur schwer. Nachdem die verzweifelte Karin in der Redaktion wieder einmal in Tränen ausgebrochen war, hatte sie sich dem Chefredakteur anvertraut und ihm ihr Leid geklagt. Dieser hatte gesagt: »Ein typischer Kärntner Hallodri!«, und daraufhin den jungen Kollegen, der beruflich auch durch Unverlässlichkeit aufgefallen war, aus der Redaktion geworfen, sodass ihn Karin nicht noch ständig sehen musste.

Seitdem war die ohnehin schon wenig selbstbewusste Karin Männern gegenüber noch schüchterner geworden. Auf Elviras Nachfragen gab Karin zu, dass sie sich manchmal auch zu Frauen hingezogen fühlte. Es folgte der Nachsatz: »Aber nicht zu dir, brauchst keine Angst zu haben!«

Angsterweckend war Karin in keiner Weise. Mit ihrem jugendlichen Aussehen lief sie eher Gefahr, nicht respektiert zu werden. Die wohlgemeinten Aufforderungen ihrer Umgebung (»Du musst mehr aus dir machen!«) verstärkten noch ihre Zweifel an sich selbst. Sie war relativ spät von zu Hause ausgezogen, erst mit der Anstellung bei der *Tagespost* hatte sie sich eine eigene kleine Wohnung im Klagenfurter Zentrum gesucht. Einmal in der Woche besuchte sie noch ihre Eltern, um diesen bei den immer gleichen Streitereien zuzuhören – der Vater schimpfte über die »Windischen«, die Mutter über die »Nazis«. Vor einem halben Jahr hatte sie es erstmals geschafft, den Eltern zuzurufen: »Könnt ihr nicht einmal aufhören damit, immer über das Gleiche zu streiten? Kann man die Vergangenheit nicht endlich ruhen lassen?« Daraufhin war sie aus dem Zimmer gegangen und hatte die verdutzt dreinblickenden Eltern sitzen gelassen.

Das alles fiel Elvira nun wieder ein, als sie sich Wien näherte. Wenn sie an Karin dachte, entstand in ihr das Bild eines herzensguten, aber zu weichen und passiven Menschen. Dennoch hatte sie von allen Kärntnern und Kärntnerinnen den positivsten Eindruck hinterlassen. Und gerade durch die bedrohliche Entwicklung der Recherchen waren die beiden Frauen einander nähergekommen.

Elvira dachte an die drei Freundinnen, die in Wien schon auf sie warteten. Diese waren ihr in Kärnten abgegangen, sie hatte aber gelegentlich mit ihnen telefoniert. Als akustisch orientierter Mensch zog sie privat das Telefonieren dem neumodischen Skypen vor, welches sie nur beruflich manchmal verwendete.

Franziska war alleinstehend und arbeitete in einem großen Frisiersalon als Empfangsdame. Bei viel zu lauter, hämmernder Musik teilte sie Termine ein, machte den Lehrmädchen Beine, nahm Beschwerden entgegen. Sie war die Ruhe in Person, Elvira wurde es in ihrer Gegenwart manchmal langweilig. Barbara arbeitete auch beim *Tagesboten*, in der Anzeigenredaktion. Sie war dick, gemütlich, humorvoll. Seit undenklichen Zeiten war sie mit demselben Mann zusammen, der ihre Körperfülle liebte. Mit Barbara konnte man endlos lange im Kaffeehaus über Gott und die Welt plaudern. Malgoszata war eine gebürtige

Polin, die ausgezeichnet Deutsch sprach. Sie war intelligent, ehrgeizig, von allen Freudinnen die Attraktivste – dabei war sie alleinstehend, hatte eine zwölf Jahre alte Tochter. Mit ihr ging Elvira gern ins Fitnessstudio. Nachher unterhielten sich die beiden Frauen stets über die jungen, gut gebauten Männer, die dort trainierten.

Im dichten Wiener Stadtverkehr begannen Elvira wieder trübe Gedanken einzuholen. Jetzt im November hatte sich auch hier eine dichte Nebeldecke über die Stadt gelegt. Erfahrungsgemäß würde dies in den nächsten Monaten die meiste Zeit über so bleiben. Elvira dachte daran, dass der Mord an Unterberger unaufgeklärt bleiben würde, und offenbar war dies den Kärntnern gleichgültig oder manchen sogar recht. Wie ärgerlich, wie frustrierend! Ihre Arbeit, alle Recherchen waren umsonst gewesen. Der tote Unterberger würde morgen beerdigt werden, als Selbstmörder abgestempelt. Auch wenn sie den Mann erst als tiefgekühlte Leiche kennengelernt hatte, tat er ihr leid. Sie war auf einem guten Weg gewesen, seinen Mörder zu finden. Und wenn sie diese Flucht auch als Niederlage ansah, war ihr ihre eigene Sicherheit doch wichtiger gewesen. Dennoch spürte sie einen dumpfen Groll, ein Gefühl der Ohnmacht – wie oft als Journalistin, wenn sie mit Korruptionsfällen und üblen politischen Machenschaften konfrontiert war. Von diesen konnte sie nur berichten, ändern konnte sie diese Umstände nicht.

Mit diesem schlechten Gefühl fuhr sie geradewegs zur Redaktion des *Tagesboten*. Chefredakteur Prassler ging erfreut auf sie zu, als sie eintrat. »Ach, meine Liebe, wie schön, dass Sie aus dem wilden Kärnten wieder den Weg nach Wien gefunden haben!« Seine gute Laune verging bald, als sie ihm berichtete, was sie in dem »wilden Land« erlebt hatte. Nach einer kurzen Schweigepause, welche für ihn ungewöhnlich war, meinte er: »Na, das ist ja schlimm! Dass Kärnten ein seltsames Bundesland ist, war schon klar. Aber das sind ja kriminelle Tatsachen, über die man eigentlich berichten sollte. Was meinen Sie – soll die Perkonig in Klagenfurt darüber schreiben, was Ihnen passiert ist?«

Elvira überlegte kurz: »Damit der Täter einen weiteren Triumph hat, wenn in der Öffentlichkeit berichtet wird, dass er mich vertrieben hat? Halten Sie das wirklich für sinnvoll?«

»Der Täter ist mir im Grunde egal«, meinte Prassler, »aber man kann doch solche Umtriebe nicht unerwähnt lassen! Gerade dann hätte er einen noch größeren Triumph, wenn wir es verschweigen. Wurde ja schon seit Jahren dort unten alles verschwiegen, und jetzt haben wir die Schererei! Jetzt zahlt der Staat, also wir alle, jahrelang für das Schlamassel, das diese Halunken angerichtet haben!«

»Na gut, wenn Sie meinen«, erwiderte Elvira. »Dann werde ich mit Karin Perkonig besprechen, was sie schreiben soll.« Das wird den Täter auch in Sicherheit wiegen, vielleicht macht er dann einen Fehler – so dachte sie, die ihre Rolle als »Ermittlerin« weiterhin nicht loslassen konnte.

Nach dem Gespräch mit Prassler ging sie in ihr Redaktionszimmer und überlegte, was nun zu tun war. Nach dem Telefonat mit Karin würde sie sich um die Aufträge kümmern, die sie von Prassler erhalten hatte. Und nicht zuletzt würde sie versuchen, den Psychologen zu kontaktieren, den Frau Sablatnig ihnen genannt hatte. Magister Jirecek – jetzt fiel ihr wieder sein Name ein – lebte in Wien und musste hier aufzufinden sein.

Elvira konnte sich schwer auf die Aufgaben konzentrieren, mit denen sie beauftragt worden war. So sollte sie ein Asylwerberheim der Caritas in Augenschein nehmen, in dem – laut einer anonymen Anzeige – angeblich untragbare Zustände herrschten. Sie überlegte, was sie dort wohl erwartete. Für Prassler war sie die »Frau fürs Besondere« – sprich, unangenehme Aufträge, die Fingerspitzengefühl erforderten, fielen oft ihr zu.

Gegen Abend begann sie, im Internet zu recherchieren und nach dem Psychologen zu suchen. Magister Franz Jirecek, Klinischer Psychologe ... Adresse ... Telefon ... Sie wählte die Nummer. Nach einer Weile wurde abgehoben: »Jirecek«, sagte eine Stimme, die nicht ganz nüchtern klang. Sie stellte sich kurz vor und erklärte ihr Anliegen. »Die La... La... Lavant«, lallte der Gesprächspartner. »Na, wenn Sie meinen ... Den Unterberger haben sie umgebracht? ... Das ist ja arg ... Ja, über die Lavant kann ich Ihnen ... Ihnen viel erzählen ... und über die ganze Sippe dort unten ... Ich hab ja ein Buch geschrieben darüber ... Hat dann niemanden interessiert, auch keinen Verlag ... Sie wollen mich treffen? Übermorgen? Na gut, übermorgen ... Ich habe eh nix anderes vor. Treffen wir uns im Café Prückel auf der Ringstraße, meinem Stammcafé. Sie kennen es natürlich ... Um 17 Uhr? ... Ja gut, um 17 Uhr ... Es war mir ein Vergnügen ... Auf Wiederhören!«

Nach dem Telefonat war Elvira nicht sicher, ob der Magister auch tatsächlich zu dem Treffpunkt kommen würde. Offensichtlich hatte er ein Alkoholproblem und Alkoholiker waren oft unverlässlich. Wieder eine sinnlose Unternehmung, die sie da in Angriff nahm? Aber sie konnte nicht anders. Sicher hatte der Magister, wenn er überhaupt zu einem Gespräch in der Lage war, interessante Informationen für sie. Die Person der verstorbenen Dichterin hatte sie zu fesseln begonnen, sie wollte mehr über sie erfahren. Auch in Wien ließ sie die Faszination der Christine Lavant nicht los, auch wenn sie sich dieser gern entzogen hätte …

Sie verließ die Redaktion und fuhr zu ihrer Wohnung in den achten Bezirk. Trotz des soeben eingeführten und heftig umstrittenen »Park-Pickerls« war es nach wie vor schwierig, hier einen Parkplatz zu finden. Elvira war seit Langem begeisterte Autofahrerin, auch wenn der Straßenverkehr in Wien immer dichter und mühsamer wurde. Als Argument, warum sie keine öffentlichen Verkehrsmittel benützte, gab sie ihre Ängste an.

Zu Hause packte sie ihre Sachen aus und machte sich ein Abendessen. Der dicke Kater Schnurr, um den sich in der Zwischenzeit die Nachbarn gekümmert hatten, strich um ihre Beine. Als sie die Wohnung betreten hatte, hatte er sie angefaucht und war dann verschwunden. Offensichtlich hatte er ihr die lange Abwesenheit übel genommen. Jetzt schien er wieder auf Versöhnung eingestellt. Elvira ihrerseits bemühte sich, ihn günstig zu stimmen, indem sie ihm eine Extraportion Futter gab.

Müde ging sie zu Bett. Schnurr durfte heute ausnahmsweise bei ihr liegen, weil er sie so lange vermisst hatte. Sie nahm das Buch zur Hand, das ihre Lektüre vor dem Schlafengehen geworden war. Es waren die »Gesammelten Gedichte« der Christine Lavant. Bald konnte sie die Augen nicht mehr offen halten, das Buch fiel ihr aus der Hand. Der Kater an ihrer Seite schnurrte behaglich, bevor er selber einschlief.

8. KAPITEL

Am übernächsten Tag erwachte Elvira, weil Schnurr ihr mit der Pfote und mit leicht ausgefahrenen Krallen ins Gesicht stieß. Wie spät war es denn? Schon 8 Uhr? Sie hatte tief geschlafen und den Wecker überhört. Ein Traum verfolgte sie, als sie aufstand. Sie war wieder auf dem Hauptplatz von Klagenfurt gestanden, an der Stelle des steinernen Roland. Sie hatte Riesenkräfte und schlug mit der Keule auf den Drachen ein. Dieser rührte sich kein bisschen. Dann schlug sie mit der Keule wild um sich, in alle Richtungen. Die Keule sauste durch die Luft und schlug immer ins Leere. Hilflos fühlte sie sich dabei, langsam ließen die Kräfte nach. Unten stand eine Menschenmenge, die Elvira zuerst verwundert, dann wütend anstarrte. Die Menschen drohten ihr, machten obszöne Gesten. Langsam näherten sie sich dem Sockel. Sie wollte vom Sockel heruntersteigen und fliehen … doch dann war sie aufgewacht.

Klagenfurt geht mir nicht aus dem Sinn, dachte Elvira später, als sie beim Frühstück saß. Sie war glücklich, endlich wieder einen selber zubereiteten Tee trinken zu können. Und sie konnte Teemenge und Wassertemperatur selber bestimmen, ihre geliebte Tasse verwenden … Erinnerungen an den gestrigen Tag tauchten auf.

Der Besuch im Asylwerberheim am Nachmittag war unspektakulär verlaufen. Die Leitung hatte ihr das Heim gezeigt, sie hatte danach mit einigen Betroffenen reden können, manche von ihnen sprachen gebrochen Deutsch. In allen solchen Heimen die gleiche schreckliche Atmosphäre, hatte sie gedacht – desolate Zimmer, Nassräume mit Schimmelbefall, Speisesäle im Neonlicht. Traurige Gestalten lungerten herum, die sie mit leerem Blick ansahen und denen man das Durchgemachte ansehen konnte, wenn man wollte. Das Heim war nicht schlimmer als die anderen Heime gewesen, die sie schon besucht hatte. Ihre Vermutung war, dass rechte Kreise der Caritas eins auswischen wollten, weil sich diese vehement für Asylwerber einsetzte.

Elvira verließ ihre Wohnung und begab sich in die Redaktion, wo sie vorhatte, ihre Recherchen zu einem Artikel zu verarbeiten. Prassler zeigte sich mit ihrer Arbeit zufrieden und war sichtlich froh, sie wieder in seiner Nähe zu haben. Er lud sie sogar auf ein Mittagessen in die Kantine ein, erzählte von seiner Familie und dass er ein Duzfreund des Bürgermeisters geworden war. Die beiden haben sich sicher zusammengesoffen, dachte Elvira mit leichter Verachtung. Sie spürte keinerlei Bewunderung für Prominente. Im Rahmen ihrer Tätigkeit hatte sie die sogenannten Promis als normale Menschen mit oft allzu menschlichen Eigenschaften kennengelernt.

Kurz vor 17 Uhr betrat sie das *Café Prückel* am Stubenring. Es war ein traditionelles Wiener Kaffeehaus, dessen Besonderheit es war, dass sein vorderer Trakt durchgehend im Stil der 50er-Jahre eingerichtet war. Über dem Eingang hing eine große Uhr, die die Anwesenden entweder zum Aufbruch mahnte oder zum Weiterverbleib einlud. Ein seltsames Paradox war, dass man in den traditionellen Wiener Kaffeehäusern oft schlechten Kaffee bekam. Hier war Elvira besonders froh, Teetrinkerin zu sein – zumal auch in den Wiener Kaffeehäusern in den letzten Jahren eine gewisse Teekultur, die über lieblose

Beutel in lauwarmem Wasser hinausging, eingekehrt war. Der früher oft unfreundliche, schwarz gekleidete Typus von Kellnern war jungem und beflissenem, männlichem oder weiblichem Servierpersonal gewichen, das oft aus Ungarn oder der Slowakei kam.

Eine unangenehme Überraschung erwartete sie dann, als sie Magister Jirecek fand (zur besseren Erkennbarkeit hatte er sich einen blauen Schal, sie sich einen gelben umgehängt). Er hatte es sich im Raucherbereich gemütlich gemacht – dem hinteren Bereich des Kaffeehauses, das im Jugendstil gehalten war. Elvira schluckte schwer und begann zu husten. Wie würde sie das aushalten, mindestens eine Stunde lang? Jirecek schaute nicht so aus, als ob er bereit gewesen wäre, seinen Platz zu verlassen und in den Nichtraucher hinüberzuwechseln. Er hatte eine Flasche Bier vor sich stehen und nahm gerade einen kräftigen Schluck aus dem gefüllten Glas. Es schien nicht die erste Flasche zu sein, die er heute trank …

Jirecek ging lächelnd auf sie zu und begrüßte sie mit dem etwas schmierigen Charme des Alkoholikers: »Ah, Sie sind die Frau Hausmann. Enchanté, ich hab Sie mir unattraktiver vorgestellt!« Elvira zuckte zusammen und zog die zum Gruß ausgestreckte Hand rasch wieder zurück. Jirecek setzte sich. Er machte einen etwas verwahrlosten Eindruck. Sein Pullover sah aus, als würde er seit Jahren immer denselben anziehen. Seine Hose teilte das gleiche Schicksal. Er hatte sich seit Tagen nicht mehr rasiert, das schütter gewordene Haar war grau und fettig. Er sah Elvira neugierig an, auch mit dem Interesse eines Mannes.

»Ich hoffe, es stört Sie nicht, dass ich mich in den Raucher gesetzt habe. Ich halte es keine halbe Stunde ohne Zigarette aus!«, eröffnete er das Gespräch. Elvira zuckte mutlos die Achseln und sagte nichts. Sie fühlte sich in ihre Kindertage zurückversetzt, in denen sie sich dem Diktat ihrer Raucher-Eltern hatte unterwerfen müssen. Sie bestellte sich einen Earl-Grey-Tee mit Milch. »Danke, dass Sie bereit waren, mich zu treffen«, meinte sie zu Jirecek.

»Aber gerne, ich hab ja sonst nicht viel zu tun!«, erwiderte der Psychologe. »Wissen Sie, ich bin krankheitshalber in Frühpension. Die Bandscheiben und die Depressionen …« Und der Alkohol, dachte Elvira.

»Sie werden es nicht glauben, aber auch ein Psychologe kann eine Depression bekommen. Vielleicht habe ich mich deshalb so viel mit der Lavant beschäftigt, weil die auch so depressiv war. Ich kann sie ja verstehen, die gute Frau. Sie ist aus ihrer Depression nicht mehr herausgekommen, so wie ich … Also, was wollen Sie von mir wissen?«

»Sie haben schon gut begonnen. Ich wollte von Ihnen mehr über diese Christine Lavant wissen, und über die Lavant-Vereinigung, und was Sie alles über die Dichterin herausgefunden haben bei Ihren Recherchen.«

Jirecek war sichtlich geschmeichelt, dass sich jemand für seine Arbeit, die er vor einigen Jahren beendet hatte, interessierte. Er nahm genussvoll einen Schluck Bier und leckte sich über die Lippen. »Erzählen Sie mir zuerst einmal, was in Kärnten passiert ist. Das hat ja schrecklich geklungen am Telefon!« Elvira berichtete ihm alles, was vorgefallen war. Jirecek hörte ihr aufmerksam zu, schüttelte immer wieder den Kopf. »Nein, wirklich, die Narrischen … Nein!«, warf er immer wieder dazwischen. »Das ganze Jahr über Villacher Fasching …!«

Als Elvira geendet hatte, schwieg er eine Weile und nahm einen großen Schluck. Wieder schüttelte er den Kopf und meinte: »Was Sie mir da erzählen, wundert mich und auch wieder nicht. Wenn Sie mich fragen, ist die Lavant- Vereinigung total verknöchert und bringt nichts mehr weiter. Der alte Unterberger war ein Sesselkleber, den wollten sie schon weghaben. Aber er hat sich an seine Funktion geklammert, wohl in dem Glauben, dass nur er das richtig machen kann … Aber dass sie ihn deswegen umbringen … kann ich mir gar nicht recht vorstellen. Wer von den Fossilien sollte denn so was tun?« »Warum könnte man ihn umgebracht haben, was meinen Sie?«, erkundigte sich Elvira.

»Wissen Sie«, antwortete Jirecek ausweichend, »ich hab ihn auch nicht so gut gekannt, vielleicht private Geschichten …«

»Was wissen Sie denn sonst über die Gesellschaft? Wie hat die funktioniert? Wer hat denn dann entschieden, wenn Unterberger nicht mehr konnte?«, fragte Elvira hartnäckig nach – ganz Journalistin. Der Psychologe genehmigte sich einen Schluck, bevor er antwortete: »Na, da gibt es einen Vorstand, lauter Strohmänner und Strohfrauen.« Jirecek lachte über sein Wortspiel, das er als originell betrachtete. »Sein Sohn hat immer wieder mitgeredet und seine Schwiegertochter.« Ach, der junge Unterberger war doch nicht so passiv, wie es schien. Und die Schwiegertochter kenne ich noch gar nicht, fiel Elvira ein.

»Na, und die alte Sablatnig, die ist auch nicht zu verachten! Die zieht oft die Fäden im Hintergrund. Die ist vermögend und hat der Gesellschaft des Öfteren Geld gespendet. Dafür will sie auch mitreden, eh klar …« Die Sablatnig, dachte Elvira, das wundert mich nicht! Die stramme alte Dame war sichtlich gewöhnt, die Menschen nach ihrer Pfeife tanzen zu lassen. »Und was halten Sie sonst von der Vereinigung?«, fragte sie.

»Ein konservativer Verein, der die Fahnen der Christine Lavant im Lavanttal hochhalten will«, antwortete Jirecek und schüttelte angewidert den Kopf. »Konservativ in der Einstellung … Die verehren die Lavant als eine Nachfolgerin von Rilke … Das ist doch ein Blödsinn! Die Lavant war total eigenständig und eigentlich eine Rebellin! Auch eine frühe Emanze, wenn Sie so wollen! Und die wollen ein Bild von ihr aufrechterhalten, als wäre sie eine Nonne gewesen … Die Lavant war ganz und gar keine Jungfrau … Die Geschichte mit Berg kennen Sie?«

Jetzt beginnt es, interessant zu werden, fand Elvira. Jirecek bestätigte ihren zwiespältigen Eindruck von der Dichterin – auf der einen Seite ein altjungfernhaft wirkendes Weiblein, auf der anderen Seite eine freizügige, emanzipierte Frau. »Ja, habe ich gehört! Was wissen Sie denn darüber?«

»Na, dass die ordentlich zur Sache gegangen sind, die beiden! Er hat das ja ganz geschickt machen wollen, hat versucht, sie in seine Familie hineinzunehmen und dort als platonische Freundin vorzustellen. Die haben ihm das eine Zeitlang abgenommen, die Kinder haben sich sogar mit ihr angefreundet. Dann ist seiner Frau, die das alles geduldig mit angesehen hat, nach vier Jahren der Kragen geplatzt und sie hat ihm ein Ultimatum gestellt … Daraufhin hat er sich von der Lavant getrennt und ein paar Monate später Selbstmord begehen wollen … Das war ein echtes Liebesdrama – mit allem, was dazugehört. Wenn es mit einer platonischen Freundin aus ist, will man sich doch nicht umbringen, oder?« Der Psychologe hatte sich warm geredet, gleichzeitig war ihm die Zunge schwer geworden.

»Und der Verein will den Eindruck aufrechterhalten, dass die Lavant brav und enthaltsam gelebt hat?«, fragte Elvira.

»Ja, die Trotteln dort« – er begann, ausfällig zu werden – »glauben, dass die Lavant eine Jungfrau war oder halt eine treue Ehefrau für ihren senilen Tattergreis – den Habernig. Die Erben vom Berg meinen ja auch, dass ihr Vater ein treuer Ehemann war … Sie wollen halt die Wahrheit nicht wissen, auch nach 60 Jahren nicht!«

»Und was ist mit dem ominösen Buch, das die Lavant geschrieben hat, angeblich als Abrechnung? Und das jetzt verschwunden ist?«

»Ach, das Manuskript, das nicht veröffentlicht werden darf? Was sagen Sie, es ist verschwunden? Na, das wird ja echt kriminell … Ich kenn es nicht, hab es auch nicht gesehen … Manche meinen, dass die ›Spindel im Mond‹ eine einzige Abrechnung mit dem Werner Berg ist, nach der Trennung … Ich kann es nicht sagen, ich bin kein Germanist … Gott sei Dank, weil die sind ja alle Versager! Alle schreiben und quatschen, und keiner hat die Lavant wirklich kapiert …«

Elvira sah sich im Wettlauf mit der Zeit. Es war fraglich, wie lange sie mit dem Psychologen, der schon ziemlich betrunken war, noch vernünftig würde reden können. Sie fragte rasch nach: »Und was meinen Sie zu dem angeblichen Fluch der Lavant?«

»Was für ein Fluch?« Jirecek schaute sie mit geröteten Augen überrascht an. »Ja, die Sablatnig hat von einem Fluch gesprochen, der angeblich alle trifft, die sich mit der Lavant näher beschäftigen!«

»Damit bin wohl auch ich gemeint«, sagte der Psychologe sarkastisch, »der Fluch ist natürlich auch ein Blödsinn, das reimen die sich dort zusammen, weil sie in Mythen denken … Die Mythologie ist in Kärnten sehr ausgeprägt, wie Sie wohl bemerkt haben. Die denken dort nicht vernünftig, sondern irrational.«

»Wie meinen Sie das?«, wollte Elvira genauer wissen.

»Na, die sind in ihren alten Mythen gefangen … das ganze Land ist voller Mythen – der Mythos vom Abwehrkampf, der Mythos vom Deutschtum, der Mythos vom Freistaat Kärnten … Lauter sinnlose Mythen, die alles blockieren … Und jetzt haben sie aus dem Unfall vom Landeshauptmann auch noch einen Mythos gemacht … Er soll Opfer eines Anschlags gewesen sein … Der Täter wird zum Opfer gemacht! Der hat ja auch mit den Mythen gespielt … der Freiheitskämpfer, der Robin Hood, der Kämpfer für den kleinen Mann … Waren Sie schon am Unfallort in Lambichl, an der Straße ins Rosental? Nein? Da müssen Sie einmal hin … Da brennen immer noch Lichter, obwohl der Kerl schon zwei Jahre tot ist … Der hat sich umgebracht, da bin ich überzeugt, der hat sich der irdischen Gerechtigkeit entzogen … Früher haben die Selbstmörder kein ordentliches Begräbnis gekriegt, heute werden sie als Helden verehrt …«

Der Magister, der nicht im Wein, sondern im Bier die Wahrheit fand, sprach aus, was Elvira auch schon gedacht hatte. Ein Land voller Mythen – faszinierend und unheimlich zugleich. »Und was hat Sie an der Lavant so fasziniert – auch der Mythos?«, fragte sie etwas provokant.

»Ja, der Mythos, oder die Mythen, besser gesagt …«, antwortete Jirecek mit ironischem Lächeln, seine Zunge wurde immer schwerer. Er hatte sich noch ein Bier bestellt. »Um die Lavant sind auch … viele Mythen aufgebaut worden … Die Person dahinter ist gar nicht so leicht … so leicht zu entdecken … Und die hat mich … interessiert … Die Person ist schon faszinierend … Die war total arm, hat kaum Schulbildung gehabt … und hat Weltliteratur geschrieben … Wo sie das hergenommen hat … weiß ich auch nicht … Das weiß kein Mensch, nicht einmal die supergescheiten Germanisten.« Und nach einer Pause, in der er sich nachgeschenkt hatte: »Jetzt muss ich Ihnen ein Geständnis machen … Irgendwie habe ich mich … in diese Lavant verliebt … Die muss eine tolle Frau gewesen sein … nicht schön im herkömmlichen Sinn … aber total faszinierend … diese Augen! … Die schaut einen an wie aus einer anderen Welt … Die hat Kontakt zur anderen Welt gehabt … davon bin ich überzeugt …«

»Und Ihr Buch, was ist mit Ihrem Buch?«, wollte Elvira wissen, bevor er komplett absackte.

»Jahrelang hab ich gearbeitet an dem Buch« – Jirecek kippte jetzt in eine weinerlich-traurige Stimmung – »und dann hat's keinen interessiert … besser gesagt … interessiert hat es schon viele … aber kein Verlag hat's nehmen wollen. … Wie viel habe ich telefoniert, wie viele habe ich angeschrieben, wie vielen habe ich das Manuskript geschickt. Das passt nicht ins Programm, haben sie geantwortet … oder das Buch ist zu umfangreich oder zu knapp … oder zu anspruchsvoll oder zu simpel … Ich habe diese ganzen Scheißausreden schon nicht mehr hören können. Wissen Sie, wie das ist, wenn man jahrelang an etwas arbeitet, und dann will es keiner haben?« Seine Stimme war lauter geworden, die in der Nähe Sitzenden begannen, sich zu ihnen umzudrehen.

»Ja, ich kann es mir vorstellen«, meinte Elvira beschwichtigend. Sie kam sich schon wie eine Therapeutin vor. »Und das hat Sie sehr aufgeregt und enttäuscht, nicht wahr?«

»Was heißt aufgeregt und enttäuscht?« Trotz Elviras Beschwichtigungsversuchen wurde er immer lauter. »Es hat mich ruiniert … auch finanziell ruiniert … Meine ganzen Ersparnisse sind dafür draufgegangen … für die Fahrten, für die Aufenthaltskosten … Sie sehen ja, wie ich jetzt beisammen bin!« Elvira überlegte, wie sie sich aus dem Gespräch mit dem alkoholisierten Mann auf elegante Weise zurückziehen konnte. Ihr kam eine Idee.

»Ja, das tut mir sehr leid«, meinte sie, dann fragte sie vorsichtig: »Darf ich Ihr Buch einmal lesen? Es würde mich sehr interessieren!« Die geröteten Augen des Psychologen begannen zu leuchten: »Ja natürlich, wenn Sie wollen … bitte halt das Copyright beachten!« Er lächelte sarkastisch. »Soll ich es Ihnen zusenden?« Elvira gab ihm ihre E-Mail-Adresse und war tatsächlich gespannt auf das Manuskript. Ob Jirecek daran denken würde, es ihr zu schicken?

»Heute noch bekommen Sie es … versprochen! Hat sich schon lang keiner mehr dafür interessiert … Ich danke Ihnen!« Zu Ärger und Selbstmitleid mischte sich nun eine Spur Freude.

»Herr Magister, ich muss jetzt gehen. Es wartet noch eine Menge Arbeit auf mich. Ich danke Ihnen, Sie haben mir sehr weitergeholfen!«

»Wirklich? Na … dann ist es ja gut!«, lallte er, stand unsicher auf und streckte ihr zum Abschied die Hand hin. »Darf ich Sie einladen?«

»Ist schon bezahlt, als Dank für Ihre Informationen.« Auch hier hatte Elvira die Rechnung schon vorzeitig beglichen. Der Betrunkene sah sie lächelnd an. Er setzte sich wieder hin, als sie ging, und bestellte noch ein Bier. Diesmal auf eigene Rechnung.

Elvira war froh, draußen in die kühle Abendluft eintauchen zu können. Sie ging langsam die Ringstraße entlang, in Richtung Oper. Emotional wirkte das Erlebte stark nach. Auch eigene Betroffenheit war dabei. Sie hatte gerade erlebt, was ihr im Kontakt mit Männern schon oft widerfahren war. Da lernte sie gut aussehende, intelligent wirkende Männer kennen und traf sich mit ihnen. Im Lauf der Begegnung tranken die Männer immer mehr, hörten nicht mehr zu reden auf, wurden rührselig oder traurig oder aggressiv – oder alles zusammen. Meist war sie dann aufgestanden und gegangen. Frustriert hatte sie sich dann zu Hause eingesperrt und war sich einsamer als je zuvor vorgekommen. Gleichzeitig war sie froh, nicht mit einem solchen Exemplar von Mann liiert oder verheiratet zu sein. Wie viele unglückliche Frauen kannte sie, die in solchen Beziehungen mit Alkoholikern gefangen waren!

Elvira beschloss, sich die Abendlaune nicht mit Erinnerungen an alkoholisierte Männer zu verderben. Was hatte sie gerade von dem Magister erfahren, als er noch zu ernst zu nehmenden Auskünften in der Lage gewesen war? An Fakten war lediglich dazugekommen, dass Unterbergers Sohn und Schwiegertochter stärkeren Einfluss genommen hatten, als ihr steifer Gesprächspartner dies hatte zugeben wollen. Hatte er auch seinem Vater dezent »auf die Sprünge helfen« müssen, wie Frau Sablatnig es ausgedrückt hatte? Die Rolle von Unterberger junior und seiner Frau in dem Geschehen blieb unklar. Atmosphärisch war ihr wiederum klar geworden, dass von der Dichterin auch über ihren Tod hinaus eine starke negative Energie abstrahlte, die sich auf die Vereinigung und alle anderen auswirkte, die sich mit ihr beschäftigten.

Das umstrittene Manuskript, das Unterberger sich offensichtlich angeeignet hatte, schien eine heiße Spur zu sein. Die Blätter vergilbten Papiers, die angeblich keiner gesehen und gelesen hatte, erschienen ihr als Schlüssel zur Lösung des Falles. Aber was machte sie mit dieser Erkenntnis? Elvira, brems dich ein, sagte sie zu sich selber. Du bist hier in Wien, und Kärnten ist weit weg. Du kannst von hier aus den Fall nicht lösen, auch wenn es dich wurmt. Gib auf, du hast verloren. Du bist der höheren Gewalt gewichen, dein Leben war dir wichtiger.

Es war kalt geworden an diesem Novemberabend, Elvira fröstelte in ihrem etwas zu dünnen Mantel. Sie war eine Kämpferin und nicht gewöhnt, unterlegen zu sein. Auf dem dunklen Gehsteig war sie fast allein. Eine Straßenbahn ratterte laut vorbei, wenige Leute saßen darin. Auf der Ringstraße floss der niemals endende Strom der Autos vorbei. Deutlich spürte sie ein Gefühl der Einsamkeit, besonders nach dieser Begegnung mit Magister Jirecek. Dieser war genauso einsam wie sie, deswegen hatte er die Bierflasche zu seiner ständigen Begleiterin gemacht. Sie fühlte sich nach ihrer Rückkehr in der Luft hängend, wie wenn sie in Wien nicht mehr ganz zugehörig wäre. Mit dem Herzen war sie noch in Kärnten, auch ihre Gedanken kehrten immer wieder zu dem ungelösten Fall zurück.

Die Realität holte sie ein, als sie zu ihrem Auto kam, das sie in der Nähe der Oper geparkt hatte. An der Windschutzscheibe steckte ein Erlagschein. Verdammt, eine Strafverfügung! Sie hatte den Parkschein für zu kurze Zeit ausgefüllt und nicht damit gerechnet, dass das Gespräch so lange dauern würde. Wütend warf sie den Schein in die Handtasche und fuhr davon.

Schnurr strich um ihre Beine, als sie nach Hause kam. Elvira wusste, dass der Kater das Alleinsein tolerierte, wenn es nicht allzu lange dauerte. Wenn sie berufsbedingt viel unterwegs war, kam sie meist erst am Abend heim und gab ihm zu fressen. Damit zeigte sich Schnurr offensichtlich zufrieden, so auch heute.

Später am Abend schaltete sie ihren Laptop ein und schaute nach, ob ihr Magister Jirecek das Manuskript schon geschickt hatte. Tatsächlich – der betrunkene Mann hatte es geschafft, sein Werk abzusenden. Sichtlich war es ihm ein großes Anliegen, dass sie es las.

Elvira war perplex, und je länger sie darin schmökerte, desto erstaunter wurde sie. Es war ein Konvolut von ungefähr 200 A4- Seiten, eng beschrieben! Der Mann hatte unheimlich viel recherchiert, hatte viele Interviews mit Zeitzeugen geführt. Der Text war gespickt mit Zitaten – er hatte offenbar alles von und über Christine Lavant gelesen. Es war in 15 Kapitel gegliedert, jedes Kapitel begann mit einem der Buchstaben des Namens CHRISTINE LAVANT. Elvira hatte aus dem Deutschunterricht noch in Erinnerung, dass man so etwas als Akronym bezeichnete. Sie hatte die Angewohnheit, bei Büchern zuerst einmal den Anfang und (außer bei Krimis) den Schluss zu lesen. Anfang und Schluss sagten am meisten über ein Buch aus. Waren diese gut, wollte sie das ganze Buch lesen – sonst legte sie es beiseite. Jetzt beschloss sie, das erste und das letzte Kapitel auszudrucken und als Bettlektüre zu verwenden.

Gespannt nahm sie das Manuskript zur Hand. Schnurr wollte sich wieder zu ihr legen, doch heute war Elvira nicht danach. Als er nicht weichen wollte, warf sie ihn kurzerhand hinaus. Der Kater stolzierte beleidigt und mit aufgerichtetem Schwanz durch das Wohnzimmer und ging zu seinem Körbchen.

»Christine und Lavant« hieß das erste Kapitel. Elvira las den Anfang: *Ein passender Ort, um der zeitlebens todes-*

sehnsüchtigen Christine Lavant zu begegnen, ist der Friedhof von St. Stefan. Das fing ja gut an, direkt auf dem Friedhof. Nach dem ersten Satz war ihr klar, warum kein Verlag den Text hatte nehmen wollen – er war wahrscheinlich zu schwermütig und zu trübsinnig. Leser wollten unterhalten werden, auch durch Biografien.

In der Folge erfuhr sie viel über den Heimatort der Christine Lavant und über die Stätten, an denen sie gelebt hatte. Der Verfasser fand, dass die Spuren der Dichterin in St. Stefan nur spärlich vorhanden waren. Das Geburtshaus war abgerissen worden, kein wichtiges Gebäude im Ort war nach ihr benannt. Daraus entwickelte er die These, dass sie in ihrer Heimat nach ihrem Tod genauso ausgegrenzt wurde wie zu Lebzeiten.

Der hat sich stark mit ihr identifiziert, fand Elvira. Je länger sie las, desto mehr gewann sie den Eindruck, dass der Biograf (war das überhaupt eine Biografie?) die Distanz zu seinem Gegenstand verloren hatte. Von ihrer journalistischen Tätigkeit her war ihr bekannt, dass Distanz zum Beschriebenen unbedingt nötig war, um gut schreiben zu können. Es wunderte sie, dass ein erfahrener Psychologe so sehr in die emotionale Falle gegangen war. Aber er hatte sich ja »verliebt«, wie er selber gemeint hatte! Verliebtheit ließ keine guten Werke entstehen, davon war Elvira überzeugt.

Nun das letzte Kapitel, es hieß »Tod und Erlösung«. Die Todessehnsucht zog sich durch das Werk! Und dann las sie: *Nochmals gehe ich an diesem Abend ans Grab von Christine«* (wieder so eine Distanzlosigkeit, fand Elvira), *um Abschied zu nehmen. Es ist ein friedlicher Abend, am Himmel steht der Lavant-Mond, die schmale Mondsichel. Auf einmal glaube ich, aus dem Grab eine Stimme zu hören.*

Ich glaube, ich höre nicht recht, die Stimme kommt mir bekannt vor. ›Gib Obacht‹, sagt sie. ›Verrenn di ned!‹ Mir wird ganz anders. Ist es die Lavant selber, die zu mir redet? ›Brauchsd di ned um mi bemiahn. Mia gehds guat, i hob mein Friedn gfundn!‹ Ich springe auf und verlasse fluchtartig den Friedhof. Es will mir scheinen, als hätte mich meine intensive Beschäftigung mit der Dichterin an den Rand des Wahnsinns gebracht.

Elvira ließ den Text auf die Bettdecke sinken. Auf einmal war da wieder dieses Kältegefühl, sie schauderte. Der Psychologe schilderte genau das, was sie im Traum erlebt hatte! Direkt unheimlich war diese Parallele, diese Ähnlichkeit des Erlebens. Nur war er offenbar völlig durchgeknallt bei seinen Recherchen, bei ihr hatte sich die Verschiebung der Realität nur im Traum abgespielt. Wie auch immer – die intensive Beschäftigung mit der Dichterin bewirkte offenbar, dass bei den Beteiligten die Grenze zwischen Fantasie und Realität verschwamm. Vermutlich war das im Leben der Christine Lavant auch öfter der Fall gewesen.

Eines wurde ihr immer klarer: Der Fall »Christine Lavant«, der jetzt ein Fall »Siegfried Unterberger« war, überforderte sie, überforderte jeden. Die Gefahr war groß, von emotionalen Strudeln ergriffen und hinabgezogen zu werden. Am besten war es, endgültig die Finger davon zu lassen. Brachte die Lavant wirklich denen Unglück, die ihr auf der Spur waren, die Nachforschungen anstellten? Gab es da ein Geheimnis, das sie mit sich ins Grab genommen hatte?

Schnurr kam ins Schlafzimmer – Elvira hatte die Tür einen Spalt offen gelassen –, um nach seinem Frauchen zu sehen. Mit einer den Katzen eigenen Intuition war ihm etwas komisch vorgekommen. Er stellte sich vor das Bett und schaute sie fragend an. Elvira, die jetzt froh über seine Anwesenheit war, seufzte: »Also gut, komm herauf!« Und sie streichelte das weiche Fell des Tieres, das neben ihr lag. Wie gut es tat, diese Wärme zu spüren. Die Gegenwart des Tieres ließ ihren Geist wieder zur Ruhe kommen. Katze und Frauchen schliefen bald friedlich ein.

9. KAPITEL

Am nächsten Tag hatte Elvira gerade ihre Wohnung verlassen, um in die Redaktion zu fahren, als ihr Handy läutete. Wie sich herausstellte, war es Magister Jirecek – Elvira hatte ihm unvorsichtigerweise ihre Nummer gegeben. Seine Stimme klang jetzt nüchtern. »Hier Jirecek, guten Morgen! Ich wollte mich noch entschuldigen wegen gestern. Vielleicht bin ich da etwas heftig und ausfällig geworden. Hab zu viel getrunken, passiert mir sonst nicht! Nochmals Entschuldigung! Ich hoffe, ich habe Sie nicht beleidigt!«

»Nein, Sie haben mich nicht beleidigt«, antwortete Elvira. Typisch Alkoholiker – tut so, als würde er sonst nicht so viel trinken, dachte sie. Was wollte er in aller Früh? »Ich wollte nur nachfragen, ob Sie schon in meinem Text gelesen haben. Wie gefällt er Ihnen?« Elvira verdrehte die Augen – was Jirecek natürlich nicht sehen konnte – und reagierte etwas ungehalten: »Er gefällt mir eh gut, Herr Magister. Sie haben sehr viele interessante Recherchen angestellt.«

»Und glauben Sie, man kann den einmal veröffentlichen?« Am liebsten hätte Elvira ehrlich mit Nein geantwortet, der Höflichkeit halber aber entgegnete sie: »Warum nicht, versuchen Sie es doch wieder!«

Jirecek wirkte erfreut und machte eine kurze Pause. »Wissen Sie, da gibt es noch was, das ich Ihnen sagen wollte.« Elvira lauschte abwartend. »Ich habe über die Sache mit dem Unterberger nachgedacht. Der war ein feiner, gebildeter Mann – ich habe öfter mit ihm zu tun gehabt.

Man kann das doch nicht so stehen lassen mit seinem Tod! Wenn der wirklich umgebracht worden ist, wieso wird das nicht aufgeklärt? Wo kommen wir denn da hin, wenn Mörder frei herumlaufen?«

Elvira antwortete etwas gereizt: »Ich habe mein Möglichstes getan. Was soll ich jetzt noch machen?«

»Sie entscheiden, was Sie tun«, fuhr Jirecek fort, »aber ich würde an Ihrer Stelle noch einmal hinunterfahren und nachforschen. Sie waren schon auf der richtigen Spur. Das verschwundene Manuskript, da liegt der Hund begraben, glaube ich!« Elvira schwieg und dachte kurz nach, bevor sie antwortete: »Herr Magister, mit dem Manuskript haben Sie sicher recht. Ich danke Ihnen für die Anregung! Werde darüber nachdenken. Können wir jetzt Schluss machen?«
»Eine Frage noch: Darf ich Sie wiedersehen?«, fragte der Psychologe mit flehentlicher Stimme.

»Einstweilen nicht«, erwiderte Elvira und legte auf.

Sie verspürte keine Lust, sich nochmals mit der traurigen Gestalt, die dem Alkohol verfallen war, zu treffen. Während der Fahrt zur Redaktion dachte Elvira über die Aussagen des Psychologen nach. Im Grunde hatte er mit seinem Vorschlag, sie solle nochmals nach Kärnten fahren, recht. Aber sollte sie wirklich ihre Sicherheit, ihre Gesundheit und vielleicht ihr Leben riskieren für eine Sache, die sich in einem entfernten Bundesland abgespielt hatte? Lag die Lösung des Falles in ihrer Verantwortung? Ganz sicher nicht.

Andererseits war der ungesühnte Mord mit ihrem Gerechtigkeitssinn nicht vereinbar. Es widerstrebte ihr, dass ein alter Mann unsanft zu Tode gekommen war und dass der, der seinen Tod verantwortete, frei herumlief. Dies, weil die Polizei zu faul und zu uninteressiert war, den Fall aufzuklären. Oder waren noch andere Gründe im Spiel, dass die Polizei nichts unternahm? Vielleicht war diese korrupt und das südlichste Bundesland in mafiöse Verbindungen verstrickt – wer wusste das schon? Inzwischen hielt sie auch das für möglich, Italien war nicht weit.

Nein, auch wenn es sie tief in der Seele schmerzte, sie musste die Sache sein lassen. Wie viele Verbrechen blieben ungesühnt, wie viele Mörder blieben unbehelligt! Wieder einmal musste sie sich eingestehen, dass die Welt oft himmelschreiend ungerecht war – und dass sie nichts daran ändern konnte. Das Einzige, was in ihrer Macht stand, war, als Journalistin auf Ungerechtigkeiten und Missstände hinzuweisen. Und auch das wurde ihr manchmal verwehrt. Chefredakteur Prassler hatte eine subtile Art, Informationen, die für die Geldgeber der Zeitung unangenehm sein konnten, im Blatt nicht zu erwähnen. Manche Artikel, die Elvira geschrieben hatte, erschienen einfach nicht. Prassler war ein treuer Diener seiner Herren – und das waren mächtige Konzerne, die die Politik im Lande wesentlich mitbestimmten. Ob ihr das passte oder nicht – auch damit musste sie sich abfinden.

Missgelaunt kam sie in die Redaktion. Prassler hatte einen neuen Auftrag für sie: Auf der Universität streikten die Studierenden, weil sie in den Hörsälen keinen Platz mehr fanden. Elvira sollte hinfahren und sich ein Bild von der Lage machen. Ihre Laune sank in den Keller. Das auch noch! Seit Jahren wurde bei den Universitäten gespart. Diese beklagten, dass sie finanziell regelrecht ausgehungert würden. Und gleichzeitig mussten die Universitäten ohne Beschränkungen Studenten aufnehmen, weil dies aus politischen Gründen so gewünscht war. Wie sollte das funktionieren?

Widerwillig fuhr Elvira los. Sie machte sich schon auf eine aufgebrachte, frustrierte Stimmung an der Uni gefasst. Was sollte sie da schon berichten? Seit Jahren die gleichen Missstände, seit Jahren das politische Hick-Hack um die Hochschulen. Als Journalistin hatte sie die unangenehme Aufgabe, über die gleichen Angelegenheiten immer wieder berichten zu müssen.

Nach der Recherche saß sie am Nachmittag in einem vegetarischen Lokal hinter dem Hauptgebäude der Uni und nahm einen späten Mittagsimbiss ein. Sie war keine richtige Vegetarierin, hatte aber ihren Fleischkonsum – nach Recherchen in einem Schlachthof, wo verdorbenes Fleisch aufgefunden worden war – drastisch reduziert. Das Lokal hatte sie gern, weil die fleischlosen Gerichte dort schmackhaft waren.

Der Besuch auf der Uni war so unerfreulich gewesen, wie sie erwartet hatte. Zornige Studenten und Studentinnen, besetzte Hörsäle, knackvolle Gänge, die in dezentes Neonlicht getaucht waren. Die Stimmung aufgebracht und ratlos zugleich. Die Wissenschaftsministerin hatte sich vom für die Universitäten zuständigen Abteilungsleiter vertreten lassen. Dieser hatte mit den Protestierenden zu reden versucht und war gnadenlos ausgebuht worden. Ausdruck einer ohnmächtigen Wut – die Streikenden wussten im Grunde, dass sich an ihrer Situation nichts ändern würde. Aber sie mussten sich irgendwie Luft machen. Sie gehörten ohnehin einer entpolitisierten Generation an, denen MacDonalds mehr sagte als Karl Marx. In Elviras kurzer Studienzeit hatte es noch regelrechte Straßenschlachten gegeben, in denen linke und rechte Studenten aufeinandergeprallt waren. Damit war es nun vorbei, der politische Diskurs hatte sich – wenn es überhaupt noch einen gab – ins Internet verlegt.

Ding-Ding-dong! Ding-dong! Der Klingelton ihres Handys ertönte, als Elvira gerade ein Rote-Rüben-Curry löffelte. Sie hatte keine Lust, während des Essens abzunehmen, und sah ärgerlich auf das Display. Als sie den Namen der Anruferin sah, hellte sich ihre Miene auf. »Hallo, Karin, schön dass du dich meldest! Wie geht es dir?«

»Hallo, Elvira«, hörte sie, »was machst du gerade?«

»Beim Mittagessen – wieso? Muss über den Studentenstreik auf der Uni berichten und bin nicht früher zum Essen gekommen.«

»Elvira, soll ich dich später anrufen? Iss in Ruhe fertig!« Karins Tonfall kam Elvira komisch vor und sie fragte besorgt nach: »Karin, was ist denn los?«

Karin schwieg einige Momente, als würde sie überlegen, wie sie formulieren sollte, was ihr am Herzen lag. »Elvira, du wirst es nicht glauben, aber es gibt schon wieder einen Toten im Lavanttal. Wieder einen von der Lavant-Vereinigung!« Elvira spuckte das Stück Rote Rübe wieder aus, das sie gerade in den Mund genommen hatte. »WAS?«, schrie sie ins Telefon. Sie bemerkte, wie die anderen Gäste sie anstarrten.

»Ja«, fuhr Karin stockend fort. »Wieder ein alter Mann, der Herr Tschirtnigg … ein früherer Gastwirt in Wolfsberg, zu dem die Lavant gern essen gegangen ist und der sein Leben lang darauf stolz war …«

»Wo wurde er denn gefunden?«, wollte Elvira wissen.

»Bei sich zu Hause in St. Stefan … Erschlagen … man hat ihn vor seinem Tod am Sessel angebunden und schwer misshandelt …«

Elviras Schock über diese Mitteilung ließ sie sarkastisch werden: »Selbstmord war das aber diesmal keiner. Oder ist die Polizei diesmal auch dieser Meinung?«

»Nein, sicher nicht. Die Kriminalbeamten von Klagenfurt waren da … und haben das bestätigt. Du weißt eh, der Inspektor …«

»Speckbacher«, fiel ihr Elvira ins Wort, um neuerlich sarkastisch fortzusetzen: »Na, wenn der den Fall in die Hand nimmt, kann ja nichts mehr schiefgehen!« »Elvira, du, es war wirklich schlimm, so was hab ich noch nie gesehen!«

»Warst du am Tatort?«, fragte die Wiener Kollegin nun einfühlsamer nach.

»Ja, es war schrecklich! Der ganze Boden war voller Blut!« Karin fing zu weinen an. Der Anblick musste tatsächlich ein Albtraum gewesen sein. Elvira ließ bei solchen Mordfällen lieber die männlichen Kollegen den Tatort besichtigen, die dann meist schweigend, mit bleichen Gesichtern und todernsten Mienen zurückkamen.

»Karin, das glaub ich, dass das furchtbar war«, tröstete Elvira ihre Kollegin, »wann ist denn das passiert?«

»Gestern hat man ihn gefunden«, erwiderte Karin mit tränenerstickter Stimme. »Seine Frau hat am Vorabend in der Stadt ein paar Freundinnen getroffen … Wie sie zurückkommt … findet sie den Mann in seinem Blut vor. Sie ist jetzt im Spital, weil sie … zusammengebrochen ist.«

»Die Arme«, meinte Elvira, bei der Ärger und Sarkasmus jetzt verflogen waren. »Was hat man denn sonst gefunden im Haus? War die Spurensicherung dort?« »Ja, die haben viele Spuren aufgenommen, die werden jetzt erst ausgewertet. Vor allem haben sie die Stücke einer zertrümmerten Vase gefunden. Wahrscheinlich wurde dem Opfer damit der Schädel eingeschlagen. Ein schrecklicher Tod!« Karin fing wieder zu weinen an. Elvira überlegte blitzartig, was das Motiv gewesen sein konnte, einen alten Mann auf solche Weise zu Tode zu bringen. Hatte er vielleicht das verschwundene Manuskript bei sich gehabt und nicht herausgeben wollen? Vieles sprach dafür.

Elvira teilte der Kollegin ihren Verdacht mit. Karin hatte diesen Gedanken auch schon gehabt. »Weiß man sonst etwas über den Toten?«, fragte Elvira weiter. »Nein, ein alter, unbescholtener Mann«, erwiderte Karin, die sich ein wenig beruhigt hatte. »Er war sehr bekannt in der Gegend, weil er bis vor einigen Jahren das Gasthaus *Zur Fröhlichkeit* geführt hat. Dieses war berühmt für seine Nudelspezialitäten. Der *Graue Wolf*, wo wir waren, das war früher die Konkurrenz. Die Christine Lavant ist gern zu ihm essen gegangen, wie sie noch gelebt hat. Das hat ihn offenbar sehr geehrt, weil er noch jahrelang davon erzählt hat, wie sie zu ihm gekommen ist. Und er soll zuletzt etwas zu tief ins Glas geschaut haben, munkelt man.« Das ist nicht sehr aufschlussreich, dachte Elvira. Dann fragte sie noch nach: »Und die Nachbarn haben nichts bemerkt von der Tat? Der muss ja geschrien haben wie am Spieß!«

»Ja, die haben schon was bemerkt. Aber die haben sich nicht viel dabei gedacht, weil er mit seiner Frau öfter Streit gehabt hat. Wahrscheinlich weil er zu viel getrunken hat … dabei haben sie wohl auch geschrien … Du weißt ja, wie Nachbarn oft sind. Wenn es drauf ankommt, haben sie nichts gehört und gesehen …«

Ja, das kannte Elvira nur zu gut. Die Leute wollten keine Schwierigkeiten bekommen und klappten Augen und Ohren zu. Das Phänomen hatte sie bei Recherchen schon oft erlebt. Besonders schlimm war es für sie, wenn

Kinder misshandelt worden waren, laut geschrien hatten und die Nachbarn trotzdem nichts unternommen hatten.

»Karin, es ist gut, dass du mich angerufen hast«, sagte sie nach einer kleinen Pause, »aber wie kann ich dir jetzt helfen?«

»Am liebsten hätte ich, dass du herkommst«, erwiderte Karin. Ihre Stimme wurde wieder weinerlich. »Ich halte das nicht mehr aus. Ständig sehe ich diese Bilder vor mir – das viele Blut, das verwüstete Wohnzimmer ... Ich krieg das nicht aus dem Kopf ... Und die Morde müssen endlich aufgeklärt werden ...!«

Elvira schwieg betroffen. Der neue Mord schlug in ihrer Seele in die gleiche Kerbe, in die Magister Jirecek in der Früh schon getroffen hatte. »Elvira, bist du noch dran?«, fragte Karin nach einer Weile.

»Ja, ich bin noch dran ... Karin, ich weiß noch nicht. Wir haben hier in der Redaktion viel zu tun, ich kann eigentlich nicht weg ... Gib mir Zeit, ich muss mir das in Ruhe überlegen.«

»Ja, Elvira, ich weiß, dass das schwer für dich ist ... Aber wir brauchen dich hier dringend. Nur du kannst den Fall lösen!« Elvira wusste, dass das, was wie Schmeichelei klang, bei Karin aus tiefer, verzweifelter Seele kam.

»Karin, ich muss jetzt aufhören. Gib mir bis morgen Zeit, ich ruf dich an. Mach's gut bis dahin! Und wenn du es gar nicht aushältst, geh zu einer Psychologin!« Gleich darauf kamen Elvira Zweifel, ob das ein guter Ratschlag gewesen war – nach dem, was sie gestern mit einem Mann dieser Zunft erlebt hatte.

Sie ließ den Rest der Mahlzeit stehen, die ohnehin kalt geworden war. Ihre Sitznachbarn sahen sie verwundert und neugierig an – sie hatten mitbekommen, wie das Telefonat sie aufgewühlt hatte. Sie zahlte und verließ das Lokal. Ihre Beine fühlten sich schwach an, ihre Hände zitterten. Sie brauchte jetzt Ruhe zum Nachdenken, die Redaktion konnte warten. Prassler rief an, wahrscheinlich wollte er wissen, wo sie blieb. Sie klickte den Anruf weg – nein, sie wollte jetzt mit niemandem reden. Schon gar nicht mit ihm.

Sie betrat ein nahe gelegenes Café und bestellte eine Tasse Tee mit Milch. Wie immer tat der Tee seine beruhigende Wirkung. Es fiel ihr dennoch schwer, nachzudenken. Zu schlimm war das, was sie gerade erfahren hatte. Schon wieder hatten sie einen umgebracht in Kärnten. In diesem verschlafenen Lavanttal, nahe dem idyllischen Städtchen Wolfsberg. Und wieder – alles deutete darauf hin – wegen der geheimnisvollen Dichterin und ihrem noch geheimnisvolleren Manuskript. Lastete tatsächlich ein Fluch darauf? Fast schien es so, obwohl sie sich grundsätzlich weigerte, an Flüche glauben.

Elvira bekam Lust auf etwas Süßes. Sie ging zur Vitrine, wo die Mehlspeisen ausgestellt waren. Heute war ihr alles egal und sie entschied sich für eine maximal kalorienreiche Esterházy-Schnitte. Die versunkene Donaumonarchie hatte einige positive Dinge hinterlassen, fand Elvira, dazu gehörte das breite Repertoire an Mehlspeisen aus allen Kronländern. Heute war es etwas Ungarisches, das sie tröstete.

Elvira, jetzt denk einmal in Ruhe nach, redete sie stumm zu sich selbst. Hör in dich hinein. Was möchtest du tun? Wonach ist dir? Wohin zieht es dich? Sie machte ein paar tiefe Atemzüge, nahm einen Schluck warmen Tees und schloss die Augen.

Eine Zeitlang spürte sie nichts oder nur Undeutliches. Dann nahm sie einen wachsenden Groll wahr, Wut tauchte in ihr auf. Endlich hatte die Polizei in Klagenfurt kapiert, dass es sich um Mord, ja, offenbar eine Mordserie handelte! Aber würde sie dem Fall wirklich nachgehen oder diesen auch verschlampen? War der indolente Oberinspektor jetzt bereit, den Fall aufzuklären, oder wollte er sich weiterhin nicht die Hände schmutzig machen? Oder hatte er selber so viel Schmutz an den Händen, dass er bei der Aufklärung der Fälle säumig blieb?

Je mehr der Zorn in ihr wuchs, desto mehr wuchs auch die Gewissheit: »Ich muss wieder nach Kärnten fahren, ich muss den Fall klären! Ich will mich nicht kleinkriegen, mich nicht einschüchtern lassen!« Auf einmal hatte sie keine Angst mehr um ihr Leben. Die Angst war der Entschlossenheit gewichen. Sie würde der Polizei, besonders dem Chefinspektor, auf die Finger schauen. Sie würde weiterhin unangenehme Fragen stellen und nicht mehr lockerlassen. Und sie würde so lange nicht nach Wien zurückkommen, bis die Todesfälle aufgeklärt waren!

Elvira atmete tief durch, nachdem sie die Entscheidung getroffen hatte. Doch dann kamen ihr Zweifel: Wie sollte es mit ihrer Arbeit in der Wiener Redaktion weitergehen? Wie konnte sie ihren Entschluss dem Chefredakteur mitteilen? Der würde springen vor Wut, würde alle Hebel in Bewegung setzen, um sie in Wien zu halten. Konnte sie in die Klagenfurter Redaktion versetzt werden, für eine Weile wenigstens? Nein, Prassler würde ihr sicher nicht so weit entgegenkommen. Aber wie würde sie die Zeit ohne Einkünfte dann finanzieren, da sie ja nur freie Mitarbeiterin war? Sie hatte noch einige Rücklagen von einer Erbschaft, das beruhigte sie. Zumindest eine Zeitlang konnte sie von diesen Ersparnissen zehren und sich den Aufenthalt in Kärnten finanzieren.

Sie wollte die berufliche Situation heute noch abklären. Würde in die Redaktion fahren und dort ihren Artikel über den Studentenstreik verfassen. Und dann Prassler, wenn er anwesend war, von ihrem Entschluss unterrichten. Einfach Bescheid sagen würde sie ihm und auf seine Reaktion warten – die sie sich schon vorstellen konnte. Wenn Elvira einmal etwas beschlossen hatte, konnte sie nichts und niemand davon abbringen. Sie zahlte und fuhr in die Redaktion.

Nein, der Herr Chefredakteur wäre heute nicht mehr anwesend, erfuhr sie später von seiner Sekretärin. Wo er sich aufhalte, wisse man auch nicht, er hätte sich für heute schon verabschiedet. Wahrscheinlich trinkt er ein paar Gläser Wein mit dem Bürgermeister, dachte Elvira grimmig. Lustlos verfasste sie den Artikel und gab ihn in Druck, damit er morgen erscheinen konnte. Sie hatte zusätzlich eine Glosse verfasst, die die Hochschulpolitik der Regierung einmal mehr aufs Korn nahm.

Sie fuhr nach Hause, Schnurr wartete schon auf sie. »Mein Gott, Schnurr … was mache ich denn mit dir, wenn ich wieder so lang in Kärnten bin?« Das Tier legte den Kopf auf die Seite, wie wenn es sie verstehen würde. Sie überlegte, ob sie ihn ins Tierheim bringen oder weiter von den Nachbarn versorgen lassen sollte. Einige Momente spürte sie tiefes Mitleid, wenn sie an die Einsamkeit dachte, die ihm bevorstand. Aber was war das Elend einer Katze gegen zwei Morde, die es aufzuklären galt?

Sie versuchte, Prassler am Handy zu erreichen. Er nahm nicht ab, sie bat um Rückruf. Dann begann sie, die wichtigsten Dinge für ihren Aufenthalt in Kärnten herzurichten. Zwei Stunden später läutete ihr Mobiltelefon. Es war Prassler. Sie bekam Herzklopfen, als sie den Anruf entgegennahm. »Sie wollten mich sprechen?«

»Ja, Herr Chefredakteur, ich wollte Ihnen etwas sagen, etwas Wichtiges.« Prassler zögerte einen Moment, als ahnte er, dass etwas Unangenehmes auf ihn zukam. »Geht es um die Uni, den Streik?«

»Nein, Herr Prassler, der Artikel ist schon im Druck.«

»No, worum geht es denn dann?«

Elvira schwieg einige Augenblicke, dann fuhr sie fort: »Herr Chefredakteur, ich werde wieder nach Kärnten fahren!«

Prassler war zuerst perplex, dann sprang sein cholerisches Temperament an: »Nach Kärnten, schon wieder? Da waren Sie doch gerade erst! Was wollen Sie denn noch bei den Sch… Kärntnern?«

»Es ist ein weiterer Mord geschehen«, erwiderte Elvira ruhig. »Wieder in der Lavant-Gesellschaft, ein alter Mann. Er wurde brutal ermordet, misshandelt. Ich kann nicht anders, ich will die Sache aufklären.«

»*Sie* wollen das aufklären?«, wütete Prassler weiter. »Was glauben Sie denn, wer Sie sind? Das ist doch Sache der Polizei, und eine solche wird es dort wohl geben, oder nicht?«

»Die Polizei kann oder will den Fall nicht aufklären, glauben Sie mir. Ich habe mit denen schlechte Erfahrungen gemacht, die tun gar nichts.«

Prassler wurde etwas ruhiger, seine Stimme nahm einen besorgten Ton an: »Und die Morddrohung, die Sie erhalten haben? Macht Ihnen das gar nichts? Wollen Sie etwa Ihr Leben riskieren für ein paar alte Kärntner, die vielleicht auch so nicht mehr lang gelebt hätten?«

»Mir geht es um die Gerechtigkeit, Herr Prassler.« Elvira spürte, dass sie mit der Fortdauer des Gespräches immer ruhiger und sicherer wurde. »Gerechtigkeit«, ätzte Prassler, »was für ein schönes Wort! Seien Sie doch nicht naiv! Ich glaube schon lange nicht mehr an so was wie Gerechtigkeit.« Das letzte Wort spuckte er geradezu aus, als handele es sich um etwas Anstößiges. Das weiß ich, dachte Elvira, dass dir die Gerechtigkeit egal ist. Und doch gibt es sie, immer noch.

Prassler hatte seine Fassung wiedergefunden und sagte nun: »Gut, Frau Hausmann, Sie sind eine freie Mitarbeiterin und können das selber entscheiden. Ich bitte Sie nur um eines: dass Sie morgen um zwei zur Pressekonferenz vom Bürgermeister gehen. Der möchte dort die Pläne der Stadtregierung für die geplante Ostumfahrung offenlegen. Sie wissen schon, die Sache mit dem Lobautunnel und so fort … Das ist ein Straßenbauprojekt, da geht es um Milliarden! Bitte gehen Sie hin und schreiben Sie einen Artikel darüber – dann können Sie machen, was Sie wollen!«

Elvira wollte schon sagen: »Gehen Sie doch selber hin, wenn Sie mit dem Bürgermeister so gut sind!« Sie verkniff es sich aber, schluckte einmal schwer und erwiderte: »Gut, das mache ich noch. Aber übermorgen fahre ich, dabei bleibt es!«

»Fahren Sie, wohin Sie wollen, und nehmen Sie alle Ihre Schutzengel mit! Auf Wiederhören!« Nach diesen Worten legte Prassler auf.

Elvira war stolz, dass sie so standhaft geblieben war. Jetzt würde sie wegen der Pressekonferenz noch einen Tag länger in Wien bleiben. War ihr auch recht, sie musste ohnehin auch eine Versorgung für Schnurr organisieren. Vielleicht war es doch am besten, ihn ins Tierheim zu bringen – weil sie nicht wusste, wann sie wieder zurückkommen würde. Das kostete zwar viel Geld, war aber die sicherste Lösung. Zusätzlich zur Finanzierung ihres Kärntner Abenteuers stellte diese Versorgung eine ordentliche Belastung dar.

Sie rief Karin an, um ihr mitzuteilen, dass sie am übernächsten Tag zu ihr kommen würde. Diese war begeistert und sagte wiederum: »Du schaffst das, wir zählen hier auf dich!« Elvira wusste, dass Karin vor allem deshalb erfreut war, weil sie durch die Wiener Kollegin seelischen Beistand bekommen würde. Sie selber freute sich auch, die neue Freundin wiederzusehen. Eigenartigerweise spürte sie auch eine heimliche Freude, Klagenfurt und das Lavanttal erneut aufzusuchen – Orte, die ihr vertraut geworden waren. »Unheimlich« vertraut, wie sie feststellte.

10. KAPITEL

Zwei Tage später reiste Elvira erneut nach Kärnten. Sie war gerade an Graz vorbeigefahren, hatte diesmal mehr Wut als Traurigkeit gespürt. »Du kannst mich mal …!«, hatte sie gezischt, als sie an ihren Exfreund dachte. Warum beschäftigte er sie immer noch so?

Elvira war keine, die Ereignisse leicht wegstecken konnte. Über manche Enttäuschungen kam sie nur schwer hinweg, vor allem wenn sie geliebt hatte. Dann sah sie ihre Liebe als verraten, ihre Energie als vergeudet an. Fühlte sich ausgenutzt, missbraucht. Es hatte eine Weile gedauert, ehe sie sich diese lange Trauer nach einer Trennung zugestand. In einer Zeit des allgegenwärtigen Verdrängens und des schnellen Übergehens zur »Tagesordnung« (wie wenn menschliche Emotionen Programmpunkte einer Geschäftsbesprechung wären, die abgehandelt werden mussten) kam sie sich antiquiert, wie eine Außenseiterin vor. Doch diese Außenseiterrolle in manchen Belangen war ihr vertraut. Sie ertappte sich bei dem Gedanken, dass sie diese Rolle oft sogar absichtlich einnahm.

Als sich das breite Lavanttal vor ihr auftat, bemerkte sie einen Autobahn-Parkplatz, auf dem eine seltsame Metallkonstruktion stand. Sie parkte ihr Auto und näherte sich dem Monument, das eine Aussichtswarte war. Der Turm war schon in die Jahre gekommen, der Anstrich blätterte da und dort ab, Rost wurde sichtbar. Er hieß »Sonnenturm«, wie Elvira am Eingang erfuhr, und war vom Kärntner Künstler Giselbert Hoke 1986 errichtet worden. Sein Zweck war eine Huldigung an Kärnten und an die bedeutenden Persönlichkeiten, die das Land hervorgebracht hatte. Ob Christine Lavant hier auch vertreten war, fragte sich Elvira. Und prompt, als sie die erste Plattform erreichte, sah sie schon deren Namen erwähnt, mitsamt ihren wichtigsten Werken. Die Lavant galt hier als eine der sechs bedeutendsten Kärntner Dichter und Dichterinnen, unter ihnen immerhin Ingeborg Bachmann und Peter Handke.

Elvira stieg ganz hinauf und sah in das Tal hinunter. Das Lavanttal, in dem sich zuletzt grausame Dramen abgespielt hatten, lag lieblich vor ihr. Die Novembersonne schien und täuschte eine ungetrübte Idylle vor. Elvira schloss die Augen und atmete tief durch. Und sie spürte ganz deutlich, dass es richtig war, wieder hier zu sein.

Sie legte eine CD der legendären Bluesband »Ten Years After« ein und setzte ihre Fahrt fort. Alvin Lee's Gitarre ließ sie schneller fahren, als erlaubt war. Sie würde diesmal nicht in Klagenfurt Quartier nehmen, das war auf eigene Kosten zu teuer. Nein, sie würde gleich in Wolfsberg bleiben und sich eine Pension suchen.

In Wien hatte sie tränenreich von Schnurr Abschied genommen. Verständnislos hatte er sie angeschaut, als er mitbekam, dass sie wieder wegfuhr. Elvira hatte für seine Betreuung eine – hoffentlich – passende Lösung gefunden. Ihre gute Freundin Franziska hatte sich bereit erklärt, einmal am Tag nach dem Kater zu schauen, ihm zu fressen zu geben und das Kistchen zu entleeren. Für Franziska stellte dieser Weg nach ihrer anstrengenden Arbeit eine Belastung dar, dennoch tat sie es gerne für Elvira.

Beim Lied »Good morning, little schoolgirl« fuhr Elvira von der Autobahn ab. Sie kam diesmal von Norden in die

Kleinstadt, die gerade Mittagsschlaf hielt. Sich ein Quartier zu suchen, dazu war es noch zu früh. Deshalb ging Elvira wieder zum *Grauen Wolf* auf ein Mittagessen. Der Wirt hatte sie erkannt und begrüßte sie mit grimmigem Charme: »Wollen Sie leicht wieder die Kasnudeln? Die haben Ihnen doch recht g'schmeckt, nicht?« Elvira nickte gottergeben. Der wohlige Geschmack der Nudeln, die in zerlassener brauner Butter ertranken, machte ihr vollends bewusst, dass sie wieder in Kärnten war.

Nach dem Essen hatte Elvira trotz der frischen Temperaturen Lust auf einen Spaziergang. Sie nahm einen steilen Weg zum Schloss hinauf. Bisher hatte das Ungetüm im Tudor-Stil keinen Reiz auf sie ausgeübt. Nun aber stellte sie fest, dass man von hier oben einen wunderbaren Blick auf die Stadt und auf die umgebenden Berge hatte. Sie setzte sich ins Burgcafé, um die Ereignisse der letzten Tage nochmals Revue passieren zu lassen und sich die weiteren Schritte zu überlegen.

Zuerst war ein alter Mann unfreiwillig zu Tode gekommen, der Vorsitzender der Christine-Lavant-Vereinigung gewesen war. Er hatte kurz zuvor das Literaturarchiv aufgesucht und sich dabei das Manuskript angeeignet, das wegen seines verfänglichen Inhalts für eine Veröffentlichung gesperrt war. Warum hatte er dies getan, was hatte er damit vorgehabt? Offenbar hatte jemand von dieser Tatsache Wind bekommen – oder hatte das Opfer selbst jemandem davon erzählt? Diese Person wollte sich ihrerseits das Manuskript aneignen. Vermutlich beim Versuch, dies zu tun, war Unterberger zu Tode gekommen. Ob aus Absicht oder aus Versehen, war noch unklar. Der Täter oder die Täterin hatte jedenfalls versucht, die Tat wie Selbstmord aussehen zu lassen.

Die Polizei, die hinzugezogen worden war, fiel auf den Trick mit dem Selbstmord herein beziehungsweise hatte kein Interesse, einer Mordvariante nachzugehen. Letztere war klarerweise mit mehr Ermittlungsaufwand verbunden. Der Täter – Elvira ging grundsätzlich von einem Mann aus, weil ein größerer Kraftaufwand dazu notwendig gewesen war, die Leiche in den Fluss zu werfen – hatte sich in Sicherheit gewiegt und war durch Elviras Ermittlungen aufgestört worden. Wie hatte er davon erfahren? Vermutlich gehörte er zum Kreis der Personen, die Elvira befragt hatte. Und damit begann das Problem: Keine dieser ehrenwert oder harmlos wirkenden Personen schien zu so einer Tat in der Lage zu sein.

Der Täter fühlte sich offenbar durch Elviras Recherchen in die Enge getrieben und hatte ihr den Drohbrief zukommen lassen – mit dem erwünschten Erfolg, dass Elvira abgereist war und die Sache ruhen ließ. Umso bedrohlicher musste ihm erscheinen, dass sie nun wiederum nach Kärnten kam und weitere Nachforschungen anstellte. Das Lavanttal war eine kleine, überschaubare Welt. Sicher würde sich bald herumsprechen, dass sie sich wieder im Lande aufhielt. Bei diesem Gedanken bekam sie eine Gänsehaut. Sie spürte die Gefahr, in der sie schwebte.

Elvira gab sich einen Ruck und kehrte zu ihren Überlegungen zurück. Nach ihrer Abreise nach Wien war der zweite Mord passiert, noch scheußlicher als der erste. Der alte Gastwirt war direkt zu Tode gefoltert worden – was hatte man von ihm wissen wollen? Das Versteck des Manuskripts, das er offenbar an sich genommen hatte? Wenn dies so war, warum hatte er das Werk an sich genommen, was hatte er damit vorgehabt? Hatte er vielleicht vorher den Unterberger umgebracht und war nun selber zum Opfer geworden?

Wie konnte man sich vorstellen, dass ein Mitglied aus dem Lavant-Dunstkreis auf den alten Mann einschlug, um ihn zum Reden zu bringen? Oder entstammte der Täter gar nicht diesem Kreis, gab es noch eine andere Verbindung? War das Manuskript gefunden worden und, wenn ja, wer hatte es in diesem Moment?

Elvira machte sich auf den Rückweg in die Stadt. Sie erreichte das Rathaus und ging ein Stück die Lavant flussaufwärts. Vor ihr befand sich ein kleiner Weiher mit einem Felsbrocken in der Mitte, der ein schmiedeeisernes Kreuz trug. Interessiert betrachtete sie die Gedenktafel, die daneben angebracht war. Dieser zufolge handelte es sich hier um den sogenannten »Judenstein«, der an zwei Judenverfolgungen im 14. Jahrhundert erinnerte. Den im Ort ansässigen Juden war zum Vorwurf gemacht worden, angeblich Hostien geschändet zu haben. Daraufhin hatte man sie vertrieben und ihr Eigentum beschlagnahmt. Immer das gleiche üble Vorgehen, wenn ein Machthaber zu wenig Geld hatte und sich welches beschaffen wollte, dachte Elvira. Dafür mussten in der abendländischen Geschichte oft die Juden herhalten, mit ihrem Geld – und oft auch mit ihrem Leben.

Ganz in der Nähe des Judensteins sah sie eine weitere Gedenktafel, die an die Deportation der Juden aus Wolfsberg in der Nazizeit erinnerte. Zwei von ihnen waren im KZ umgekommen, vier anderen war die Ausreise gelungen. Bei genauem Hinschauen tat sich in diesem netten Städtchen eine brutale Vergangenheit auf, fand Elvira. Sie stand auf der Brücke und schaute in die Lavant hinunter.

Einen Moment lang war ihr, als würde sie die Schreie der Ermordeten aus dem Fluss herauftönen hören. Dann wieder hörte sie nur mehr das gleichmäßige Rauschen des Wassers, das gemächlich in Richtung der slowenischen Grenze floss. Auf der Suche nach einem Quartier begab sich Elvira in das »Tourismusbüro Wolfsberg« am Minoritenplatz in der Oberstadt. Mit der dortigen beflissenen Angestellten kam sie rasch ins Gespräch. Diese stellte sich als gebürtige Ungarin heraus, die »die Liebe« ins Lavanttal verschlagen hatte. Sie sprach einen originellen Lavanttaler Dialekt mit ungarischem Akzent. »Ein Mittelklassehotel wollen Sie, eine Pension?« Sie wiederholte die Wünsche Elviras und dachte nach. »Hier in Wolfsberg fällt mir nichts Passendes ein … vielleicht fahren Sie besser nach St. Stefan ins *Reart*. Das ist ganz modern und vor Kurzem eröffnet worden. Es hat sehr schöne Zimmer, ein Restaurant dabei und auch ein Veranstaltungszentrum. Dort können Sie sogar ins Kino gehen, wenn Sie wollen. Und ist auch nicht so teuer.«

Das hörte sich für Elvira alles sehr gut an. St. Stefan, Restaurant, Veranstaltungszentrum … Sie bedankte sich bei der freundlichen Ungarin und fuhr weiter ins *Reart*, das etwas abgelegen und nicht leicht zu finden war. Schließlich landete sie dort und wurde von einer molligen, aber kompetenten jungen Kärntnerin empfangen. »Wollen Sie sich ein Zimmer anschauen?«, lud sie diese auf eine Besichtigung ein. Bei dieser Gelegenheit zeigte sie ihr das ganze Haus, das wie eine Galerie für moderne Kunst wirkte. »Unser Chef kauft von jungen, noch nicht so bekannten Künstlern Werke, um sie zu unterstützen. Die hängt er hier im Haus auf, das gibt unserem Hotel einen eigenen Charakter. Ist doch schön, nicht?« Elvira war begeistert.

Auch wenn sie bei einigen Bildern nicht wusste, ob es sich um Kinderkritzeleien oder Kunstwerke handelte, war sie doch vom Charakter des Hauses angetan. Die Zimmer gefielen ihr sehr gut und waren auch zu einem erschwinglichen Preis zu buchen. Sie nahm ein geräumiges Einzelzimmer und ließ sich von der Rezeptionistin noch über die Frühstückszeiten informieren. »Ich sage Ihnen gleich«, erklärte sie flehentlich, »ich bin Teetrinkerin und möchte keinen Kaffee angeboten bekommen!«

»Das ist kein Problem, beim Frühstück steht ein Samowar mit verschiedenen Teesorten. Da bedienen Sie sich einfach selbst.« Elvira fühlte sich verstanden und war rundum zufrieden. Sie bezog ihr Zimmer und streckte sich auf dem Bett aus. Auch dieses war etwas zu weich, aber das war ihr jetzt egal. Sie wollte sich von der Fahrt ausruhen und über die kommenden Termine nachdenken.

Als Erstes wollte sie die Witwe des ermordeten Gastwirts anrufen und sie um ein Gespräch bitten. Sie hatte die Nummer von Karin erhalten. Das würde wieder schwierig werden, die Frau stand vermutlich nach dem Erlebten noch unter Schock. Frau Tschirtnigg hörte sich am Telefon verzweifelt an, war aber bereit, mit ihr zu sprechen. »Vom *Tagesboten*, ah so? Sie wollen über den Tod meines Mannes berichten? Aber bitte, ziehen Sie ihn nicht in den Dreck! Es ist sowieso schon schwer genug für uns!«

Mit bangen Gefühlen näherte sich Elvira dem Haus der Tschirtniggs in St. Stefan, das in der Blumengasse in der Nähe des Friedhofs stand. Eine nette Adresse für ein grauenhaftes Geschehen, fand die Reporterin.

Die Frau, die ihr die Tür öffnete, kämpfte mit den Tränen. Sie hatte strähnige graue Haare, ihre Augen waren vom Weinen stark gerötet. Die Gesprächspartnerin trug das unvermeidliche Kleidungsstück der ländlichen Hausfrauen – die Kleiderschürze, diesmal mit grünen und roten Punkten. Ein starker Geruch nach Chemikalien – wohl um die Spuren des Verbrechens zu beseitigen – schlug Elvira entgegen, als sie das Haus betrat. »Bitte gehen Sie nicht weiter«, flehte die Frau, »es schaut noch furchtbar aus! Vor allem im Wohnzimmer! Kommen Sie mit in die Küche. Wollen Sie einen Kaffee?« Elvira lehnte dankend ab. Der Frau des Ermordeten war noch das pure Entsetzen ins Gesicht geschrieben. »Es ist so furchtbar, so grauenhaft. Mein Mann war so ein guter Mensch, ein Gastwirt aus Begeisterung. Bei so vielen Leuten war er beliebt. Dass er so enden musste, ist entsetzlich …« Elvira fragte behutsam nach, was denn genau passiert wäre. »Die Polizei hat mich eh schon danach gefragt«, meinte die alte Dame. Dennoch erzählte sie Elvira nochmals, wie sie nach Hause gekommen und den schrecklich zugerichteten Mann gefunden hatte. »Und die Wirtschaft im Wohnzimmer und in seinem Arbeitszimmer, das kann man sich nicht vorstellen. Das wird noch eine Mühe werden, um das aufzuräumen. Meine Kinder helfen mir dabei …«

Elvira fragte ebenso vorsichtig nach, ob Frau Tschirtnigg an ihrem Gatten etwas aufgefallen war in letzter Zeit.

»Wie meinen Sie, ob er irgendwie anders war?«

»Ja, hat er sich anders verhalten, hat er irgendetwas Ungewöhnliches erwähnt?«

Die erschöpfte Frau dachte angestrengt nach und sagte: »Nein, es war alles wie immer.«

»Wirklich? Denken Sie bitte genau darüber nach. Waren da nicht irgendwelche Besuche, seltsame Telefonate?«

»Oh doch«, erinnerte sich Frau Tschirtnigg nun, »jetzt, wo Sie es sagen: Vor fünf Tagen ist ein Anruf gekommen, nach dem war er recht verstört. Ich hab ihn gefragt, wer denn angerufen hätte – er hat es nicht sagen wollen. Sonst hat er mir alles erzählt, glaube ich – aber diesmal nicht. Ist nicht so wichtig, hat er gemeint, aber ich hab gemerkt, dass da was Seltsames passiert ist … Sie müssen entschuldigen, in der Aufregung hab ich ganz darauf vergessen!«

Wahrscheinlich hat bei dem Telefonat die Sablatnig nachgefragt, was mit dem Manuskript passiert ist, schoss es Elvira durch den Kopf. Sie nickte verständnisvoll, fragte nach einer Weile sanft nach: »Frau Tschirtnigg, nehmen Sie einmal an, Ihr Mann hätte etwas Wichtiges aufbewahren wollen, wo hätte er das hingetan?«

Die Gesprächspartnerin sah sie verwirrt an und schüttelte den Kopf.

»Frau Tschirtnigg«, setzte Elvira nach, »Ihr Mann hat wahrscheinlich etwas Wichtiges besessen, nach dem der Mörder oder die Mörderin gesucht hat. Wo könnte er das versteckt haben?«

Frau Tschirtnigg antwortete bestürzt: »Davon hat die Polizei noch nichts gesagt. Sie sind die Erste, die mich danach fragt. Er hat was Wichtiges bei sich gehabt? Aber seine Wertsachen hab ich ja gekannt!«

»Möglicherweise war es etwas, das Sie noch nicht gekannt haben«, antwortete Elvira ruhig.

»Etwas, das ihm jemand gegeben hat, meinen Sie?«

Auch das Folgende versuchte Elvira so ruhig wie möglich zu sagen: »Oder etwas, das er sich … ausgeborgt hat!«

»Ausgeborgt«, wiederholte die alte Frau zunehmend irritiert, »wer soll ihm denn was Wichtiges geborgt haben? Ich kenn mich jetzt gar nicht mehr aus.« »Also, liebe Frau Tschirtnigg, wo könnte Ihr Mann was Wichtiges aufgehoben haben?«

»Na ja, wenn es was Kleineres war, in seinem Schreibtisch, würde ich sagen.«

»Und wo ist der? Könnte ich vielleicht einen Blick darauf werfen?«

Die alte Frau brach wieder in Tränen aus: »Wollen Sie sich das wirklich anschauen? Ich hab Ihnen ja gesagt, es sieht noch schrecklich aus!« Und nach einer kurzen Pause: »Na, wenn Sie unbedingt wollen … Der Schreibtisch ist im oberen Stock, in seinem Arbeitszimmer.«

Sie begleitete Elvira dort hin. Das Arbeitszimmer war durchwühlt worden, aber auf eine Weise, die Elvira seltsam anmutete. Die Spuren wiesen auf eine Suche hin, die oberflächlich, wie in großer Eile stattgefunden hatte. Vor dem Fenster stand der erwähnte Schreibtisch. Elvira betrachtete das mächtige Möbelstück aus massivem Holz, das auf zwei turmartigen Beinen ruhte, in denen sich die Laden befanden. Diese waren herausgerissen; diejenigen, die versperrt gewesen waren, waren aufgebrochen worden. Papiere lagen rundherum auf dem Boden. »Gibt es darin eine Geheimlade, einen doppelten Boden?«, wollte Elvira wissen. Die Witwe blickte Elvira verständnislos an und schüttelte den Kopf: »Nein, nicht dass ich wüsste. Aber sicher bin ich mir nicht, der Tisch wurde eigentlich nur von meinem Mann benützt.« Elvira stand ratlos vor dem voluminösen Ding. Dann, einer plötzlichen Eingebung folgend, bat sie Frau Tschirtnigg, mit ihr zusammen den Schreibtisch hochzuheben. »Was, wir zwei sollen das schwere Ding aufheben? Sind Sie noch bei Trost?«, reagierte diese verzweifelt.

»Also, nicht direkt aufheben, nur ein Stück nach hinten kippen. Er ist sowieso leer. Ich mach das, und Sie schauen drunter!«, wurde Elvira resolut. Sie missachtete in dem

Moment sämtliche Bandscheibenprobleme, die sie früher gehabt hatte, und kippte den Sekretär, soweit sie konnte. »Da ist was!«, rief Frau Tschirtnigg, die sich ächzend und mit arthrotischen Knien vor den Sekretär gekniet hatte. »Warten Sie noch einen Moment, ich heb es auf!« Elvira spürte einen plötzlichen Schmerz in ihrem Rücken. Sie biss die Zähne zusammen, hielt aber weiter das Möbelstück fest. »Na so was, da ist ja eine Mappe, ganz vergilbt!«, stieß die Witwe triumphierend aus, indem sie mühsam aufstand und Elvira den Fund hinhielt. »Da schauen Sie her!«

Elvira überrieselte ein Schauer, als sie die Papiere in die Hand nahm. Ohne genauer hinzuschauen, wusste sie, was sie da gefunden hatten: das geheime Manuskript der Christine Lavant!

Ihre Freude über den Fund wich bald großer Angst. Schlagartig überkam sie die Gewissheit: Jetzt befand sie sich selber in tödlicher Gefahr. Ebenso wie die alte Frau, die sich gerade neugierig erkundigte, was es mit der seltsamen Mappe auf sich habe. Elvira war klar, dass sie Frau Tschirtnigg nicht in das Geheimnis des Manuskripts einweihen durfte. Sie überlegte, wie sie sich aus der Affäre ziehen konnte. Schnell wandte sie sich zum Gehen: »Das ist aus dem Kärntner Literaturarchiv in Klagenfurt. Ich bringe es wieder dorthin! Danke für Ihre Auskunft und Ihre Mithilfe, Frau Tschirtnigg. Auf Wiedersehen!« Die alte Frau blieb vor Verwunderung der Mund offen stehen, doch bevor sie etwas entgegnen konnte, hatte ihre Besucherin schon das Haus verlassen.

Elvira steckte den Fund in ihre große Handtasche und fuhr so rasch wie möglich zum Quartier. Ihr Rücken schmerzte sie, das würde voraussichtlich noch einige Tage so bleiben –

das kannte sie von früher. Noch stärker als der Schmerz war der Schreck darüber, nun das gesuchte Manuskript zu besitzen, wegen dem bereits zwei Menschen hatten sterben müssen. In ihrem Zimmer schloss sie die Tür hinter sich ab und zog das Corpus delicti aus der Tasche. Sie konnte der Versuchung nicht widerstehen, das Manuskript genauer zu betrachten. Ihr Atem ging schneller, als sie es in die Hand nahm. Vorsichtig entfernte sie mit einem Taschentuch Staubreste vom vergilbten Einband. Darunter waren ungefähr 50 Seiten ebenfalls vergilbten, staubtrockenen Papiers – sie musste vorsichtig sein, um es nicht zu zerreißen. Auf der Titelseite stand mit schwungvoller Handschrift geschrieben:

Du hast mir meine Augen gestohlen
Eine Bekenntnisschrift von Christine Lavant
Vollendet am 23.02.1955

Sie begann, den Anfang zu lesen:

Die Sterne sind vom Himmel gefallen und die Sonne sticht mehr als je zuvor in meinen Augen, seitdem du mich verlassen hast. Blind und zerstört verbringe ich meine Tage, ohne Hoffnung, ohne Liebe. Das Gerippe neben mir, das ich meinen Mann nenne, ruft bei mir nur mehr Mitleid hervor. Kalt ist es in der Wohnung, kalt ist es in meinem Herzen. Mein Herzvogel wird wohl nie mehr fliegen …

Noch spüre ich deine Hände auf meiner Haut. Du hast mich erst schön gemacht durch deine Zärtlichkeit. Schön war ich nie, gehasst habe ich mich für meinen kranken, entstellten Körper. Du hast ihn wieder heil gemacht, du hast mir gezeigt, wie es sich anfühlt, eine Frau zu sein. Eine richtige Frau mit Sehnsüchten und Begierden, deren Schoß vorher nie zum Erblühen gekommen war. Die Knospen meiner Brüste begannen erst auszutreiben, als du sie berührt hast. Und mein Körper von Eis, hart geworden von allen Entbehrungen und Schmähungen, begann zu schmelzen unter deinen Händen …

Elvira hatte die Lektüre sinken lassen. Das Gelesene war tief berührend, die Not dieser Frau und das Leiden an ihrer beschädigten Weiblichkeit wurden deutlich. Über die Frage, ob es mit Werner Berg zu einer sexuellen Beziehung gekommen war, brauchte man anhand dieses Textes nicht mehr zu diskutieren.

Stilistisch war es Kitsch, purer Kitsch. Elvira fragte sich, ob sie sich als Nicht-Wissenschaftlerin und »einfache Journalistin« dieses Urteil gegenüber dem Werk einer berühmten Dichterin erlauben durfte. Sie hatte zwar erst den Anfang gelesen, aber es war zu erwarten, dass es in dieser Tonart weiterging. Und sie staunte: Wegen dieses gefühlsduseligen Textes, dieses Machwerks, waren Menschen gestorben? Diesem Werk war die halbe Lavant-Vereinigung hinterdreingejagt? Was war daran so verlockend gewesen – der materielle Profit einer Veröffentlichung, die Schilderungen verklemmter Sexualität, der Name »Christine Lavant« an und für sich?

Nach diesen Überlegungen kam aber die entscheidende: Was tun mit dem Manuskript? Es hatte immer noch genug Brisanz, um für den gefährlich zu sein, der es besaß. Elvira wollte es so schnell wie möglich loswerden. Nur, wem konnte sie es aushändigen? Der Polizei? Nach ihren bisherigen Erfahrungen misstraute sie dieser zutiefst. Anderen Mitgliedern der Lavant-Vereinigung? Auch diese kamen nicht infrage, sie waren grundsätzlich alle tatverdächtig. Als vertrauenswürdigste Adresse erschien ihr Dozent Jauschnigg vom Literaturarchiv, wo das Schriftstück schließlich hingehörte. Ja, sie würde ihm das Manuskript nach Klagenfurt bringen, obwohl sie auch den charmanten, gebildeten Magister als möglichen Täter nicht ausschließen konnte – hatte er möglicherweise alles darangesetzt, um wieder zu dem verschwundenen Manuskript zu kommen, dessen Verlust ja eine Schande für sein Institut darstellte?

Ihr wurde auch bewusst, dass der Täter trotz der brutalen Ermordung von Tschirtnigg auf der Suche nach dem Manuskript leer ausgegangen war. Einerseits verspürte sie deswegen eine hämische Freude, andererseits wog das Opfer des alten Mannes umso schwerer. Hatte er wirklich die ganzen Schmerzen ertragen, nur um das Versteck des Schriftstücks nicht zu verraten? War das plausibel, erschien das Leiden nicht unverhältnismäßig groß? Oder ging es da um ein anderes Motiv, das zu seiner Ermordung geführt hatte? War er für ein Vergehen »hingerichtet« worden, das er begangen hatte – jetzt oder in früheren Zeiten?

Es dämmerte. Ob sie heute noch Jauschnigg erreichen würde? Sie wollte nicht eine ganze Nacht im Besitz des Manuskriptes verbringen. Bang wählte sie die Nummer, die der Dozent ihr gegeben hatte. Am anderen Ende tutete es in der Leitung. »Dozent Jauschnigg«, meldete er sich. Elvira war erleichtert. »Ach, Sie sind es! Wie geht es Ihnen? Sind Sie in Kärnten?«

»Herr Dozent, ja, das bin ich. Ich habe da ganz was Wichtiges, was ich Ihnen geben möchte. Es wird Sie freuen … und es ist dringend! Ich möchte es heute noch loswerden!«

»Das Manuskript?«, fragte Jauschnigg mit leiser Stimme, nachdem er einige Momente gezögert hatte. Elvira antwortete mit ebenso leiser Stimme: »Ja, dieses! Wann kann ich es Ihnen vorbeibringen?« Jauschnigg überlegte kurz und meinte dann: »Eigentlich bin ich schon außer Dienst, auf dem Weg nach Hause. Aber … wenn Sie wollen, bringen Sie es bei mir zu Hause vorbei. Ich gebe Ihnen meine Adresse, kann auch ein kleines Abendessen vorbereiten. Natürlich nur, wenn Sie wollen, ich will Ihnen nicht zu nahe treten!«

Nun war es an Elvira, kurz zu zögern. Bei dem Mann, der ihr so gefallen hatte, würde sie heute zu Abend essen? Der Gedanke erregte sie, gleichzeitig fragte sie sich, ob das klug war. Tappte sie da in eine Falle? Schließlich überwog die Erleichterung, das brisante Dokument heute noch loswerden zu können. »Ja, ich komme gern!«, antwortete sie, um sich danach von Jauschnigg den Weg erklären zu lassen.

Elvira brach sofort nach Klagenfurt auf. Als sie auf der Autobahn war, wurde sie von Karin angerufen, die sich nach ihr erkundigte und wissen wollte, wann sie einander wiedersehen würden. »Ich komme morgen Vormittag in die Redaktion, so um zehn«, ließ Elvira sie wissen.

»Elvira, ist irgendwas? Du klingst so aufgeregt!«

»Nein … ja, es ist was Wichtiges passiert. Eine Sensation, wenn du so willst!« »Hast du den Fall gelöst? Weißt du, wer der Mörder ist?«

»Nein, Karin, das weiß ich noch nicht. Aber ich habe einen wichtigen Fund gemacht, der uns weiterbringen wird …« Karin hatte sofort begriffen, um welchen Fund es sich handelte. »Was machst du jetzt damit, um Gottes willen?«, wollte sie wissen.

»Ich bring es dem Dozenten Jauschnigg, dem es ja gehört … oder besser, der es bisher verwaltet hat.«

»Dem Dozenten Jauschnigg, ach so …« Karins Stimme klang zurückhaltend, besorgt.

»Na, wem denn sonst?«, wurde Elvira ungeduldig, »Karin, lass uns jetzt auflegen. Wir besprechen morgen alles in der Redaktion, okay?« Karin verabschiedete sich schnell: »Na gut, aber pass auf dich auf …«

Jauschnigg hatte den Weg in die Tannengasse Nr. 6 in der Nähe des Klagenfurter Flughafens so gut beschrieben, dass Elvira auch ohne Navigationsgerät hinfinden konnte. Er wohnte in einem großen Haus, mit viel Holz gebaut, von einem gepflegten Garten umgeben. Bei der Hinfahrt war ihr bewusst geworden, dass sie nicht einmal wusste, ob der Dozent alleinstehend war oder ob eine Familie sie erwartete. Nach seiner Ankündigung: »Ich kann auch ein kleines Abendessen machen« vermutete Elvira, dass sie allein auf den Gastgeber treffen würde. Was an dem Abend wohl noch passieren würde …?

Jauschnigg öffnete ihr freudig die Tür. »Schön, Sie wiederzusehen! Und schön natürlich auch, das Manuskript wiederzusehen! Haben Sie es eh mit?« Diese rhetorische Frage ließ Elvira unbeantwortet. Ihr Gastgeber bat sie ins Wohnzimmer und ließ sie in einer etwas überdimensionierten Sitzgarnitur Platz nehmen. »Was zu trinken?«

»Nein, einstweilen nicht!« Elvira ließ trotz ihrer Aufregung den Blick durchs Wohnzimmer gleiten: groß, gediegen, teuer eingerichtet – wie es sich für den Leiter einer wichtigen öffentlichen Einrichtung gehörte. An den Wänden Bilder zeitgenössischer Künstler, vermutlich aus Kärnten. Die wohlhabenden Kärntner investieren gerne in moderne Kunst, dachte Elvira, so wie der Besitzer meines Quartiers. Der Dozent setzte sich neben sie.

Mit zittrigen Fingern nahm Elvira das Konvolut aus ihrer Handtasche. Als sie es ihm überreichte, bekam der Dozent leuchtende Augen: »Ja, wirklich! Wo haben Sie denn das her?« Elvira zögerte einen Moment, bevor sie sagte: »Im Haus vom Herrn Tschirtnigg, der unlängst umgebracht wurde, habe ich es gefunden. Sie wissen doch von dem Mord, oder?«

»Ja, ich habe davon gehört …«, antwortete Jauschnigg zurückhaltend. »Eine schreckliche Sache …« Der Experte schien ausschließlich am Manuskript, nicht am Mord interessiert zu sein. Fieberhaft blätterte er in dem alten Papier, um zufrieden festzustellen: »Ja, das ist das Original, zweifellos. Was für ein Glück … was für ein Glück …!« Und wieder zu Elvira gewandt, fragte er: »Der Tschirtnigg hat das Manuskript an sich genommen? Der war gar nicht im Institut, soviel ich weiß …«

»Vorher hat es aller Wahrscheinlichkeit nach der Unterberger gehabt. Wie es dann zum Tschirtnigg gekommen ist, weiß ich noch nicht«, klärte ihn Elvira auf.

Wenn er der Mörder wäre, würde er mich jetzt fragen, wo ich es genau gefunden habe – in Elvira erwachte wieder der kriminalistische Instinkt. Aber Jauschnigg tat nichts dergleichen, nahm die Blätter eilig an sich und brachte sie in den Nebenraum, wo sich offenbar sein Arbeitszimmer befand. »Darf ich Sie jetzt zum Abendessen bitten? Bitte hier … nehmen Sie Platz. Sie müssen entschuldigen, ich habe keine Zeit zum Kochen. Ich habe ein paar kalte Sachen besorgt, ich hoffe, es schmeckt Ihnen.« Die so bescheiden präsentierten Speisen stellten eine Auswahl erlesener italienischer Wurst- und Käsesorten dar, die mit Oliven, gegrilltem Gemüse und Ciabatta serviert wurden. »Sie lieben ja die italienische Küche, wie ich unlängst festgestellt habe«, kommentierte Jauschnigg das Angebotene. Elvira langte kräftig zu. Dass der Dozent sich die doppelte Menge von ihr auf den Teller lud und doppelt so schnell aß, verstand sich von selbst. »Wein? Ich habe einen guten Chianti Classico aus dem Keller geholt. Darf ich Ihnen einschenken?« Elvira bejahte und stellte fest, dass sie nicht sicher war, ob sie heute noch mit dem Auto zurück nach Wolfsberg würde fahren können.

»Mein Gott, das Manuskript …« Jauschniggs Augen leuchteten wieder auf. »Da haben Sie mir eine große Freude gemacht. Sie sind ja eine richtige Detektivin! Alle Achtung, bei Ihnen muss man wohl auf der Hut sein!« Und bei Ihnen vielleicht auch, schoss es Elvira durch den Kopf. »Sie haben eh der Polizei nichts gesagt?«

»Nein, ich bin gleich nach dem Fund zu Ihnen gefahren. Ich wollte es nur ja nicht bei mir behalten!« Der Dozent nickte verständnisvoll: »Sie haben Angst, es könnte Ihnen auch was passieren … Ja, es scheint ein gefährliches Ding zu sein, dieses alte Manuskript!«

Elvira kam seine Reaktion seltsam vor. Gleichzeitig merkte sie, wie der Alkohol seine Wirkung entfaltete und ihr Misstrauen nachließ. »Meine Liebe«, sagte Jauschnigg auf einmal, »ich stelle gerade fest, dass wir zueinander immer noch Sie sagen. Jetzt wo wir uns nähergekommen sind …« Er lächelte charmant, etwas zu breit. »Darf ich Du sagen? Kurt mein Name!«

»Elvira!« Sie hoben die Gläser und stießen an. Elvira nützte die Gelegenheit, um mehr zu erfahren: »Darf ich dich nun noch etwas zu dem Manuskript fragen?« »Ja sicher, nur zu!« Jauschnigg stopfte sich den Mund mit Salami und Artischocken voll. »Also, was hat es mit diesem Manuskript auf sich? Was kann man damit anfangen? Es ist ja gerichtlich gesperrt.«

»Ja, das schon«, antwortete Jauschnigg versonnen, »in Österreich zumindest. Es ist von einem österreichischen Gericht gesperrt worden, im Ausland gilt das aber nicht!« Elvira merkte, wie es in ihrem Hirn Klick machte. »Du meinst, das Buch kann man im Ausland ohne Weiteres veröffentlichen? Glaubst du, dass Verlage – zum Beispiel in Deutschland – Interesse daran hätten?«

»Durchaus«, antwortete Kurt kauend. »Da ist sicher ein großes Interesse vorhanden. Die Lavant ist ja im ganzen deutschen Sprachraum bekannt. Ein unveröffentlichtes Originalmanuskript von ihr, und noch dazu eine Abrechnung mit ihrem ehemaligen Liebhaber, das lässt sich schon vermarkten. Abrechnungen in Buchform verkaufen sich immer gut.«

»Und ist es wirklich von so großem Wert, dass Leute ihm hinterherjagen und andere deswegen umbringen? Ich meine jetzt den materiellen, aber auch den literarischen Wert.«

»Wie ich dir schon gesagt habe, kann ich das nicht beurteilen. Ich kenne es ja noch nicht …!«

Elvira überlegte kurz, ob sie mit der Wahrheit herausrücken sollte. Der Wein, von dem sie schon zwei Gläser getrunken hatte, ließ sie ihre übliche Vorsicht vergessen: »Ich muss dir etwas gestehen. Ich habe schon darin gelesen und ich finde es furchtbar! Sentimental, selbstmitleidig, schwülstig! Für mich ist es ein ordentlicher Kitsch …«

Ihrem Gesprächspartner fiel kurz die Kinnlade herunter, sodass die Essensreste herauszufallen drohten. »Du hast *was* …?« Offenbar tat er sich schwer bei dem Gedanken, dass sie sich etwas erlaubt hatte, was ihm bisher verwehrt geblieben war. »Du hast drin gelesen? Und hast es schlecht gefunden?« Noch immer rang er um Fassung.

In einem für sie mutigen Schritt nahm Elvira seine Hand: »Es muss ja keiner wissen, dass ich darin gelesen habe …?«

»Nein, natürlich nicht …« Elvira wusste nicht, ob seine plötzliche Verunsicherung durch das Thema oder durch die Berührung verursacht worden war. Sie versuchte ihn aufzumuntern: »Kurt, es ist doch nichts passiert! Du bringst morgen das Manuskript wieder in dein Archiv, und das war's dann. Ich verspreche dir hoch und heilig, nichts darüber zu schreiben, nicht einmal irgendwem davon zu erzählen!«

Diese Worte beruhigten Jauschnigg sichtlich, er wirkte aber immer noch etwas konfus. Er sprang auf: »Ähhh, Dessert? Obst? Ein Eis?« Elvira nahm das Angebot des Eises gerne an. Kurt legte eine CD ein, um die Stimmung aufzulockern: »Kuschel-Rock Nummer 14«, stand auf dem Cover. Er goss viel Maraschino über das Eis, nachdem er höflich gefragt hatte: »Ich darf doch?« Elvira stellte fest, dass es bei ihrem Alkoholspiegel nicht ratsam war, heute noch mit dem Auto zurückzufahren. Also würde sie die Nacht wohl hier verbringen müssen …

»Du hast mir von Anfang an gefallen«, ging ihr Gastgeber nun in die Offensive.

»Du mir auch«, erwiderte Elvira und warf Kurt einen sinnlichen Blick zu. »Lebst du hier eigentlich allein?«

»Meine Frau ist mit den Kindern vor zwei Jahren ausgezogen. Seitdem lebe ich in dem Riesenhaus allein und komme mir oft recht einsam vor … Du brauchst also nicht zu befürchten, dass auf einmal meine Frau bei der

Tür hereinkommt!« Jetzt wurde er wieder lockerer, was Elvira ermunterte, zu sagen: »Kurt, du hast mich betrunken gemacht. Ich glaube, ich schaffe es heute nicht mehr, mit dem Auto zurück nach Wolfsberg zu fahren …«

»Na gut, dann kannst du ja hier auf dem Sofa schlafen …« Indem er das sagte, rückte er zu ihr hin und küsste sie. Er küsste sie lang und gierig, saugte an ihren Lippen, ließ seine Zunge schnell in ihrer Mundhöhle kreisen. Elvira war vom Tempo und der Intensität überrascht, wandte sich kurz ab: »Mein Gott, bist du stürmisch! Bist du so ausgehungert? Lebst du im Zölibat?«

»Kann man sagen, my darling. Ich habe hier nicht oft schöne Frauen zu Besuch. So wie du eine bist …« Elvira fühlte sich geschmeichelt und ließ es zu, dass er ihre Brüste berührte. Nun war sie bereit, sich ihm hinzugeben. Er nahm sie wortlos an der Hand und führte sie ins Schlafzimmer.

Kurt Jauschnigg war bei der Liebe genauso hastig wie beim Essen. Er hatte Elvira schnell ausgezogen und fackelte nicht lang, um zur Sache zu kommen. Er nahm sie mit kräftigen Stößen, die aber bald abebbten, während sie vom Höhepunkt noch weit entfernt war. Er sank erschöpft auf ihr zusammen und stammelte: »Entschuldige, aber ich habe schon so lang nicht mehr … Ich hoffe, es war trotzdem schön für dich …?« Elvira antwortete nicht ganz ehrlich: »Oh ja … es war schön. Auch ich habe schon lang nicht mehr mit einem Mann geschlafen. Wir waren halt beide schon sehr sehnsüchtig …« Danach nahm sie den Kopf des Mannes und legte ihn auf ihre Brust. Kurt tat es sichtlich gut, auf der weichen Frau ruhen zu dürfen. Ein hochintelligenter, gebildeter Mann – und doch bedürftig wie ein kleiner Bub, fand Elvira. Bald merkte sie, dass ihr

Liebhaber eingeschlafen war. Ihr Körper war noch frustriert, und sie machte es sich selbst. Vorsichtig, um den Buben auf ihrer Brust nicht aufzuwecken. Sie stöhnte leise, als sie endlich zum Höhepunkt kam.

Sachte rollte sie dann zur Seite, schob Kurts Körper herunter. Dieser ließ es geschehen, schlief weiter tief und fest. Sie ging ins Bad und duschte sich. Nachher legte sie sich wieder neben ihn und sah ihn an. Sie betrachtete ihn lang und genau. Sie konnte den Gedanken nicht loswerden, dass sie vielleicht gerade mit einem Mörder Sex gehabt hatte …

11. KAPITEL

Elvira betrat die Redaktion des *Tagesboten* gegen 10 Uhr. Kurt war früh aus dem Haus gegangen, um seine Tätigkeit im Literaturarchiv anzutreten. Er hatte sich mit einem scheuen Kuss von ihr verabschiedet. Beim Aufwachen hatte ihr Rücken geschmerzt – eine Erinnerung an den gestrigen Moment, wo sie den schweren Schreibtisch aufgehoben hatte. Elvira war noch etwas länger liegen geblieben und hatte sich dann ein Frühstück gemacht. Glücklicherweise hatte Jauschnigg einen guten Tee zu Hause gehabt. Gemischte Gefühle bezüglich des gestrigen Abends hatten sie bei der Mahlzeit begleitet, die aus Marmeladebrot und Joghurt bestanden hatte. Eigentlich war der Abend eine Enttäuschung gewesen, der Dozent hatte erotisch nicht das halten können, was er versprochen hatte. Seine aufgestaute Lust und sein Ego waren mit ihm durchgegangen. Für Elvira bestand guter Sex darin, auf den Körper und die Seele des anderen zu achten.

Karin strahlte über das ganze Gesicht, als sie ihre Kollegin wiedersah. Sie umarmte sie herzlich und sagte: »Schön, dass du wieder da bist!« Elvira entgegnete: »Ja, ich freue mich auch, wieder hier zu sein! Zuerst habe ich Bedenken und auch Angst gehabt, aber jetzt ist es gut so. Ich will den Fall einfach klären, ich kann nicht anders! Wie du mir das mit dem zweiten Mord erzählt hast, habe ich gewusst: Ich muss wieder nach Kärnten fahren!«

»Jetzt musst du nur gut auf dich aufpassen!«, ergänzte Karin mit besorgter Miene.

Die Freundinnen tauschten noch aus, was sie in den vergangenen Tagen erlebt hatten – wobei Elvira den gestrigen Abend nicht erwähnte. Vor allem die Schilderung des Treffens mit Magister Jirecek beeindruckte Karin, machte sie auch betroffen: »Der arme Kerl …, aber dass ihn das so hergenommen hat, dass er sich versoffen hat, ist schon schlimm …« Dann besprachen die zwei Frauen einen gemeinsamen Tagesplan. Am Vormittag hatte Karin einen Termin bei Speckbacher für diesen Nachmittag ausgemacht. Dieser hatte wohl oder übel zugestimmt, Elvira noch einmal zu treffen, obwohl er sichtlich nicht begeistert war, dass sie wieder in Kärnten war. Außerdem hatten die beiden Frauen besprochen, einen weiteren Termin bei Frau Sablatnig in Velden auszumachen. Vielleicht hatte diese etwas gehört oder beobachtet, was mit dem zweiten Mordfall zusammenhing. Elvira war es wichtig, heute noch mit der Tochter von Hofrat Unterberger zu sprechen. Die Redaktion hatte inzwischen herausgefunden, dass diese Theresia Wogatschnigg hieß und in der Hauptschule von St. Stefan unterrichtete. Frau Libernig, die Sekretärin, bekam den Auftrag, für den Nachmittag ein Treffen mit ihr zu vereinbaren. Viele Autofahrten standen den beiden Frauen bevor. Aber sie wollten auf jeden Fall mit ihren Recherchen weiterkommen.

Der Weg in den zweiten Stock der Polizeidirektion zu Oberinspektor Speckbacher war den Journalistinnen schon bekannt. Er saß in seinem Büro und tat wie immer beschäftigt. Es war ihm sichtlich unangenehm, Elvira wiederzubegegnen – vor allem unter diesen Umständen. »Oh, die rührige Journalistin aus Wien, da schau her!«, rief er, als er ihr die Hand hinstreckte. »Können Sie es nicht lassen, wieder in unser schönes Kärnten zu kommen! Das nächste Mal suchen Sie sich aber eine bessere Jahreszeit aus! Jetzt ist es meist kalt und grau in grau.« Elvira überhörte die subtile Abwertung, die in dieser Aussage verborgen war. Sie antwortete: »Herr Inspektor, glauben Sie mir, es wäre mir lieber gewesen, ich hätte nicht nochmals kommen müssen! Aber es gibt ja einen zweiten Mordfall, wie Sie wissen. Und da hat man mich gebeten, wieder herzukommen.«

»Und Sie ermitteln jetzt wieder für die Zeitung oder in eigener Sache?«, wollte der Inspektor wissen.

»Für die Zeitung«, log Elvira. Sie log sonst selten. Aber sie wollte nicht, dass sich der Kommissar – der im Grunde ein sehr unsicherer Mann war, das erkannte sie immer mehr – durch ihre Recherchen bedroht fühlte. »Und wie ist denn der Stand der Ermittlungen in dem zweiten Mordfall? Ein Mordfall ist es ja, daran besteht kein Zweifel, oder?« Nun konnte sie ihre Ironie ausspielen. Speckbacher war die Sache sichtlich unangenehm, als er ausweichend antwortete: »Es spricht vieles dafür, dass es Mord war, ja.«

»Und der erste Todesfall im Lavanttal, war das jetzt Mord oder Selbstmord?« Der Oberinspektor wand sich wie ein Aal: »Möglicherweise gibt es zwischen den beiden Todesfällen einen Zusammenhang. Dann könnte der erste auch ein Mord gewesen sein.«

Na also, dachte Elvira, die Erde ist ja doch keine Scheibe, nicht einmal bei der Kärntner Kriminalpolizei. Deren wackerer Vertreter wurde wieder frostig: »Was den Stand der Ermittlungen anbelangt, so bin ich Ihnen zu keinerlei Auskunft verpflichtet. Aber weil Sie ohnehin lästig sind, erzähle ich Ihnen halt, was wir bisher wissen: Der Herr Tschirtnigg wurde im Wohnzimmer überfallen, an einen

Sessel gebunden und mit Schlägen traktiert, wobei Gegenstände verwendet wurden, die im Raum vorhanden waren – darunter auch ein Schürhaken, grausig, nicht? Vermutlich wollte der Täter, dass er etwas verrät oder etwas zugibt. Gestorben ist er schließlich durch den Schlag mit einer Vase, der ihm das Schädeldach zerschmettert hat. Mit einer so brutalen Tat haben wir in Kärnten schon lange nicht mehr zu tun gehabt …« Die Vase als Mordwaffe war für Elvira neu, stellte aber keine wesentlich neue Erkenntnis dar. Sie fragte scheinheilig: »Und was der Täter wissen wollte, hat man da einen Hinweis darauf?«

»Nein, haben wir nicht. Es muss aber etwas ganz Wichtiges oder Wertvolles gewesen sein.« Das kann man wohl sagen, meinte Elvira für sich. Sie hatte allerdings beschlossen, den Kommissar nicht über den gesuchten Gegenstand und dessen Verbleib aufzuklären. Sie wollte Kurt, also dem Dozenten Jauschnigg, keine Schwierigkeiten bereiten, der den Diebstahl nicht gemeldet hatte. Sollte der Kommissar doch selber draufkommen, worum es sich handelte. Und sich dabei zur Abwechslung plagen müssen …

»Und die Fingerabdrücke auf meinem Drohbrief? Wissen Sie da schon etwas?«, wollte sie dann wissen. Speckbacher hielt kurz inne und dachte nach, dann schüttelte er den Kopf. »Es waren jede Menge Fingerabdrücke drauf, vor allem die Ihren. Die anderen scheinen aber nicht in unserer Kartei auf. Damit können wir leider nichts anfangen.«

Also kein Hinweis, dachte Elvira. Sie war ohnehin nicht davon ausgegangen, dass es sich bei dem Briefschreiber um ein polizeibekanntes Individuum handelte. »Und wenn Sie von allen Mitgliedern der Lavant-Gesellschaft die Fingerabdrücke abnehmen lassen und mit denen am Brief vergleichen?«, schlug Elvira vor.

»Gnädige Frau«, näselte der Kommissar. »Ich danke für die Anregung. Aber wir wissen hier selber, was wir zu tun haben. Wenn es uns sinnvoll erscheint, werden wir es so machen …« Elvira wurde wieder wütend, beherrschte sich aber und sagte zum Abschluss: »Na gut, Herr Kommissar, dann hätten wir keine weiteren Fragen an Sie. Lassen Sie uns wissen, wenn Sie etwas Wichtiges erfahren!«

»Sie mich auch!«, erwiderte der Kommissar. Die Journalistin fand, dass er den letzten Satz so gesagt hatte, wie wenn sie ihm vorher das Götz-Zitat hingeworfen hätte. Und sie dachte: Er sagt mir nicht alles, was er weiß, und ich sage ihm nicht alles, was ich weiß – damit sind wir quitt. Das Treffen endete damit neuerlich in einer angespannten Atmosphäre. Der Kommissar war heute eine Spur weniger feindselig gewesen. Es blieb ihm nichts anderes übrig, als den ersten Mordfall noch einmal aufzurollen. Wenn er sich seine Nachlässigkeit eingestehen muss, kommt er sich mir gegenüber noch schwächer vor, mutmaßte Elvira.

Beide Frauen atmeten erleichtert auf, als sie die Polizeidirektion verließen. Der Inspektor rief bei Elvira jedes Mal eine körperliche und seelische Aversion hervor. Auf der Fahrt nach Velden erinnerte sich Elvira, dass sie sich auch bei Frau Sablatnig beim ersten Gespräch unwohl gefühlt hatte. Sie versuchte, sich mental auf die Begegnung vorzubereiten, atmete mehrmals tief durch und konzentrierte sich auf ihren Körper. Sie war froh, Karin dabeizuhaben, die eine durchaus positive Energie ausstrahlte … Dann kam sie auf eine Idee: »Weißt du was, heute befragen wir sie gemeinsam, die Sablatnig!«

»Meinst du wirklich, dass ich das kann?«, fragte Karin unsicher. »Wie stellst du dir das vor? Soll das so eine Art Kreuzverhör werden?«

»Ja, so in der Art. Wir spielen ›good cop and bad cop‹. Du bist die Liebe und fängst an. Ich spiele die Böse und bohre nach, wenn sie ausweicht. Einverstanden?«

»Na gut, probieren wir es!« Karin war sichtlich geschmeichelt, dass Elvira ihr das zutraute.

Velden war an diesem Tag in dichten Nebel gehüllt. In der Atemluft spürte man die Feuchtigkeit des Sees, welche gleichzeitig die Kälte milderte. Schwer vorstellbar, dass dies im Sommer ein pulsierender Fremdenverkehrsort war. Frau Sablatnig erwartete sie schon. »Ich hoffe, wir haben Sie nicht beim Mittagessen gestört?« Mit diesen Worten begrüßte Karin die alte Dame so höflich wie möglich.

»Nein, gar nicht, ich bin schon fertig. Als älterer Mensch isst man ja nicht mehr so viel … Mein Bruder ist heute übrigens vorzeitig von der Werkstatt zurückgekommen. Ihm war nicht gut. Er ist jetzt auf seinem Zimmer, er wird uns nicht stören.«

Wieder wurden sie in das große, ungemütliche Wohnzimmer gebeten. Das ist kein Wohnzimmer, das ist ein Salon, dachte Elvira. Den vielen Trophäen und Fellen erlegter Tiere, die die Wände und den Boden zierten, hatte sie das letzte Mal keine Beachtung geschenkt. Heute wurde sie unangenehm von ihnen berührt. Elvira fand, dass Jagen ein Zeichen männlich-chauvinistischer Machtdarstellung war. Wie manche Frauen auch dieser Passion nachgehen konnten, war ihr schleierhaft. »Mein Mann war passionierter Jäger«, erklärte die alte Dame, als sie ihre Blicke auf die Gegenstände bemerkte, und es wirkte entschuldigend. Im oberen Stockwerk hörte man Schritte und Rumoren, eine Türe ging auf und zu. Der Bruder schien unruhig zu sein – hatte das etwas mit der Anwesenheit der beiden Journalistinnen zu tun?

»Was kann ich denn für Sie tun?«, eröffnete Frau Sablatnig das Gespräch. »Ich glaube, ich habe Ihnen das letzte Mal schon alles gesagt.«

»Ja, schon«, begann Karin vorsichtig, »aber in der Zwischenzeit ist ja noch etwas passiert!«

»Ach ja, der Tschirtnigg … da haben Sie recht. Furchtbar, wie der zu Tode gekommen ist!« Trotz des geäußerten Bedauerns war wenig Anteilnahme in ihrer Stimme erkennbar. Sie fuhr fort: »Aber was soll ich denn dazu sagen?« »Wie gut haben Sie ihn denn gekannt … und, äh … wie war denn Ihr Verhältnis zu ihm?«, versuchte Karin in Erfahrung bringen.

»Na, wie halt üblich im Rahmen der Lavant-Vereinigung. Wie man sich so kennt, oder auch nicht kennt … Wir haben oft zusammengearbeitet und Veranstaltungen gemeinsam organisiert. Privaten Kontakt haben wir keinen gehabt, wenn Sie das meinen.«

»Und warum hat man ihn umgebracht, was meinen Sie?«, fragte Elvira nun ungeduldig.

»Warum, warum … na, ich weiß nicht … wie soll ich denn das wissen? Glauben Sie vielleicht, dass ich mit der Sache was zu tun habe?« Die alte Dame wurde ungehalten.

»Wir glauben gar nichts«, antwortete Elvira barsch. »Oh ja, eines glauben wir schon: dass der Mörder oder die Mörderin ein Mitglied der Christine-Lavant-Vereinigung ist!«

Das Gespräch wurde unterbrochen, weil Paul Zulechner die Stiegen herunterkam und in die Küche ging – wozu er den Salon passieren musste. Er warf den beiden Besucherinnen einen kurzen, feindseligen Blick zu. »Paul, holst du dir was zum Essen, gelt?«, sprach ihn die Schwester an. »Die beiden Damen kennst du schon, nicht wahr?« Paul kam mit einem belegten Brot zurück. Wieder der misstrauisch-feindselige Blick. »Autisten sind so, Sie dürfen das nicht persönlich nehmen«, sagte Frau Sablatnig, als hätte sie die Gedanken von Elvira und Karin erraten. »Wo waren wir denn stehen geblieben?«

»Bei den Morden an Unterberger und Tschirtnigg«, antwortete Elvira. Sie hatte das Gefühl, dass die alte Frau sie auflaufen ließ. Wenn sie etwas wusste, würden sie von ihr nichts erfahren, da war Elvira sicher. Mutiger geworden, schaltete sich wieder Karin ein und fragte möglichst diplomatisch: »Bei Unterberger sind sie ja von Selbstmord ausgegangen. Bei Tschirtnigg war es ohne Zweifel ein Mord. Wer könnte denn so etwas getan haben, was für ein Motiv könnte es dazu geben? Ich frage Sie, weil Sie die Lavant-Vereinigung ja gut kennen und deren Mitglieder.«

»Wer ihn umgebracht hat …«, die alte Dame zögerte kurz und schaute zwischen den beiden Besucherinnen hin und her, »wie soll ich denn das wissen? Das ist ja unbegreiflich, wie das alles passieren konnte. Und jemand von unserer Vereinigung … Wieso reiten Sie ständig auf unserer Vereinigung herum? Kann es nicht auch jemand anderer gewesen sein?« Sie schüttelte bestimmt den Kopf.

»Sie würden also so eine Tat niemandem von Ihrer Vereinigung zutrauen?«, schaltete sich wieder Elvira ein. »Auch nicht, wenn viel Geld auf dem Spiel steht?« Frau Sablatnig schaute nun drein, als ob sie überhaupt nichts mehr verstehen würde.

Das Gespräch wurde neuerlich gestört, als Paul wiederum die Küche aufsuchte. Diesmal hatte Elvira das

Gefühl, als würde er sie beobachten. »Na, Paul, hast du was zum Trinken vergessen? Holst du dir was Gutes, aber keinen Alkohol, gelt?« Jetzt sah Paul auch seine Schwester feindselig an, als er zurückkam. Der hat eine Aversion Frauen gegenüber, spürte Elvira. Seine Schwester duldete er gerade noch …

»Ich fürchte, ich kann Ihnen da nicht weiterhelfen«, sagte Frau Sablatnig entschlossen – sichtlich bestrebt, das Gespräch zu beenden. Elvira und Karin hatten verstanden und erhoben sich. »Danke, dass Sie uns Ihre Zeit geschenkt haben.« Karin bemühte sich, zum Abschied freundlich zu sein, Elvira streckte der Frau wortlos die Hand hin. »Na, dann wünsche ich Ihnen für Ihre Nachforschungen alles Gute!« Mit diesen Worten schloss die Gastgeberin die Tür hinter ihnen. Kaum waren die beiden draußen, hüllte sie der dichte Nebel ein.

Elvira blieb neben dem Auto stehen und begann, Bewegungen zu machen, die wie unkontrollierte Zuckungen aussahen. »Was machst du denn da?«, fragte Karin verwundert.

»Ich muss mich ausschütteln. Um die negative Energie loszuwerden, die dieses Haus hat. Mitsamt seinen Bewohnern!« Elvira schüttelte sich zwei oder drei Minuten lang aus, dann stiegen sie wieder ins Auto. »Kannst du eh fahren?«, fragte Karin vorsichtig.

»Geht schon wieder!«, erwiderte Elvira. »Weißt du, ich bin mit der Zeit draufgekommen, dass ich sensibel bin auf Energien jeglicher Art und dazu neige, vor allem die negativen aufzunehmen. Dann muss ich Bewegungen machen, um sie wieder loszuwerden!« Karin schwieg. Bei allem Verständnis für ihre Freundin kam ihr deren Verhalten manchmal exzentrisch und übertrieben vor. Aber so war sie halt … Sie selber wäre nie auf die Idee gekommen, sich in der Öffentlichkeit so auffällig zu verhalten. Heimlich bewunderte sie Elvira für die Freiheiten, die sie sich zeitweise nahm.

Frau Libernig hatte sich schon vor einigen Stunden gemeldet und mitgeteilt, dass Theresia Wogatschnigg zu einem Gespräch bereit sei. Bis 17 Uhr würde sie in der Hauptschule von St. Stefan anwesend sein. Elvira blickte auf die Uhr am Armaturenbrett, die 15.30 Uhr anzeigte. Das musste sich noch ausgehen, wenn der Nachmittagsverkehr in Klagenfurt nicht zu stark war. Elvira setzte zuerst Karin bei der Redaktion ab und dankte ihr für die Begleitung. »Die Befragung hast du ganz gut gemacht. Nur ein bisschen mutiger und selbstbewusster könntest du noch auftreten!«

»Ja, das Selbstbewusstsein, ich weiß! Ich habe eh schon dran gearbeitet, offenbar immer noch zu wenig!« Karin umarmte die Freundin und stieg aus dem Auto.

Aufgrund des starken Verkehrs war es schon nach 16 Uhr, als sie die Autobahn erreichte. Beim Fahren schweiften ihre Gedanken wieder zur vergangenen Nacht zurück. Wie es Kurt wohl ging, dem Mann, den seine Ungeduld sogar im Bett mit einer Frau einholte … Ob er sich jetzt schlecht fühlte oder ob ihm das egal war? Kurz verspürte sie einen Impuls, ihn anzurufen, doch nahm sie letztendlich davon Abstand. Es sollte nicht erscheinen, als würde sie ihm nachlaufen. Sie fragte sich, ob sie die Liebesnacht mit ihm wiederholen wollte. Nein, dazu war sie zu unbefriedigend gewesen …

Die Musik von Simon and Garfunkel passte zur dämmrigen Stimmung auf der Autobahn. Sie hatte eine CD eingelegt und hörte gerade »The Sounds of Silence«. Diese

»Klänge des Schweigens« – eines unwirklichen, tödlichen Schweigens – begleiteten sie bei allen Nachforschungen, die sie bisher in Kärnten angestellt hatte. Elvira überlegte, was für eine unheilvolle Auswirkung diese Kultur des Schweigens schon gehabt hatte, die in diesem Land allgegenwärtig war. Wieder musste sie an das Debakel mit der Hypo-Alpe-Adria denken und wie viel an Schweigen sich über die Jahre angesammelt hatte, damit es so weit hatte kommen können.

Was für ein Schweigen würde ihr heute möglicherweise entgegenschlagen, wenn sie der Tochter von Unterberger begegnete? Bahnte sich eine neue unerfreuliche Begegnung an? Für heute reichte es, fand Elvira.

Von ihrem Spaziergang durch St. Stefan wusste sie schon, wo sich die Hauptschule des Ortes befand. Kurz vor fünf parkte sie davor und betrat das Schulhaus. Dort war es schon recht ruhig, nur in einer Klasse wurde offenbar noch Unterricht gehalten. Die Gänge waren in spärliches Licht getaucht, vermutlich eine Folge der Sparmaßnahmen, die in Kärnten auch den Schulbereich ergriffen hatten. Elvira beschloss, vor dem Treffen mit der Lehrerin noch die Christine-Lavant-Schau in Augenschein zu nehmen, die draußen am Schulhaus angekündigt war. Sie befand sich am Ende eines langen Ganges. Ein engagierter Direktor hatte in früherer Zeit eine kleine Sammlung von Buchtiteln, Manuskripten, Notenblättern und Fotos zusammengetragen. Sogar ihre Todesanzeige aus dem Jahr 1973 war ausgestellt, von ihren Geschwistern unterschrieben. Elvira fiel auf, dass darauf jeglicher Hinweis fehlte, dass es sich bei der Verstorbenen um eine berühmte Dichterin gehandelt hatte …

»Was machen Sie denn da?« Eine scharfe Stimme riss Elvira aus ihren Betrachtungen. Sie schaute auf. Vor ihr stand eine resolute dunkelhaarige, ungefähr 40-jährige Frau, die einen Putzkittel trug. »Ähhh … wie bitte? Was ich da mache?« Elvira war verwirrt, hatte nicht mit so einem Angriff gerechnet. »Ich schaue mir die Lavant-Schau an, ist denn das verboten?«

»Ja, außerhalb der Unterrichtszeit schon!« Die Bedienstete ließ nicht locker. »Da braucht man eine Genehmigung der Direktion!« Elvira war perplex und entgegnete zögernd: »Das hab ich nicht gewusst, das ist auch nirgendwo gestanden!«

»Na gut, jetzt wissen Sie's, und nun gehen Sie bitte!«

»Hören Sie, wer sind Sie eigentlich, dass Sie so mit mir reden? Die Aufseherin?« Elvira hatte sich gefangen und ihren psychischen Apparat auf Verteidigung geschaltet. »Und außerdem: In einer Klasse ist doch noch Unterricht, oder?« »Die packen nur mehr zusammen, die Unterrichtszeit ist schon zu Ende! Und ich bin Frau Zimpernigg, erste Reinigungskraft hier im Haus!«

Eine Reinigungskraft, die hier im Kasernenhofton herumkommandierte? Wenn die mit den Schülern auch so redete, na, gute Nacht! Elvira beschloss, diese Frechheit nicht auf sich sitzen zu lassen. Bevor sie jedoch zum verbalen Gegenschlag ausholen konnte, kam eine Horde von Halbwüchsigen die Stiegen heruntergerannt und stürmte an den beiden Frauen vorbei. »Macht nicht so einen Lärm!«, fuhr die Zimpernigg sie an.

Nach einer Weile folgte den lärmenden Schülern eine ruhige dunkelblonde Frau, um die 45 Jahre alt. Sie wirkte nicht unattraktiv, aber etwas vorgealtert. Das hochgesteckte Haar und der sichtlich gut trainierte Körper verliehen ihr etwas Strenges.

Die Lehrerin betrachtete die beiden Frauen, die sich in offensichtlichem Streit befanden. »Frau Hausmann aus

Wien? Vom *Tagesboten*?«, fragte sie, zu Elvira gewandt. Elvira war froh, auf diese Weise aus dem fruchtlosen Disput mit der anmaßenden Reinigungsfrau erlöst zu sein, und ging erfreut auf die Lehrkraft zu, um sich vorzustellen. Die erste Reinigungskraft des Hauses stand nun etwas perplex da, weil es sich bei dem soeben gemaßregelten Gast offenbar um eine wichtige Person aus Wien handelte.

Als die beiden Frauen das Schulhaus verließen, erzählte Elvira der Lehrerin, was vorgefallen war. »Ja, die Zimpernigg, die ist etwas zu groß geworden«, kommentierte diese. »Die kann mit der Direktorin sehr gut, die sind auch gemeinsam im örtlichen Trachtenverein. Seitdem glaubt sie, sie kann sich alles erlauben.« Elvira fragte die Lehrerin, ob die Maßregelung etwas mit der Lavant-Schau zu tun haben könnte. »Nicht ausgeschlossen«, meinte diese. »Wissen Sie, die Ausstellung wird hier nicht von allen Leuten geschätzt, teilweise auch von unserem Lehrkörper. Manche meinen, das hätte bei uns nichts verloren und verstelle nur den Platz. Ich habe mich immer vehement dafür eingesetzt, dass die Schau hierbleibt. Dieses Engagement für die Dichterin habe ich wohl von meinem Vater übernommen! Kommen Sie, gehen wir zu mir nach Hause. Da können wir alles in Ruhe besprechen.«

Das Haus der Wogatschniggs war nur einige Gehminuten von der Schule entfernt. »Hallo, Erich und Fridolin, ich bin wieder da!«, rief die resolute Mutter in den ersten Stock hinauf, als sie mit Elvira das Haus betrat und laute Kinderstimmen zu vernehmen waren. »Gebt's jetzt eine Ruh, wir haben einen Gast. Ich will ungestört mit ihm reden!« Und zu Elvira gewandt: »Das sind meine beiden Söhne. Ständig kommen sie und wollen etwas. Ich hoffe, ich habe jetzt ein paar Momente Ruhe.« Sie bat Elvira weiter ins Wohnzimmer. Auch hier zeigten zwei Bilder das Konterfei der Christine Lavant. Die Dichterin war allgegenwärtig, ihre dunklen, geheimnisvollen Augen schienen die Geschicke der Menschen zu beobachten.

»Ich nehme an, es geht um meinen Vater«, begann die Lehrerin. Elvira bejahte, und die strenge Fassade der Frau begann zu bröckeln. Tränen traten in ihre Augen, sie schaute eine Weile zur Seite, ganz vom Schmerz gefangen. Er war bei ihr viel deutlicher spürbar als bei ihrem Bruder. Elvira ließ ihrem Gegenüber Zeit, bis die Frau aufstand, sich auf den Weg in die Küche machte und sie fragte: »Wollen Sie auch was zu trinken? Ich glaub, ich brauch jetzt ein Glas Wein!« Elvira zögerte kurz, dann stimmte sie einem Glas zu. Frau Wogatschnigg öffnete eine Flasche Zweigelt, der Elvira oft zu lieblich war. Dieser hier aber schmeckte gut. Die Lehrerin schien eine kultivierte Frau zu sein.

»Das Ganze ist ja noch nicht lange her!« Sie hatte noch immer Tränen in den Augen, als sie Elvira jetzt ansah. »Wie Sie sich vorstellen können, war das ein Schock für uns alle. Ich glaub, ich hab ihn noch nicht überwunden. Und immer, wenn ich darüber reden muss …« Sie stockte, schwieg wieder eine Weile. Elvira überlegte, wie es für sie selbst wäre, wenn ihr Vater auf eine solche Weise umkommen würde. Nicht auszudenken! Sie hatte Mitgefühl mit der anfangs hart wirkenden Frau. »Sie haben der Polizei gegenüber auch schon Auskunft geben müssen, nicht?«

»Der Polizei? Nein, da war noch keiner da. Ich glaube, die sind bisher von Selbstmord ausgegangen. Erst in der letzten Zeit sind Mordtheorien aufgetaucht … vor allem nach dem Tod vom Tschirtnigg.« Elvira schwieg. Sie wusste, dass die Mordtheorien ohne ihr Zutun nicht aufgetaucht wären. »Natürlich, er war schon alt«, setzte die Lehrerin langsam fort. »Aber die Vorstellung, dass er eines gewaltsamen Todes gestorben ist, ist schrecklich für uns. Das hat er nicht verdient gehabt! Selbstmord oder Mord, das ist dann auch schon egal!«

»Was glauben denn Sie, wie es wirklich passiert ist?«, fragte Elvira so behutsam sie konnte.

Die Antwort kam nicht ganz passend: »Mord ist sicher die noch schlimmere Vorstellung … Wer kann ihn denn so gehasst haben?«

»Ja, wer – haben Sie dazu irgendeine Idee?«

Frau Wogatschnigg schien durch Elvira hindurch ins Leere zu schauen. »Nein, keine Idee, beim besten Willen nicht.« Die Frau nahm einen kräftigen Schluck Wein. Sie entspannte sich etwas.

Elvira entschloss sich, bei allem Respekt mehr in die Offensive zu gehen: »Haben Sie schon von dem ominösen Manuskript der Christine Lavant gehört? Ein unveröffentlichtes Werk, in dem sie mit einem ehemaligen Liebhaber abrechnet.«

»Mit Werner Berg?« Auf dem Gesicht der Lehrerin wurde kurz ein abfälliges Lächeln sichtbar. »Immer noch diese alte Geschichte, die jetzt 60 Jahre her ist? Ja, der Vater hat einmal davon gesprochen. Er hat ein ziemliches Geheimnis darum gemacht. Ich muss Ihnen ehrlich sagen, mir ist das ganze Theater um die Lavant, die ganze Mythologie um diese Frau herum oft ziemlich auf die Nerven gegangen.«

Elvira beschloss, der Trauernden die folgende Wahrheit zuzumuten: »Frau Wogatschnigg, es besteht der Verdacht, dass Ihr Vater dieses Manuskript kurz vor seinem Tod bei sich gehabt hat. Und möglicherweise war dies der Grund für seinen Tod!«

»Der Grund für seinen Tod …«, wiederholte die Frau tonlos. »Das Schriftstück soll er besessen haben … aber das war doch im Literaturarchiv in Klagenfurt, soviel ich weiß! Wie kam er denn dazu?«

»Ich hoffe, die Vorstellung ist für Sie nicht zu schockierend, aber er dürfte es entwendet haben.«

»*Entwendet*, mein Vater … der war immer so korrekt! Das kann ich mir nicht vorstellen … aber warten Sie … da fällt mir ein … er war in den letzten Monaten verändert, irgendwie geistesabwesend. Er hat sich auch nicht mehr so viel gemerkt. Früher hatte der ein Gedächtnis wie ein Elefant, für jedes Detail. Ob er …«

»… in einem Anflug von Sinnesverwirrung das Schriftstück entwendete, meinen Sie?«, griff Elvira den Gedanken auf. »Weil er nicht mehr bei sich, vielleicht schon dement war?« Die Lehrerin schaute betroffen vor sich hin und schwieg sodann. Um die Frau zu entlasten, versuchte Elvira, den Fokus woanders hinzulenken: »Nach dem Tod Ihres Vaters dürfte das Schriftstück dann in die Hände des Herrn Tschirtnigg gekommen sein, und der ist jetzt auch tot! Sie haben den Mann sicher auch gekannt, haben Sie irgendeine Idee dazu?« Frau Wogatschnigg starrte weiter vor sich hin, ihre Betroffenheit schien Entsetzen zu weichen: »Der Tschirtnigg, der Tschirtnigg also …«

»Ja, was ist mit dem?«, fragte Elvira nach. Die Lehrerin schüttelte den Kopf, wieder traten Tränen in ihre Augen. Elvira hatte, wie es aussah, neuerlich einen wunden Punkt getroffen. Sie wartete.

Die Lehrerin stand auf und ging zum Fenster, wie um hinauszusehen. Draußen war es stockdunkel. Nach einer Weile drehte sie sich um, sah Elvira flehentlich an und sagte: »Sie sind mir sympathisch, ich vertraue Ihnen. Aber Sie dürfen das, was ich Ihnen jetzt sage, ja niemandem weitererzählen und schon gar nicht in Ihrer Zeitung veröffentlichen. Versprechen Sie mir das!« Elvira nickte. Die Wogatschnigg holte tief Luft, bevor sie begann: »Also … der Tschirtnigg hat einmal ein Verhältnis mit unserer Mutter gehabt. Das ist schon lang her … es muss in den Jahren nach der Geburt von meinem Bruder und mir gewesen sein – mein Bruder ist zwei Jahre älter. Die Tschirtniggs und wir waren Nachbarn, und irgendwann sind sich die beiden nähergekommen … Mein Vater … nun ja, er war oft gereizt und zu unserer Mutter nicht sehr freundlich … Außerdem war er die meiste Zeit nicht zu Hause, viel in seinem Büro … Da muss meine Mutter halt unglücklich gewesen sein und hat sich mit dem Tschirtnigg getröstet.«

Frau Wogatschnigg setzte sich wieder und schaute Elvira traurig und gleichzeitig erleichtert an, als ob sie eine Beichte abgelegt hätte. »Irgendwann ist mein Vater … draufgekommen, das war dann ein Skandal im ganzen Ort. Die Tschirtniggs haben wegziehen müssen, eben in die Blumengasse … Mein Vater und er haben später konkurriert, wer der größere Lavant-Verehrer ist, wer sie besser gekannt hat … Männerrivalitäten halt … Die haben sich zwar offiziell versöhnt, aber eine Spannung zwischen ihnen ist geblieben …«

»Und diese Geschichte ist die ganze Zeit wie ein Schatten über Ihrer Familie gehangen, stimmt's?« Das Schweigen ihrer Gesprächspartnerin zeigte Elvira, dass sie mit ihrer Vermutung recht hatte. Sie setzte fort: »Und Sie haben der Mutter verziehen, Sie haben sie im Grunde verstehen können …« Die Lehrerin nickte stumm. Beide Frauen schwiegen nun eine Weile, jede hing ihren Gedanken nach.

Draußen wurde die Eingangstür geöffnet. »Mein Mann kommt«, erklärte Frau Wogatschnigg und richtete sich in ihrem Sessel auf. Herr Wogatschnigg machte sich im Vorraum zu schaffen und betrat dann das Wohnzimmer. Er war eine stattliche Erscheinung, von selbstbewusstem Auftreten. Ernst musterte er die beiden Frauen und fragte: »Was ist denn hier los?« Und an Elvira gerichtet: »Und wer sind denn Sie?«

Die Wogatschnigg eilte auf ihren Mann zu, gab ihm einen Kuss und sagte: »Liebling, die Frau Hausmann ist vom *Tagesboten* und stellt Nachforschungen zum Tod vom Vati an. Wir haben uns recht gut verstanden.«

»Und du bist jetzt wieder in einem furchtbaren Zustand!«, wies er seine Frau zurecht. »Hat dich die Reporterin so hergenommen?«

»Ich glaube, ich gehe jetzt besser«, meinte Elvira und stand auf. »Ich kann Ihnen versichern, ich habe Ihre Frau mit Glacé-Handschuhen angefasst!«

Frau Wogatschnigg begleitete Elvira in den Vorraum und meinte entschuldigend: »Mein Mann ist auch noch sehr mitgenommen. Wir haben bisher so ein ruhiges Leben geführt, die Kinder sind brav, lernen gut. Das ist alles zu viel für uns …« Elvira nickte verständnisvoll und gab der Frau zum Abschied die Hand. »Danke, dass Sie mir das alles erzählt haben! Alles, alles Gute!«

»Und Sie versprechen mir, dass Sie nichts davon …!« Elvira nickte nochmals und ging zu ihrem Auto.

12. KAPITEL

Elvira ging im dichten Nebel durch Klagenfurt. Als sie sich umdrehte, merkte sie, dass ein Mann ihr folgte. Sie konnte nicht erkennen, wer es war. Sie ging schneller. Als sie sich nochmals umdrehte, war ein zweiter, ebenfalls unbekannter Mann dazugekommen, der ihr ebenfalls folgte. Erneut beschleunigte sie ihre Schritte. Beim dritten Mal Umsehen waren es drei Männer, die hinter ihr her waren. Sie begann zu laufen. Die Männer liefen ihr nach. Sie lief, so schnell sie konnte. Entgegen ihrer Gewohnheit trug sie Schuhe mit hohen Absätzen, die sie am Laufen hinderten. Sie fiel hin und dann …

Elvira erwachte in ihrem Bett, schweißgebadet. Groß war die Erleichterung, dass sie nur geträumt hatte. Doch die reale Bedrohung war nicht vorbei, das wusste sie. Und je weiter sie mit den Recherchen kam, desto größer wurde diese Bedrohung.

Beim Frühstück überlegte sie, wen sie heute aufsuchen konnte. Sie würde wieder zum Sohn des ermordeten Unterberger gehen, auch dessen Frau wollte sie kennenlernen. Die vertraulichen Mitteilungen der Frau Wogatschnigg von gestern Abend ließ diese Personen in einem neuen, schrägen Licht erscheinen. Ob sich der ruhige, sympathische Unterberger spät, aber auf schreckliche Weise am Nebenbuhler seines Vaters gerächt hatte? Doch was hatte das mit dem Lavant-Manuskript zu tun? Waren alle auf der Jagd danach gewesen? Fragen über Fragen. Elvira tat sich schwer, ihre Gedanken zu ordnen.

Sie hatte erfahren, dass Frau Unterberger auf der Saualpe eine Almhütte bewirtschaftete. Die Saualpe war ein lang gestreckter Höhenzug, der das Lavanttal nach Westen hin begrenzte – als Gegenstück zur Koralpe, die dies nach Osten, zur Steiermark hin tat (Christine Lavant hatte in ihren Briefen oft von der Koralpe geschwärmt, von der Saualpe hatte sie nichts erwähnt). Elvira wurde mulmig beim Gedanken, im November zu der Hütte hinaufzufahren, auf einer vermutlich schlechten Straße. Ob ihr Auto das schaffen würde? Es blieb ihr aber nichts anderes übrig, wenn sie sich Klarheit verschaffen wollte.

Auch mit der Frau des ermordeten Unterberger wollte sie nochmals sprechen. Und da war ja noch dieser Herr Schloffer, der Schachmeister. Die Redaktionssekretärin hatte ihn endlich erreicht und für sie ein Treffen mit ihm in Wolfsberg für morgen Vormittag arrangiert.

Unterberger junior wirkte etwas angespannt, als sie ihn neuerlich im Rathaus aufsuchte. »Wie geht es Ihnen?« Mit dieser Frage eröffnete Elvira das Gespräch.

»Ich bin heute sehr unter Zeitdruck«, meinte dieser. »Aber sonst geht es mir ganz gut.« Das klang nicht überzeugend.

»Was sagen Sie denn dazu, was mit dem Herrn Tschirtnigg passiert ist?«, wollte Elvira wissen. Der Beamte zögerte und blickte starr vor sich hin, bevor er wie geistesabwesend antwortete: »Eine furchtbare Sache … wie kann so etwas geschehen?«

Elvira spürte, sie musste vorsichtig sein. So behutsam,

wie sie konnte, stellte sie fest: »Wir haben gehört, dass Sie durchaus in der Lavant-Vereinigung größeren Einfluss gehabt haben. Weil Ihr Vater im Grunde nicht mehr konnte …« »Wird das jetzt ein Verhör oder was?«, konterte Unterberger ungehalten. »Was hat das mit den Todesfällen zu tun?« Und etwas ruhiger: »Ja, ich habe Aussendungen gemacht und auch eine Veranstaltung organisiert. Voriges Jahr eine Lesung, wo die bekannte Schauspielerin Johanna Reichenberger aus Wien gekommen ist. War ein voller Erfolg, muss ich sagen …«

»Schön, gratuliere dazu! Trotz Ihrer Spannungen haben Sie also den Vater unterstützt. Bei unserem Gespräch hat es noch anders geklungen!«

»Da war ich auch noch völlig durcheinander. Das müssen Sie sich vorstellen, wenn der eigene Vater umgebracht wird …!« Dann lenkte er ein: »Sie müssen entschuldigen, meine Nerven sind nicht mehr die besten … Die Ereignisse haben mich sehr hergenommen!«

Elvira nahm heute eine andere Energie als beim letzten Besuch wahr. Da war etwas Verstörtes, unterschwellig Aggressives … Sie hatte diese Form von Aggression, die mühsam im Zaum gehalten wurde, schon öfter bei Männern erlebt. Diese hatten meist keine gute Beziehung zu ihren Vätern gehabt, wie auch in diesem Fall.

»Wie geht es denn Ihrer Mutter?«, fragte Elvira vorsichtig.

»Wie sollte es ihr schon gehen, nach allem, was passiert ist … Sie verkraftet den Tod des Vaters nicht, wie Sie sich vorstellen können. Ist ja auch noch sehr kurz her!« Der Beamte wurde wieder gereizter. »Sie können sie ja selber fragen. Aber gehen Sie schonend mit ihr um, ich bitte Sie!« Elvira versprach, dies zu tun, und fragte anschließend: »Ihre Frau hätte ich auch gern kennengelernt – wie komme ich denn zu ihr?«

»Was wollen Sie denn von meiner Frau, um Himmels willen?« Unterberger war nahe daran, die Fassung zu verlieren. »Was hat denn die damit zu tun?« »Sie hat auch in der Lavant-Vereinigung mitgearbeitet, haben wir erfahren. Oder stimmt das nicht?« Elvira blieb betont ruhig.

»Ist das ein Vergehen oder was?«

»Nein, aber es zeigt, dass sie dabei auch gewisse Interessen verfolgt hat und dass ihr die Lavant ein Anliegen war. Das macht sie zwar nicht verdächtig, aber ich will jeder Spur nachgehen.«

Unterberger schwieg einen Moment, versuchte, die Beherrschung wiederzufinden. Dann fragte er ungehalten: »Was machen Sie da eigentlich? Ist das nicht Aufgabe der Polizei, Ermittlungen anzustellen?«

»Normal schon«, erwiderte Elvira. »Aber nachdem die Polizei hier nichts tut, muss ich als Journalistin in die Bresche springen. Sie wollen doch auch, dass der Mord an Ihrem Vater aufgeklärt wird, nicht?«

»Sie finden meine Frau oben auf der Klammer-Alm«, seufzte er und ließ sich in seinen Sessel zurücksinken. »Das ist die letzte Hütte auf der Saualm, die jetzt noch offen hat. Sie ist dort Pächterin, kocht und bewirtet die Gäste. Die Straße ist noch passierbar.« Er erklärte Elvira den Weg.

»Schaffe ich das mit meinem Auto? Ich habe nur einen kleinen Renault Clio.« »Sollte schon gehen«, beruhigte sie Unterberger, »wenn Sie vorsichtig fahren.«

Als Elvira ihn verließ, musste sie sich wieder zwei Minuten lang ausschütteln. Na, der ist ja heute drauf gewesen, dachte sie. Ganz anders als das letzte Mal! Sie erinnerte sich an das Sprichwort: »Menschen sind wie Diamanten.

Ihren wahren Charakter erkennt man erst, wenn man sie aus der Fassung bringt.«

Die Straße zur Klammer-Alm war so, wie ihr Gesprächspartner sie beschrieben hatte. Zwischendurch machte sie sich Sorgen, ob ihr Auto den Aufstieg wirklich schaffen würde. Die Straße war stellenweise steil, feucht und morastig. Doch der kleine Clio brachte sie am Ende gut zum Ziel. Sie stellte das Auto auf dem kleinen Parkplatz ab, wo schon einige andere Fahrzeuge standen. Die Klammer-Alm schien auch im Spätherbst ein beliebtes Ausflugsziel zu sein.

Elvira vertrat sich ein wenig die Beine, bevor sie die Hütte betrat. Ihre steifen Knie ließen sie spüren, dass sie in den letzten Wochen wenig Bewegung gehabt, die meiste Zeit mit Gesprächen und Autofahrten verbracht hatte. Sie schaute ins Tal hinunter, das in einer dicken Nebelsuppe lag. Hier oben war es sonnig und mild. Vieh war keines zu sehen, es war vermutlich schon ins Tal getrieben worden. Die Ställe waren leer. Neben der Scheune stand ein mächtiges graues Auto. Ein Mitsubishi Pajero, erkannte Elvira. Sie hatte diese Autos immer protzig und abstoßend gefunden. Mit den rammbockartigen Stoßstangen erinnerten sie an Panzer oder andere Militärfahrzeuge. Aber hier in den Bergen brauchte man wahrscheinlich so robuste Fahrzeuge, dachte sie, als sie die Hütte betrat.

Die Gaststube war gemütlich, ganz in Holz gehalten. Sehr warm war es hier, der mächtige Kachelofen in der Ecke schien vor Hitze zu explodieren. An einem größeren Tisch saßen Männer, deren Gesichter gerötet waren. Nicht nur von der Wärme hier, dachte Elvira. Lautes Gelächter war zu hören, Bierflaschen und Schnapsgläser standen vor den Besuchern. Sie wurde gemustert, als sie hereinkam. »Hallo, schene Frau«, rief einer der Männer, »magst die netta zu uns setzn?« Sicher nicht, dachte sich Elvira, und antwortete: »Danke, sehr nett, aber ich hab hier anderes zu tun. Ich möchte mit der Wirtin sprechen!«

»Liesi, hast g'hört? Da suacht di ane! Host wos ang'stellt?«, rief der Mann die Wirtin, die sich in der Küche befand.

Elisabeth Unterberger kam heraus und wischte sich die Hände in der Schürze ab. Sie war körperlich anders gebaut als ihr Mann, sah aus wie eine Athletin. Indem sie Elvira einen kräftigen Händedruck gab, warf sie ihr einen misstrauischen Blick zu und meinte: »Sie sind wahrscheinlich die Journalistin aus Wien! Mein Mann hat mir schon gesagt, dass Sie kommen werden!« Und nach einer kurzen Pause: »Darf ich Ihnen was zum Trinken aufwarten? Ein Bier, einen Schnaps, einen Most?« Elvira lehnte dankend ab und bestellte einen Apfelsaft. Dann fragte sie: »Wo können wir denn in Ruhe reden?«

Die Männer, die gerade noch laut gewesen waren, tuschelten miteinander. Sie hatten mitbekommen, dass da eine Journalistin aus Wien war, die Hochdeutsch redete und Apfelsaft trank. Also eine absolute Exotin – was machte die hier?

»Wenn es Sie nicht stört, dass ich weiter dabei koche, gehen wir am besten in die Küche!«, meinte die Wirtin. Elvira nahm ihren Apfelsaft und folgte ihr in die Küche, in der es noch wärmer als in der Gaststube war. Sie legte Jacke und Pullover ab und setzte sich auf einen Stuhl, den sie neben den Herd gerückt hatte. »Es geht um den Mord an Ihrem Schwiegervater und an dem Herrn Tschirtnigg. Ich bin vom *Tagesboten* und stelle Nachforschungen an.

Was wissen Sie denn drüber, oder was meinen Sie denn dazu?« Die Wirtin rührte in einem großen Suppentopf und schwieg eine Weile, bevor sie antwortete: »Na ja, was soll ich dazu meinen? Der Tod von meinem Schwiegervater war eine schlimme Sache, und lang hat das ja wie ein Selbstmord ausgeschaut! Ich glaube, erst Sie haben herausgefunden, dass das Mord war!«

Diese Mordhypothese musste Unterberger junior ihr mitgeteilt haben. Die kräftige Frau fuhr fort: »Ja, was soll ich sagen? Wir sind alle noch ganz fertig deswegen. Und man weiß immer noch nicht, wer ihn umgebracht hat?«

»Nein, weiß man nicht!«, antwortete Elvira. »Was glauben Sie, wer könnte es getan haben?«

»Ich habe leider keine Ahnung, ich bin ja nicht die Polizei!« Auch Frau Unterberger wurde ungeduldig, als man sie darauf ansprach.

»Und was meinen Sie zu dem anderen Mord, der passiert ist?«, versuchte die Reporterin nachzuhaken. Die Wirtin ließ den Kochlöffel sinken und sagte mit leiserer Stimme: »Gar nichts, ich habe den Mann kaum gekannt. Wie hieß er noch schnell?« Das kann nur ein Ausweichmanöver sein, dachte Elvira – nach allem, was sie von Frau Wogatschnigg gestern erfahren hatte. Sie blieb beharrlich: »Sie waren doch mit ihm gemeinsam in der Christine-Lavant-Vereinigung aktiv! Und er war ein bekannter Gastwirt gewesen, sozusagen ein Kollege von Ihnen. Da haben Sie ihn nicht gekannt?«

»Ja schon, mit manchen hat man mehr zu tun, mit manchen weniger. Sie müssen wissen, wir haben über 300 Mitglieder!«

Nun schwieg die Wirtin wieder und ließ Knödel, die sie auf einem Brett vorbereitet hatte, in einen großen Topf mit wallendem Wasser gleiten. Von der Gaststube her tönte wieder lautes Gelächter. Ab einem gewissen Alkoholspiegel können solche Männer über alles lachen, fand Elvira. Wie hält es diese Frau hier mit den Männern und in der heißen Küche aus, fragte sie sich. »Ganz schön heiß hier, macht Ihnen das nichts aus?«, sprach sie einen Teil ihrer Gedanken laut aus.

»Zu Hause haben wir eine ähnliche Küche gehabt, da hab ich meiner Mutter oft geholfen. Ich bin das gewöhnt!«

»Und Sie machen hier alles ganz allein?«, zeigte sich Elvira interessiert.

»Im Sommer hilft mir meine Tochter, da müssen wir uns auch ums Vieh kümmern. Und mein Mann kommt am Wochenende, wenn viel los ist. Zu tun habe ich genug, das stimmt schon!«

Ein hartes Leben, dachte Elvira. Und diese hier ist eine harte, tüchtige Frau. Sie betrachtete die Hände der Köchin: rau, rissig, grob. Der rechte Handrücken wies eine längere Schnittwunde auf. Die schwere Arbeit hinterlässt ihre Spuren, dachte Elvira …

Auch hier gewann sie bald den Eindruck, auf ihre Fragen keine befriedigende Antwort zu bekommen. Die Lavanttaler hatten offenbar ein heimliches Abkommen getroffen, sich zu den Todesfällen nicht zu äußern. Ihre Gesprächspartnerin fühlte sich sichtlich beim Kochen gestört. Elvira stand auf und wandte sich zum Gehen.

»Wollen Sie noch was essen?«, fragte die Wirtin. Obwohl die Reporterin Hunger verspürte, lehnte sie dankend ab. »Ich hab schon was gegessen«, log sie. Die Vorstellung, in der heißen Gaststube neben den angetrunkenen Männern ihr Mittagsmahl einzunehmen, war zu abschreckend.

Frau Unterberger gab ihr zum Abschied die kräftige Hand, nachdem sie diese in der fleckigen Schürze abgewischt hatte. »Der Apfelsaft geht aufs Haus«, meinte sie. »Schade, dass Sie sonst nichts nehmen wollen …« Elvira konnte es nicht vermeiden, auf dem Weg zum Ausgang wieder die Gaststube zu durchqueren, die von lautem Gelächter erfüllt war. »Na, Schene«, grölte eine Stimme vom Tisch her, »gehsd scho wieda? Mogst uns nimma? Kriag ma net amol a Bussal zum Abschied?« Elvira stürzte grußlos hinaus. Als sie draußen an den abgestellten Fahrzeugen vorbeiging, dachte sie an die bemitleidenswerten Frauen, die zu Hause auf ihre Männer warteten. Und diese Mannsbilder fuhren dann noch mit dem Auto nach Hause. Da musste man ja froh sein, wenn man denen nicht begegnete!

Elvira war froh, die alkoholgeschwängerte Almheiterkeit hinter sich lassen zu können. Ihr Auto brachte sie problemlos wieder ins Tal. Nachdem das kulinarische Angebot in Wolfsberg überschaubar war, ließ sie der Hunger neuerlich in den *Grauen Wolf* einkehren, wo sie die legendären Kasnudeln bestellte. Wenn man sich an den rauen Charme des Wirts gewöhnt hatte, war es hier richtig gemütlich.

Bei der obligaten Tasse Tee nach dem Essen versuchte sie sich geistig auf den Besuch bei Frau Unterberger, der Witwe, vorzubereiten. Wieder würde sie sich wie ein Eindringling vorkommen und auch als solcher behandelt werden. Und auch hier würde ihr das Gefühl gegeben werden, dass sie Fragen stellte, die sie nichts angingen. Mit diesem Vorwurf, der im Grunde nicht falsch war, hatte sie zu leben gelernt.

Nach dem Läuten wurde gleich die Tür aufgemacht, als hätte die alte Dame schon auf sie gewartet. Sie sah heute weit gepflegter aus als beim ersten Besuch. »Wo ist denn Ihre junge Kollegin, die das letzte Mal dabei war?«, erkundigte sie sich nach Karin. »Die muss heute leider in Klagenfurt arbeiten.« »Schod. A netts Menscherl!«, meinte Frau Unterberger.

Sie nahmen in der Wohnküche Platz und die Gastgeberin fragte sie, was sie zum Trinken wolle. Elvira verlangte lediglich nach einem Glas Wasser, das ihr prompt serviert wurde, und beschloss, das Gespräch nicht mit dem Tod des Herrn Tschirtnigg zu beginnen, um Frau Unterberger nicht gleich wieder zu verärgern und zu riskieren, dass sie womöglich gar nichts mehr sagte. »Frau Unterberger, auch wenn es wehtut, bitte ich Sie, sich an die Zeit zu erinnern, nachdem Ihr Mann verstorben war. Sind damals Leute gekommen, um Ihnen ihr Beileid auszusprechen?« Die Unterberger wurde wieder weinerlich, als sie an diese Ereignisse dachte, doch sie antwortete tapfer: »Ja, natürlich, das ist bei uns so üblich.«

»Wann war das genau?«

»Am Tag danach, nachdem er gefunden wurde.«

»Woher haben die Leute das gewusst? Aus dem Radio, aus der Zeitung?« »Vielleicht auch«, setzte die Frau in jammerndem Tonfall fort. »Aber das ist nicht notwendig, so was spricht sich sofort bei uns herum. Mein Mann war ja im Ort sehr bekannt!«

Elvira nickte verständnisvoll. Nach einer Weile fragte sie weiter: »Versuchen Sie sich zu erinnern: War der Herr Tschirtnigg auch dabei?« Bei der Erwähnung dieses Namens wurde Frau Unterberger blass und stammelte: »Der … der … der Tschirtnigg? Was meinen Sie?« Elvira gab ihr einen kurzen Moment, um sich zu fangen, bevor sie weiterfragte. »Ja, der. Hat Ihnen der auch Beileid ausgesprochen, können Sie sich erinnern?«

»Ja, der war natürlich auch da«, erwiderte die alte Frau.

»Und wie lang war er da? Hat er irgendwas Besonderes gemacht? Wissen Sie das noch?«

»Der Helmut … ja, der Tschirtnigg …« Die alte Frau war sichtlich irritiert. Sie wischte sich mit der Schürtze über die feuchten Augen. »Das … ist schwer zu sagen … es waren so viele Leute da! Aber … jetzt wo Sie mich so fragen: Doch … es war der Tschirtnigg, der wollt noch einmal … hinaufgehen ins Arbeitszimmer von meinem Mann. Er möcht dort oben Abschied nehmen vom Sigi, hat er gesagt.«

»Ist Ihnen das nicht komisch vorgekommen?«, wollte Elvira wissen.

»Nein, wieso … Na ja, a bissel seltsam war es schon … Aber wie gesagt, ich war komplett durcheinander an dem Tag …«

Nach einer erneuten kurzen Pause fragte Elvira nach: »Und wann ist er wieder heruntergekommen? Hat er irgendwas bei sich gehabt?«

»Sie fragen mich aber viel, junge Frau … An so einem Tag, da schaut man nicht auf die Uhr … Na, nach einer Weile ist er wieder heruntergekommen, ich weiß nicht, wie lang das war … und hat eine schwarze Aktentasche in der Hand gehabt. Mit der ist er schon gekommen, glaube ich …« Wo nach dem Kondolenzbesuch das Manuskript von der Lavant drinnen war, ergänzte Elvira in Gedanken. Tschirtnigg hatte offenbar lange genug Zeit gehabt, um das Arbeitszimmer zu durchsuchen und das Schriftstück an sich zu nehmen. »Und Sie haben sich nicht gewundert, was er mit der Aktentasche bei Ihnen will?« »Nein, ich hab mir nicht viel dabei gedacht …« Frau Unterberger schien sich auf einmal zu besinnen und wollte ihrerseits wissen: »Sagen S', junge Frau, warum fragen Sie mich denn die ganzen Sachen? Wofür ist denn das wichtig?«

Elvira atmete einmal tief durch und entschloss sich, der alten Dame die Wahrheit zuzumuten: »Frau Unterberger, es besteht der Verdacht, dass Ihr Mann sich unerlaubterweise ein Manuskript der Christine Lavant angeeignet hatte. Aus dem Literaturarchiv in Klagenfurt. Und dass dieses Manuskript ihn das Leben gekostet hat, weil er es nicht hergeben wollte!« Die Witwe saß da, wie vom Donner gerührt. Dann erwiderte sie verstört: »Was … Was … Ein Manuskript der Lavant? Sich unerlaubt angeeignet … nein, so was hätte er nie gemacht! Und wenn, was hat er denn … damit machen wollen?«

»Was er damit machen wollte, weiß ich auch nicht, Frau Unterberger. Aber es muss für ihn von großer Wichtigkeit gewesen sein. Und nach seinem Tod hat es sich der Herr Tschirtnigg angeeignet. Es dürfte in der Aktentasche gewesen sein, die er bei sich gehabt hat!«

Für die alte Frau schien eine Welt zusammenzubrechen. Sie heulte los. Unter Schluchzen brachte sie dann die Worte hervor: »Der kommt … mir kondolieren … und dann geht er … mit der Aktentasche davon … mit einem Manuskript von der Lavant … Das ist ja Diebstahl! Was, und mein Mann … hat es vorher besessen, ohne Erlaubnis? Nein, das ist ja … das ist ja …«

Die Frau tat Elvira leid. Sie schien sich überhaupt nicht mehr auszukennen. Auch die alte, leidige Geschichte mit ihrem Liebhaber Tschirtnigg, die sie vergessen geglaubt hatte, kam ihr nun wieder in Erinnerung. Wie schlimm mussten diese beiden Todesfälle für sie sein, nach der ganzen Vorgeschichte! In gewissem Sinn war sie kurz hintereinander doppelte Witwe geworden …

Als Täterin kam Frau Unterberger in Elviras Augen nicht infrage, sonst hätte sie kaum so emotional auf ihre Fragen reagiert. Elvira hatte erfahren, was sie wollte – ihr Verdacht hatte sich bestätigt. Nun war es Zeit zu gehen. Sie schaute der Frau in die Augen und fragte vorsichtig: »Frau Unterberger, wollen Sie, dass ich noch bleibe, oder kann ich Sie jetzt allein lassen?«

»Na, gut geht's mir nicht«, schluchzte die Alte, »aber Sie sind mir sowieso kein Trost. Sie kommen ständig mit neuen, unangenehmen Nachrichten daher. Warum kann man denn die Toten nicht ruhen lassen? Es wär mir wirklich lieb, wenn Sie jetzt gehen.«

»Das Erwähnen von unangenehmen Tatsachen gehört zu meinem Beruf, so leid es mir tut. Ich wünsche Ihnen alles Gute!« Nachdem Elvira sich mit diesen Worten verabschiedet hatte, ging sie in die kühle, feuchte Abendluft hinaus. Sie wollte ein Stück gehen, um die Schwere und die negative Energie loszuwerden. Vom Haus der Familie Unterberger war es nicht weit zum Friedhof von St. Stefan. Eine seltsame Energie zog sie dorthin.

Sie betrat den dunklen Friedhof, schaute nach links zum Grab der Lavant. Eine rote Kerze brannte dort. Sie drehte wieder eine Runde um den ganzen Friedhof, auch um etwas Bewegung zu haben. Zwei Gräber waren frisch ausgehoben worden, darauf waren lockere Erde und frische Holzkreuze zu sehen. Es war klar, wer dort begraben war. Auch Herr Tschirtnigg war ohne Obduktion hier beigesetzt worden …

Elvira hatte ein schlechtes Gewissen: Sie hatte Frau Unterberger mit ihren Eröffnungen ins Unglück gestürzt. Dass ihr Mann etwas gestohlen hatte, war für die Frau wohl unbegreiflich. Wo er doch immer so korrekt gewesen war, ein Hofrat der Kärntner Landesregierung … Es musste etwas ganz Wichtiges gewesen sein, was ihn dazu angetrieben hatte. Oder er war nicht mehr bei sich gewesen. Frau Unterberger hatte davon jedenfalls keine Ahnung gehabt. Früher oder später hätte sie aber ohnehin die bittere Wahrheit erfahren.

Elvira kehrte zurück zum Grab der Christine Lavant. Die kommt unter der Erde nicht zur Ruhe, dachte sie. Nein, ein Fluch war es nicht, was da nachwirkte. Aber eine starke Energie ging von dieser Frau aus, eine starke negative Energie. Wie ihre Dichtung, löste auch die Person selber intensive Gefühle aus – Zuneigung, Ablehnung, Trauer, Hass … War es die Ungerechtigkeit, die da aus dem Grab schrie? Die Ungerechtigkeit, wie man während ihres Lebens mit ihr umgegangen war? War es die Enttäuschung? Die Enttäuschung über die unglückliche Liebe zu Werner Berg, die immer noch keine Erlösung gefunden hatte? Oder waren es die vielen Demütigungen, die sie erlitten hatte und die sich wie in einem »Tränenkrüglein« in ihrer Seele angesammelt hatten? Und diese Seele jetzt noch herumirren ließen, wobei sie auf der Suche nach der »ewigen Ruhe« die Lebenden drangsalierte?

Elvira fröstelte und verließ den Friedhof. Sie stieg ins Auto und drehte die Heizung voll auf. Auf der kurzen Strecke nach Wolfsberg konnte sie diese kaum erwärmen …

13. KAPITEL

»Gib Obacht, Madl, gib Obacht …!«, tönte wieder die hohle, dünne Stimme aus dem Grab. Wieder war es die Lavant, die zu ihr sprach. Elvira schauderte und stand auf. »Hob koa Ongst, Madl …!«, rief es ihr nach. Sie verließ fluchtartig den Friedhof, lief und lief, soweit sie konnte …

Schweißgebadet erwachte Elvira in ihrem Hotelbett. Sie brauchte fast eine Minute, um sich zu orientieren und sich zu vergewissern, dass diese Szene sich im Traum, nicht in der Realität abgespielt hatte. Und einige Minuten brauchte sie, um aufzustehen und den Horror abzuschütteln, den dieser Traum bei ihr ausgelöst hatte. Es schien, als hätte sie die Lavant vor etwas warnen wollen …

Beim Frühstück rief sie Karin an und berichtete ihr, was sie am Vortag erlebt und erfahren hatte. Das Frühstück schmeckte nicht besonders, der Tee war lauwarm und schal. Ich glaube, heute ist mir gar nichts recht, sagte sich Elvira.

Sie schlug den *Tagesboten* auf, der neben der Theke lag. Wieder stand ein früherer erfolgreicher Manager vor Gericht, der mit dem ehemaligen Landeshauptmann gemeinsame Sache gemacht hatte. Vor Gericht gab er an, pleite zu sein, obwohl er vor Jahren unrechtmäßig Millionen kassiert hatte. Die Zeitung vermutete, dass er das vorschützte, um keinen Schadensersatz leisten zu müssen. Diese Halunken! Der Zorn stieg wieder in ihr hoch. Sie hatten das ganze Bundesland mit einem mafiaartigen System überzogen und waren jahrelang unbehelligt geblieben!

Und jetzt merkte man, wenn man Kärnten näher kennenlernte, dass hinten und vorne das Geld fehlte. Kleine Gauner, große Gauner – Gauner überall! Sie konnte nicht mehr weiteressen, die Zeitungsmeldung hatte ihr endgültig den Appetit verdorben.

Mit dem Schriftsteller und Kärntner Schachmeister Theobald Schloffer war ein Termin um 10 Uhr im Café Hecher in der Unterstadt ausgemacht. Bis dahin hatte sie noch Zeit. Sie flanierte durch das Städtchen, das an diesem Morgen fast menschenleer war. Die wenigen Geschäfte, die es in der Altstadt noch gab, hatten gerade aufgesperrt. Lustlose Verkäuferinnen stellten Wühltische vor die Tür, auf denen Sonderangebote angepriesen waren. Elvira stand wieder auf der Brücke und sah in die Lavant hinunter, in der vor etwa zwei Wochen die Leiche von Herrn Unterberger getrieben hatte. Dann kam sie an dem Café vorbei, aus dem die Lavant vor 40 Jahren hinausgewiesen worden war. Trübe Gedanken kamen auf. Elvira spürte, wie die negative Energie, die von den Mordfällen, von der Person der Christine Lavant und teilweise auch von dieser Stadt ausging, sie neuerlich zu erfassen begann.

Das *Hecher* war eine gediegene Konditorei, deren Inneneinrichtung in dunkelbraunen Holztönen einen dezenten Retro-Charme aufwies. Elvira war pünktlich, Theobald Schloffer erwartete sie schon. Als sie das verqualmte Raucherzimmer betrat, sah sie einen beleibten, kahlen Mann darin sitzen, der gemütlich eine Zigarette rauchte. Nicht schon wieder stundenlang im Raucher sitzen, dachte sie. Als sie ihm gegenüber Platz nahm, sah er sie durchdringend und interessiert an.

»So gut aussehende Reporterinnen verirren sich aus Wien in unser armes Kärntnerland?«, eröffnete er augenzwinkernd das Gespräch. Elvira, die sonst auf solche Äußerungen allergisch war, fand in dem Kompliment dennoch etwas Charmantes. »Dafür habe ich heute die Ehre, mit einem der gescheitesten Männer von Kärnten im Café zu sitzen. Zumindest eilt Ihnen dieser Ruf voraus!«, konterte sie und spielte auf seine Tätigkeiten als Schriftsteller und Schachspieler an. Schloffer nickte wohlgefällig. »Sehr gute Antwort«, meinte er, »könnte fast von mir sein.«

Der Mann hatte Witz und Ironie – das gefiel Elvira. Er hob sich wohltuend von den meist schlichten Gemütern ab, die ihr bisher bei den Recherchen begegnet waren. Elvira bestellte eine Schale Tee mit Milch, der ihr mundete. Sie fühlte sich mit dem Leben wieder in Einklang.

»Sie wollen sicher wissen, was ich von Ihnen wissen möchte«, begann sie ihrerseits, um sich gleich zu korrigieren. »Ach, zweimal ›wissen‹, das ist eine Wortwiederholung.«

»Aber das macht doch nichts«, erwiderte Schloffer, »Wortwiederholungen können in Texten ein reizvolles Stilmittel sein. Schauen Sie nur den Thomas Bernhard an, den ich übrigens nicht besonders mag – ein wehleidiger, bornierter katholischer Selbstdarsteller. Jedenfalls seine Texte sind voller Wiederholungen, das war sein Stilmittel. Jeder biedere Deutschprofessor hätte ihm einen Fünfer gegeben!«

Elvira lächelte und nahm einen neuen Anlauf: »Dürfen wir zur Sache kommen, Herr Schloffer? Es geht um die Christine-Lavant-Vereinigung und was dort zuletzt passiert ist.«

Der Schriftsteller wurde ernst und erwiderte: »Ihre Redaktion hat mir am Telefon schon gesagt, um was es geht. Ich hoffe, dass ich Ihnen weiterhelfen kann.« Elvira war nicht sicher, wie sie anfangen sollte. Sie versuchte es direkt: »Es sind zwei schreckliche Todesfälle, vielleicht Morde, passiert. Was wissen und was denken Sie darüber?«

»Morde sind immer ein Zeichen dafür, dass in einer Sozietät etwas nicht stimmt«, antwortete er mit bitterem Grinsen. »Sie verzeihen meinen Sarkasmus, aber ich kann diese Lavant-Vereinigung schon lange nicht mehr ernst nehmen!«

»Wie meinen Sie das?«, wollte Elvira wissen.

»Na, schauen Sie, die Lavant-Vereinigung scheisst – entschuldigen Sie bitte den Ausdruck – seit Jahren herum und es passiert nichts. Manchmal sage ich, diese Gesellschaft ist genauso tot wie ihre Namensgeberin, die in St. Stefan im Grab liegt. Der Unterberger – Gott sei seiner Seele gnädig … oder besser gesagt, Gott, wenn es ihn gibt, sei seiner Seele gnädig, wenn er eine hatte … Sie kennen ja den Ausspruch vom alten Fritz, also Friedrich von Preußen … nicht?« Elvira schüttelte etwas genervt den Kopf. Schloffer ließ nicht locker: »Der Spruch geht so: ›Mein Gott, wenn es dich gibt, erbarm dich meiner Seele, wenn ich eine habe‹ … Genial, nicht?« Der Schachmeister kicherte. Elvira empfand das Zitat zwar als originell, aber sehr zynisch. »Ach ja, wo waren wir …«, versuchte der eigenartige Mann, wieder den Faden zu finden, »beim Unterberger. Also der hat nichts mehr weitergebracht, wollte aber auch nicht abtreten. Vielleicht war der auch schon halb dement. Jedenfalls hat er die Vereinigung fast in die Pleite geführt …«

»Glauben Sie, dass man ihn deshalb umgebracht hat?« Elvira versuchte wieder, die Kurve zu den Mordfällen zu kriegen.

»Ihn deswegen umgebracht? Nein!«, war Herr Schloffer überzeugt. »Die Vereinigung war im Grunde unbedeutend, wegen der wird sicher keiner umgebracht!«

»Warum denn dann sonst?«, bohrte Elvira nach.

»Also an die Möglichkeit eines Mordes muss ich mich erst gewöhnen. Lange war ja von Selbstmord die Rede!«

»In der Zwischenzeit ist unzweifelhaft noch ein anderer Mord passiert«, meinte Elvira spitz.

»Ja, der Tschirtnigg. Auch so ein alter Lavant-Haudegen, der zuletzt nichts mehr bewirkt hat. Ich würde sagen, dass beide sich zu wichtig genommen haben!«

Männer nehmen sich oft zu wichtig, dachte Elvira. Sie beschloss, gegenüber dem wortgewaltigen Gesprächspartner noch direkter zu werden. »Herr Schloffer, Sie sind ein gescheiter Mann und interessanter Gesprächspartner.« Schloffer lächelte geschmeichelt. »Jetzt sagen Sie mir einmal, was glauben denn *Sie*, warum die beiden getötet wurden? Mord war es in beiden Fällen, davon ist auszugehen!«

Schloffer nahm einen Schluck Kaffee und zog lang und hingebungsvoll an seiner Zigarette. Es war schon die fünfte, seitdem Elvira gekommen war – sie hatte mitgezählt. Er beugte sich etwas vor und sagte bedeutsam: »Genaues weiß ich auch nicht, sonst hätte ich es der Polizei gesagt, die mich übrigens schon einvernommen hat. Dass die Ordnungshüter hier zum Vergessen sind, werden Sie sicher schon festgestellt haben …«

Elvira nickte heftig.

»Aber ich vermute eine Rivalität, einen Machtkampf. Da

ist es um etwas Wichtiges gegangen, glaube ich. Etwas so Wichtiges, dass dafür Blut geflossen ist …«

»Ein Machtkampf zwischen den beiden Männern?«, fragte Elvira nach. »Wegen was denn?«

Schloffer antwortete, indem er sie direkt ansah: »Die haben immer schon rivalisiert, die beiden. Und die Familien sind sich auch nicht grün … Da hat es irgendwann einmal was gegeben … da wurde gemunkelt und verdunkelt …« »Was wurde denn gemunkelt?« Für Elvira war es klar, was nun kommen würde. Die Antwort von Schloffer fiel allerdings ausweichend aus: »Ich halte nicht viel von Gerüchten. Ich sag es lieber nicht, ich mag keinen Tratsch!«

Offenbar wusste er nichts von dem ominösen Manuskript. Um ihn zum Reden zu bringen, schlug ihm Elvira einen Handel vor: »Herr Schloffer, reden wir Klartext. Ich sage Ihnen, was *ich* weiß, und Sie sagen mir dafür, was *Sie* wissen. Einverstanden?«

»Ich sehe schon, Sie sind gut im Verhandeln. Sie würden auch mit dem Teufel um Ihre Seele handeln, sofern Sie eine haben …«, meinte er wieder kichernd, um verschmitzt zu ergänzen: »… was ich in Ihrem Fall nicht bezweifeln möchte. Also gut, Handel angenommen.« Er reichte ihr bedeutungsvoll die Hand. »Aber zuerst erzählen Sie, ich hab Ihnen ohnehin schon zu viel verraten.«

Elvira, die langsam vom Qualm im Raum genug hatte, musste husten. Mit heiserer Stimme berichtete sie dann, was sie vom »verschwundenen« Manuskript der Christine Lavant wusste. Dass es wieder aufgetaucht und nun in Verwahrung im Kärntner Literatur-Archiv war, verschwieg sie. Einige Momente verschlug es dem redegewandten Mann die Sprache. Er wiegte den Kopf und pfiff leise vor sich hin, bevor er antwortete: »Das berühmte

Manuskript, da schau her! Die sagenumwobene Abrechnung mit dem Werner Berg! Das Corpus delicti, gesperrt nach langen Gerichtsverhandlungen! Und der Unterberger hat es an sich genommen? Der Saubermann? Was wollte er denn damit, um Gottes willen?« Den Zusatz »wenn es einen gibt« ersparte er sich diesmal.

»Keine Ahnung. Jedenfalls hat es nach dessen Tod der Tschirtnigg an sich genommen«, ergänzte Elvira. »Alles spricht dafür …«

»Der Tschirtnigg also, ausgerechnet der Tschirtnigg …«, unterbrach sie ihr Gesprächspartner.

»Wieso ausgerechnet?«, wollte Elvira wissen. Schloffer senkte die Stimme und kam ihr mit seinem Gesicht näher: »Das ist alles sehr seltsam … Man hat nämlich gemunkelt, dass der Tschirtnigg und die Frau vom Unterberger einmal was miteinander gehabt haben … wie beide schon verheiratet waren … das war eine Zeitlang Dorfgespräch, und wenn Sie mich fragen … da war was Wahres dran!«

Elvira tat erstaunt, als würde sie diese Nachricht zum ersten Mal vernehmen. Schloffer sann weiter nach: »Wenn der Tschirtnigg nach Unterbergers Tod das Manuskript an sich genommen hat, dann muss der ihm vorher was davon erzählt haben. Die Frage ist, ob der Unterberger das freiwillig verraten hat …« »Sie meinen, der Tschirtnigg hätte den Unterberger deswegen umgebracht?«, fragte Elvira.

»Möglich …«, erwiderte der Schachmeister, dem diese strategischen Überlegungen sichtlich gefielen. »Aber doch auch wieder unwahrscheinlich. So sehr die beiden rivalisiert haben, haben sie andererseits auch gemeinsame Sache gemacht.«

Jetzt wird es interessant, dachte Elvira und fragte nach den genauen Umständen. »Dazu muss ich etwas weiter ausholen …«, hob Schloffer an. Elvira machte sich auf einen längeren Monolog gefasst. Ihr Gesprächspartner merkte ihre Ungeduld und setzte fort: »Gut, ich werde mich kurz fassen. Das unveröffentlichte Lavant-Manuskript hat in unserer Vereinigung eine längere Vorgeschichte. Unterberger hat von Anfang an für eine Veröffentlichung plädiert, Tschirtnigg hat ihn dabei unterstützt. Die beiden haben gemeint, dass nach so langer Zeit auch dieser pikante Text an die Öffentlichkeit gelangen könne. Im Sinn der literarischen, der historischen Wahrheit. Sosehr die beiden verfeindet waren – darin waren sie sich einig. Die ganze Sache hat im Verein fast zu einer Spaltung geführt, zumindest zur Bildung von zwei Parteien. Und zu einer gerichtlichen Sperre des Manuskripts, dessen Veröffentlichung dadurch ausdrücklich verboten wurde. Das hat die Partei der Veröffentlichungsgegner so durchgesetzt. Das Zwei-Parteien-System hat in unserem Land ja eine alte Tradition, wie Sie wissen. Rot-schwarz, schwarz-rot, wie beim Roulette …«

»Mit ein paar blauen Jetons auf dem grünen Tuch«, ergänzte Elvira.

»Sehr originell!«, meinte Schloffer anerkennend. Elvira wollte wieder zum Thema zurückkommen und fragte: »Aus wem bestand die andere Partei?« »Nun, vor allem aus der Frau Sablatnig und einigen Mitstreitern und Mitstreiterinnen. Kennen Sie schon die honorige alte Dame, Rechtsanwaltswitwe aus Velden am Wörthersee? Also ja. Die war von Anfang an strikt gegen eine Veröffentlichung. ›Wir wollen uns das Andenken unserer geliebten Christine Lavant nicht beschmutzen lassen‹, hat sie immer betont. Und wenn die sich was in den Kopf gesetzt hat, dann bleibt sie dabei, was es auch kosten möge …«

Die Sablatnig also, dachte Elvira, wie vom Blitz getroffen. Bei den Besuchen bei ihr hatte sie betont, wie wichtig ihr das »unbeschmutzte Andenken« an Christine Lavant war. Musste sie nicht jegliches Interesse daran haben, das Manuskript …?

»Liebe junge Frau, ist Ihnen nicht gut? Habe ich was Falsches gesagt?« Schloffer bemerkte erschrocken, wie blass Elvira geworden war. »Soll ich Ihnen ein Wasser bestellen? Oder trinken Sie ein Glas Wein mit mir, zur Stärkung?«

Elvira lehnte mit einem Kopfschütteln das Angebot ab. »Nein danke, es geht schon … Mir ist nicht ganz gut, vielleicht die Luft hier … Ich gehe kurz vor die Tür, wenn Sie erlauben …« Sie stürzte hinaus ins Freie, atmete einige Male tief durch. Ein Gefühl von Übelkeit hatte sie erfasst. Ein Ekel über das, was sie instinktiv begriffen hatte …

»Entschuldigen Sie vielmals«, empfing Schloffer sie, als sie wieder zurückkam. »Ich wollte nicht rücksichtslos sein, wir hätten uns auch in den Nichtraucher setzen können!«

»Passt schon«, stammelte Elvira, »mir ist auf einmal … übel geworden. Hat vielleicht auch mit dem … zu tun, was Sie mir erzählt haben.« Ihr Gegenüber sah sie mitleidig an. »Gelt, das ist schon unglaublich, dass in unserem so harmlosen Tal und in unserer ehrenwerten Vereinigung solche Dinge passieren? Kennen Sie den Gedichttitel von Christine Lavant, der da heißt: ›Blutrache haust in dem gelobten Land‹? Nicht? Kommt in der ›Spindel im Mond‹ vor, glaube ich. Was denken Sie, welche Gegend hat sie damit gemeint?«

»Kärnten wahrscheinlich, oder das Lavanttal«, antwortete Elvira mit schwacher Stimme.

»Genau, Sie sind wirklich eine vife Frau! Würde mich gern noch länger mit Ihnen unterhalten. Also, ein Glas Wein zur Versöhnung, wegen dem Zigarettenrauch? Wirklich nicht, auch wenn ich Sie einlade und wir uns in den Nichtraucher setzen?«

»Nein danke, Herr Schloffer, aber es war interessant, Sie kennengelernt zu haben«, antwortete Elvira, der immer noch übel war.

»Das Vergnügen war ganz meinerseits«, gab er das Kompliment zurück. »Zum Schluss erlauben Sie mir aber noch eine unschuldige Frage: Was bringt eine intelligente, gebildete Person wie Sie dazu, in dieses gottverlassene Kärntner Seitental zu kommen, um hier zwei mysteriöse Todesfälle aufzuklären? Gibt es in Wien nicht genug davon?« Elvira überlegte kurz, was sie antworten sollte, sagte dann: »Das ist einfach eine Frage der Gerechtigkeit. Ich wurde hierhergerufen, um die Klagenfurter Redaktion bei ihren Recherchen zu unterstützen. Und dann habe ich gemerkt, dass die Polizei hier einen großen Sch...marrn« – Schloffer nickte verständnisvoll – »... unternimmt, um die Verbrechen aufzuklären. Und dann bin ich selber aktiv geworden, auch wenn mich das gar nichts angeht.«

Ihr Gesprächspartner sah sie warmherzig, aber etwas skeptisch an und fragte: »Ist das alles?« Elvira dachte nochmals nach und sagte: »Irgendwie fasziniert mich auch diese Gegend hier, Ihr gottverlassenes Tal, wie Sie sagen. Diese ganzen Mythen, Widersprüche, kleinen und großen Verrücktheiten. Und vor allem diese Dichterin, diese Christine Lavant...«

Schloffer dämpfte seine letzte Zigarette aus und wiederholte: »Ja, sie war ein armes Weib, ein geniales verrücktes armes Weib. Niemand vorher und niemand nachher konnte ihr im ganzen Tal geistig das Wasser reichen, auch ich nicht …« Er lächelte ironisch. Plötzlich schien ihm noch etwas einzufallen: »Es gibt übrigens noch jemanden, der Ihnen weiterhelfen kann. Auch ein gescheiter Mann, der in der Lavant-Vereinigung war und viel über das Weiblein weiß. Es ist der Hans Schauer in Reichenfels – das ist im Oberen Lavanttal. Ein begnadeter Maler, seine Werke hängen in vielen öffentlichen Gebäuden, in ganz Kärnten! Sie können einfach zu ihm hinfahren, der freut sich immer über Besuch.«

Nachdem er Elvira die Kontaktdaten des Malers gegeben hatte, reichte er ihr herzlich die Hand und wünschte ihr für die weiteren Recherchen alles Gute. »Gott schütze Sie, wenn es einen gibt!« Beim Weggehen schoss es Elvira durch den Kopf, dass dieser Mann ja auch dem Kreis potenzieller Täter angehörte. Doch die warmherzigen Augen, in die sie geschaut hatte, waren nicht die eines Mörders … Außerdem war er zu intelligent. Vielleicht gehörte immer ein Stück Dummheit dazu, einen Mord zu begehen.

Elvira machte wieder einen Spaziergang durch den Ort, um ihren Gedanken nachzuhängen. Wolfsberg lag freundlich und friedlich vor ihr, heute war zur Abwechslung ein sonniger Tag. Trotzdem waren wieder nur wenige Menschen in den Gassen zu sehen. Einige Schulkinder gingen mit schweren Taschen auf dem Rücken nach Hause. Sie hatten es nicht eilig – sie blödelten, neckten und beschimpften einander. Elvira erinnerte sich, dass sie unlängst begonnen hatte, die Erzählung »Die Rosenkugel« zu lesen. Darin beschrieb die Lavant, wie ein kleines Mädchen (also sie selber) auf dem Schulweg von ungezogenen Buben jedes Mal geneckt und attackiert wird – gemobbt, würde man heute dazu sagen. Kein Wunder, dass sie sich immer mehr von ihrer Umwelt zurückgezogen hatte. Und dabei in sich selbst den ganzen kreativen Reichtum entdeckt hatte …

Die Glocken von der Stadtpfarrkirche erfüllten den Ort und riefen zum Mittagessen. Elvira hatte noch keinen Hunger. Sie verspürte keine Lust, jetzt Kärntner Kasnudeln in reichlich brauner Butter oder sonst eine deftige Speise zu sich zu nehmen. Ihr Mittagsspaziergang führte sie zu einer Strandbar am Lavantufer, die zu ihrem Erstaunen trotz der späten Jahreszeit noch offen hatte. Sie bestellte einen Tee mit Milch und einen Apfelstrudel. Dann sah sie versonnen ins Wasser, das sich an dieser Stelle in zwei Flussläufe verzweigte. Die zwei Parteien der Lavant-Gesellschaft kamen ihr in Erinnerung, die sich bekämpft hatten bis zum blutigen Ende. Und immer dubioser wurde die Rolle, die Frau Sablatnig in dem Drama spielte … Ein junger Kellner brachte ihr das Gewünschte. Sie genoss beides, die Übelkeit war weniger geworden. Und immer wieder schaute sie in den Fluss, der an ihr vorbeirauschte und in seinen grünlich-bräunlichen Tiefen noch manche Geheimnisse zu bergen schien.

Nach der kleinen Mittagsmahlzeit fuhr sie nach Reichenfels. Sie hatte sich den Weg dorthin auf einer herkömmlichen Straßenkarte angeschaut, Navigationssystemen misstraute sie. Zu oft führen sie in die Irre, meinte sie. Nördlich von Wolfsberg fuhr sie durch Frantschach, wo der Schlot der Papierfabrik gewaltig in den Himmel qualmte. Dann führte eine kurvige Straße, ständig der Lavant entlang, nach Norden. Elvira hätte auch die nahe gelegene Autobahn nehmen können. Doch wenn sie Zeit hatte, genoss sie die gemächlichere Art des Fahrens auf der Bundesstraße.

Das Lavanttal war hier eng. Gleich neben der Straße eilte der Fluss talabwärts, eine einspurige Bahnlinie folgte seinem Verlauf. Mit 80km/h legte sie sich gemütlich in die Kurven. Überholen wäre hier schwierig, überlegte sie. Die Kurven waren eng, ständig gab es Gegenverkehr.

Nach etwa einer halben Stunde erreichte sie Bad St. Leonhard. »Kurort« war angeschrieben, außerdem gab es einen Wegweiser zu einer historischen Kirche. Elvira bog von der Hauptstraße ab und hielt bei der alten Kirche an, die auf einem kleinen Hügel lag. Schön war sie von außen anzusehen. Hochgotisch, diagnostizierte Elvira – sie hatte sich früher für Baustile interessiert. Besonders Romanik und Gotik faszinierten sie – vor allem deren Einfachheit und klare Linien. Auf einer Informationstafel stand, dass die Kirche im 14. Jahrhundert gebaut worden war und dass ihre Besonderheit eine Kette darstellte, die rund um das ganze Bauwerk gespannt war. Um die Bedeutung dieser Kette rankten sich viele Sagen und Legenden. Eindeutig war für Elvira der Zusammenhang mit dem Namenspatron der Kirche, dem heiligen Leonhard, dem Schutzpatron des Viehs. In ländlichen Gegenden Österreichs gab es viele Kirchen, die diesem Heiligen geweiht waren. Und eine Kette hatte wohl mit Vieh etwas zu tun, fand Elvira.

Hans Schauer war ein liebenswerter, gebrechlich wirkender alter Mann, der die Wiener Journalistin herzlich begrüßte, obwohl er sie vorher noch nie getroffen hatte. Mit großer Selbstverständlichkeit nahm er sie in sein Haus auf. Elvira kamen drei große Hunde entgegen, die einen strengen Geruch verbreiteten. Sie hatte Hunde gern, gleichzeitig aber Respekt vor ihnen. Schauer meinte beruhigend, dass sie vor ihnen keine Angst zu haben brauchte.

Die Gattin des Malers servierte auf ihr Verlangen schwarzen Tee, der leicht nach Kamille schmeckte. Elvira fragte den Mann nach Christine Lavant, die er – wie sich herausstellte – noch persönlich gekannt hatte. Er erzählte ihr einige Anekdoten, die kein neues Bild der Dichterin ergaben. Eine hochbegabte, unkonventionelle, einsame Frau. Schauer betonte, welch starke Bilder die Dichterin in ihren Werken verwendet hätte. »Fast möchte man neidisch werden bei so viel Formgefühl, bei so viel Imagination. Sie war eine Malerin, eine in Worten …«, äußerte er sich bewundernd über sie.

Über die Lavant-Vereinigung wusste er nicht viel. »Ich habe mich in den letzten Jahren ferngehalten. Schon allein wegen meines Zustandes … ich gehe nicht mehr viel außer Haus.« Elvira erfuhr, dass er nach einem Schlaganfall vor zwei Jahren gehbehindert und auch die linke Hand schwächer geworden war. »My home is my castle«, sagte der liebenswürdige alte Herr und streichelte den Hund, der sich zu ihm gelegt hatte.

Von den Mordfällen hatte er gehört. Er war ehrlich darüber entsetzt. »Wenn man alt ist, lebt man sowieso jeden Tag mit dem Tod. Aber umgebracht zu werden, das wünscht sich trotzdem keiner … Ich glaube an die Wiedergeburt. Stellen Sie sich vor, was für ein schreckliches Karma das zur Folge hat, besonders für den Mörder und seine Familie …« Überlegungen zum Täter hatte er keine angestellt. »Ich bin kein Kriminalist«, meinte er. »Ich schau mir im Fernsehen auch keine Krimis an. Mich regt das zu sehr auf. Da sehen die Leute jeden Abend eine oder mehrere Leichen im Fernsehen. Glauben Sie, das geht an den Seelen spurlos vorbei?«

Der alte Herr war nicht nur Künstler, sondern auch Philosoph, fand Elvira. Nachdem sie fast zwei Stunden miteinander geplaudert hatten, beschloss sie, nach Wolfsberg zurückzufahren. Neue Erkenntnisse hatte der Besuch nicht gebracht, es wurde schon Abend. Als sie sich zum Gehen wandte, bestand der Maler darauf, sie persönlich noch durch sein Haus zu führen. In dem großen Gebäude hingen an allen Wänden Bilder von ihm. Zu jedem wusste er etwas zu sagen, was einiges an Zeit in Anspruch nahm. »Das sind alles meine Kinder. Jedes von ihnen hab ich gern«, war sein Kommentar dazu.

Am Ende verabschiedete er sich so herzlich von ihr, wie er sie begrüßt hatte. Er gab ihr noch eine Bleistiftskizze mit, die er unlängst angefertigt hatte. Er sagte dazu: »Das hab ich nach einem Gedicht der Lavant gemacht, der ›Bettlerschale‹. Da ist natürlich nix drin. Wenn was drin ist, klingt eine Schale ja nicht. Erst wenn sie ganz leer wird, kann man was hören. Das ist wie mit dem Menschen und Gott. Oder wie mit der Malerei und der Dichtung …«

Auf der Rückfahrt begann es zu dämmern. Elvira beschloss, dennoch wieder die Bundesstraße zu nehmen und sich in moderatem Tempo den engen Kurven anzuvertrauen. Sie ließ Reichenfels, dann St. Leonhard hinter sich und fuhr südwärts. Eine Platte von Bob Dylan – auch einer ihrer Lieblingsinterpreten – drehte sich im CD-Spieler. »Knocking on heaven's door« krächzte es aus den Lautsprechern. Elvira wiegte ihren Kopf im langsamen Rhythmus. Sie freute sich auf einen ruhigen Abend. Positiv klangen in ihr noch die Begegnungen mit den beiden bemerkenswerten Männern nach, die sie heute kennengelernt hatte.

Sie hatte zuerst nicht auf das Auto geachtet, das mit großer Geschwindigkeit hinter ihr auftauchte. Als sie es im Rückspiegel sah, war es schon sehr nahe. Der hat aber ein Tempo drauf, dachte sie sich, jetzt wird er bald bremsen. Doch das Fahrzeug verringerte das Tempo nicht. Es fuhr ungebremst auf sie auf. Ihr Auto wurde nach vorne, ihr Kopf nach hinten geschleudert. So ein Idiot, dachte sie. Hat der nicht aufgepasst? Funktionieren seine Bremsen nicht? Das Auto fiel wieder etwas hinter ihr zurück. Es hatte keine Nummerntafel. War diese beim Aufprall verloren gegangen?

Elvira überlegte, stehen zu bleiben. Doch das war auf der engen Straße nicht möglich. Als das Fahrzeug wieder beschleunigte, kam es ihr auf einmal bekannt vor. Wo hatte sie es schon einmal gesehen? Sie überlegte einige Sekunden lang. Riesige Stoßstangen kamen bedrohlich näher. Ein grauer Mitsubishi Pajero. Blitzschnell die Erkenntnis: Gestern auf der Klammer-Alm hatte sie das Auto gesehen. Es gehörte der Wirtin, der Frau vom …

Das panzerartige Fahrzeug krachte ein zweites Mal in sie hinein. Plötzlich die Gewissheit: Der Mensch hinter dem Steuer trachtete ihr nach dem Leben!

Was tun, Elvira, was tun? Rechts war eine durchgehende Leitplanke. Auf die Gegenfahrbahn ausweichen konnte sie nicht. Ständig kamen ihr andere Fahrzeuge entgegen. Davonfahren, auf dieser kurvigen Straße? Sie beschleunigte, das andere Fahrzeug beschleunigte auch. Schweißperlen standen ihr auf der Stirn. Sie stammelte Gebete, die sie aus ihrer Kindheit noch kannte. Der Mitsubishi kam ihr wieder ganz nahe. Jetzt fuhr er auf, Stoßstange an Stoßstange. Der wird mich doch nicht …, der wird mich doch nicht … Elvira bekam panische Angst, … ins Flussbett schieben wollen! Doch, genau das versuchte der Unbekannte. Sie befanden sich nun auf einem kleinen Stück gerader Strecke. Das Auto hinter ihr schob sie unerbittlich vor sich her. Elvira sah die Linkskurve auf sich zukommen. Der Panzer schob geradeaus. Elvira durchbrach mit ihrem Auto die Leitplanke, die erstaunlich leicht nachgab. Und bevor sie in den Fluss stürzte, erhaschte sie einen Blick auf den Fahrer, besser gesagt, die Fahrerin.

Elvira fiel ins Leere, Dunkle, Bodenlose…

14. KAPITEL

Elvira erwachte. Wie jeden Morgen brauchte sie einige Momente, um sich darüber klar zu werden, wo sie sich befand. Sie war immer noch im Krankenhaus. Ein Blick auf den Wecker am Nachtkästchen zeigte ihr, dass es halb acht am Morgen war. Autsch, der Nacken schmerzte immer noch, vor allem wenn sie den Kopf drehte! Das Nächste, was sie spürte, waren die Schmerzen in den Beinen. Diese waren – zwei Wochen nach der Operation – etwas schwächer geworden, auch dank starker Schmerzmittel. Der Brustkorb tat beim Atmen noch weh. Früher hatte sie Schmerzmittel stets vermieden. Die unterdrücken nur die Symptome, hatte sie gedacht. Jetzt war sie froh, dass es diese Dinger gab, auch wenn sie davon benommen im Kopf war.

Vorsichtig sah sie sich um. Seit einigen Tagen lag links neben ihr eine alte Frau, die jetzt fest schlief und röchelnde Atemzüge machte. Sie war in der Nacht sehr unruhig gewesen und hatte Beruhigungsmittel bekommen, deren Wirkung noch anhielt. Auch hier war Elvira für die Wirkung dieser Medikamente dankbar, weil sonst die ganze Nacht keine Ruhe gewesen wäre. Auf der rechten Seite lag eine Frau in ihrem Alter, die Frau Gugganig aus Viktring, einem Vorort von Klagenfurt. Diese war auch schon wach, schaute freundlich zu Elvira herüber und wünschte ihr einen »Guten Morgen«. Die beiden Frauen hatten sich schon bekannt gemacht, sie lagen seit einer Woche nebeneinander. Elvira hatte erfahren, dass die Zimmergenossin von der Leiter gefallen war, als sie die letzten Äpfel dieses Jahres vom Baum holen wollte. Auch sie hatte beide Beine gebrochen und deshalb operiert werden müssen. Die Verletzungen der Bettnachbarin waren aber weniger schwer gewesen als die Elviras. Diese hatte immerhin mehrere Trümmerfrakturen erlitten. Frau Gugganig war trotz ihrer Verletzungen meistens guter Stimmung und lachte viel. Sie erzählte gern Witze, die die Bewohner der Stadt Villach als dumm hinstellten. Elvira verstand sie oft nicht – vielleicht wegen des Dialekts, vielleicht weil sie mit dem Kärntner Humor zu wenig vertraut war. Was Villacher und Klagenfurter – Einwohner von zwei Städten, die vielleicht 30 oder 40 Kilometer voneinander entfernt waren – gegeneinander hatten, war ihr immer noch ein Rätsel …

Seit zwei Wochen lag Elvira nun schon auf der Unfallchirurgie in Klagenfurt. Wie jeden Morgen dachte sie an die Ereignisse der letzten Wochen, die sie in diese missliche Lage gebracht hatten. Anfangs waren die Erinnerungen schwierig abzurufen gewesen, weil Elvira starke Kopfschmerzen hatte und nach einer schweren Gehirnerschütterung Erinnerungslücken aufwies. Nach und nach lichtete sich der Nebel, der ihren Kopf umhüllte, so wie sich der Lavanttaler Bodennebel im Lauf des Tages immer wieder gehoben hatte. Mithilfe des Spitalspersonals und von Karin, die häufig zu ihr auf Besuch gekommen war, hatte sie die Abfolge der Geschehnisse rekonstruieren können:

Am Abend nach dem Unfall war sie auf die Unfallchirurgie nach Klagenfurt gebracht worden. Der Notfallhubschrauber hatte sie abtransportiert, die Bundesstraße zwischen St. Leonhard und Wolfsberg hatte dafür gesperrt werden müssen. Elvira war beim Transport bewusstlos gewesen, erst Stunden später im Spital aufgewacht. Als sie die Augen aufgeschlagen hatte, hatte sie anfangs geglaubt, im Himmel zu sein. An ihrem Bett war ein schöner blonder Mann in weißem Gewand gestanden, der wie ein Erzengel aussah. Die höllischen Schmerzen in den Beinen hatten ihr jedoch bewusst gemacht, dass sie sich in ihrem irdischen Körper befand und dass der Himmel noch auf sie warten musste. Der Erzengel – er hatte sich dann als Oberarzt Tauschner vorgestellt – hatte gemeint: »Meine Liebe, da haben Sie ja noch Glück gehabt! Sie haben zwar schwere Verletzungen, hätten aber auch sterben können bei dem Unfall! Gott sei Dank ist der Airbag aufgegangen, der hat Ihnen das Leben gerettet. Die Beine sind gebrochen, die werden wir operieren müssen. Außerdem haben Sie eine schwere Prellung des Brustkorbs, eine Gehirnerschütterung sowie ein Schleudertrauma der Halswirbelsäule. Aber wir sind optimistisch: Sie werden wieder gehen können!«

»Sie werden wieder gehen können!« Die letzte Mitteilung hatte Elvira wie ein Keulenschlag getroffen. Wie der Arzt das gesagt hatte! Gefühlsmenschen waren diese Chirurgen wirklich keine! Wollte er sie nur trösten? Würde sie jetzt ein Krüppel bleiben für den Rest ihres Lebens? Jedenfalls hatte es sie schlimm erwischt. Die furchtbaren Schmerzen in den Füßen sprachen eine deutliche Sprache. Was ist überhaupt passiert?, hatte sie sich damals gefragt. Die einzige Erinnerung an die letzten Geschehnisse war gewesen, dass ein großes Auto von hinten auf sie zugerast war und sie in die Lavant abgedrängt hatte. Sonst hatte sie nichts mehr gewusst.

In den Tagen nach der OP waren Erinnerungen zurückgekehrt. So war ihr klar geworden, dass sie in zwei Mordfällen ermittelt hatte. Dass sie einer Lösung nahe gewesen war, dass sie mit vielen Menschen Gespräche geführt hatte. Dass sie bedroht worden und dass der Unfall ein Mordanschlag gewesen war. Schrecklich, der oder die Täter hatten vor nichts zurückgeschreckt! Und sie hatte überlebt. Das war gar nicht selbstverständlich gewesen. Karin hatte ihr Zeitungen gebracht, in denen Fotos das Wrack ihres Autos zeigten. Darauf war zu sehen, wie dieses gerade von der Feuerwehr aus dem Bett der Lavant gezogen wurde. Elvira war es als Wunder erschienen, dass sie aus dem Schrotthaufen, der einmal ihr Wagen gewesen war, lebend hatte geborgen werden können. Welche gute Macht hatte sie bei dem Unfall beschützt?

Eine Woche nach dem Vorfall hatte Inspektor Speckbacher sie im Krankenhaus aufgesucht. Sie hatte ihn zuerst gar nicht empfangen wollen, dann aber seinem Drängen am Telefon nachgegeben. Er hatte sich vielmals bei ihr entschuldigt, dass er ihren Recherchen und besonders der Todesursache des Herrn Unterberger zu wenig Aufmerksamkeit geschenkt hatte. Bei seinem Besuch hatte er ihr sogar eine Bonbonniere mitgebracht, was Elvira zu einem mühsamen Lächeln veranlasste. »Es tut mir leid, dass es so enden musste«, hatte er gestammelt.

»Es hätte nicht so enden müssen, wenn …«, hatte Elvira angehoben, den Satz dann aber abgebrochen. Sie besann sich, Tränen traten in ihre Augen. Nach einigen Momenten stieß sie schließlich hervor: »Es ist besser, wir lassen das. Reden wir über die Ermittlungen.«

Sie hatte Speckbacher, der in einem Stuhl neben ihrem Bett Platz genommen hatte, dann alles erzählt, was sie vor ihrem Unfall erlebt und herausgefunden hatte – abzüglich dem, woran sie sich nicht mehr erinnern konnte. »Dieses große Auto, das auf mich zugerast ist, das habe ich irgendwann vorher auf einer Alm stehen gesehen …« Elvira versuchte, ihren Erinnerungen auf die Sprünge zu helfen.

»Gnädige Frau«, näselte Speckbacher, »ich kann Sie beruhigen. Wir haben das Fahrzeug schon sichergestellt. Bei dem Unfall gab es mehrere Augenzeugen, die es der Ortspolizei Wolfsberg gut beschrieben haben. Die haben uns verständigt und wir sind gleich am nächsten Tag auf die Klammer-Alm gefahren. Wir haben das Fahrzeug dort sichergestellt und die Besitzerin sofort verhaftet. Sie war mit ziemlicher Sicherheit die Person, die Sie in die Lavant gelenkt hat …«

»Die Frau …?« Elvira konnte sich an den Namen nicht mehr erinnern. Speckbacher kam ihr zu Hilfe: »Die Frau Unterberger, ja, die Hüttenwirtin. Sie sitzt in Untersuchungshaft. Und ihren Mann haben wir auch verhaftet, direkt im Rathaus von Wolfsberg. Beide werden täglich einvernommen. Sie sind nicht geständig, aber dringend tatverdächtig …«

»Dass sie den … wie heißt er noch schnell … den Tschirtnigg, ja, danke, … umgebracht haben?«

»So weit sind wir noch nicht, gnädige Frau, um das sagen zu können. Aber die Beweislage ist für das Ehepaar Unterberger erdrückend.« Der Oberinspektor versuchte, sie zu beruhigen: »Jetzt machen Sie sich keine Sorgen und werden erst einmal wieder gesund. Ich halte Sie auf dem Laufenden, diesmal wirklich! Wir tun unser Bestes, um die Morde aufzuklären – und natürlich den Anschlag auf Sie, nicht zuletzt!« Elvira glaubte ihm das sogar. Für sie bestätigte sich die alte Wahrheit: Zuerst muss eine Katastrophe passieren, bevor im Inneren der Menschen eine Änderung geschieht.

Vom Oberinspektor Speckbacher hatte sie seitdem nichts mehr gehört. Die Ermittlungen brauchten Zeit, das war ihr klar. Und bei der Mitteilungsbereitschaft der Lavanttaler, die sie erlebt hatte, umso mehr. In den letzten zwei Wochen war Karin als guter Geist fast täglich bei ihr aufgetaucht und hatte sie mit Zeitungen, Süßigkeiten und Neuigkeiten versorgt. Schon am Tag nach dem Unfall war sie gekommen, sehr besorgt, tränenüberströmt. Elvira merkte, wie sehr sie der Freundin ans Herz gewachsen war. Und umgekehrt war es auch so. Für Schnurr hatte sie in der Zwischenzeit eine dauerhafte Lösung gefunden, nachdem sie in den nächsten Wochen nicht nach Wien würde zurückkehren können. Schweren Herzens hatte sie sich entschlossen, ihn in einer Tierpension unterbringen zu lassen. Ob er sie noch kennen würde, wenn sie nach langer Zeit in die Wiener Wohnung zurückkam?

Am meisten hatte sie die Sorge gequält, ob sie ihre volle Gesundheit wiedererlangen würde. Oberarzt Tauschner, der für sie zuständig war und sie auch operiert hatte, hatte sie später zu beruhigen versucht. »Wir tun unser Möglichstes. Wie gesagt – die Verletzungen sind schwer, Sie haben mehrfache Frakturen erlitten, die mit Schrauben und Nägeln fixiert werden mussten. Die Operation ist gut gelungen, Gott sei Dank sind Ihr Herz und Ihr Kreislauf gesund. Nach ein paar Wochen können Sie die Beine belasten, dann werden Sie schrittweise mobilisiert. Sie sind noch jung, das Ganze müsste gut verheilen. Nach ein paar Monaten werden Sie auf Reha geschickt. Zum Beispiel nach Bad St. Leonhard, mit denen haben wir eine gute Zusammenarbeit … Ach so, entschuldigen Sie«, nahm er seinen Vorschlag wieder zurück, als er Elviras entsetzten Blick bemerkte. »Wie dumm von mir, dort ist ja der Unfall passiert! Nein, es gibt ja andere gute Reha-Einrichtungen in Österreich.«

Elvira hatte nicht nur aufgrund des erwähnten Ortes entsetzt dreingeschaut, sondern weil ihr auch die Behandlungspläne des Oberarztes unendlich lang erschienen. Ein so zeitintensiver, mühsamer Genesungsweg stand ihr bevor? Dr. Tauschner erschien ihr als kompetenter, tatkräftiger Mann, dem es allerdings zeitweise an Feingefühl mangelte. Dennoch fühlte sie sich in seiner Obhut gut aufgehoben. Sein Angebot, sie nach der OP nach Wien zu transferieren, hatte sie abgelehnt. Sie wollte unbedingt vor Ort bleiben, um den Stand der Ermittlungen zu verfolgen. Den Umständen entsprechend fühlte sie sich im Krankenhaus hier wohl. Wenn sie im Vergleich dazu an die Wiener Spitäler und die Atmosphäre dort dachte … Noch etwas stellte sie mit Erstaunen fest. Wien war für sie weit in die Ferne gerückt. Wie wenn sie dort nicht mehr wirklich zu Hause wäre. Eigentlich fühlte sie sich nirgends mehr zu Hause, hier in Kärnten schon gar nicht. Auch wenn ihr dieses Land und seine Bewohner auf seltsame Weise ans Herz gewachsen waren.

Elvira bekam das Frühstück, dann wurde sie einer Körperpflege unterzogen. Dabei wurde ihr – im doppelten Sinn des Wortes – schmerzhaft bewusst, in welch hilfloser Lage sie sich befand. Die Krankenschwestern waren alle freundlich, versuchten, Elvira in peinlichen Situationen durch Gespräche abzulenken. Diese drehten sich oft um Wien. Viele Schwestern waren schon dort gewesen und träumten von den Wiener Kaffeehäusern und den dort angebotenen Mehlspeisen. Manche erzählten auch von ihren Liebesabenteuern, wie sie dem Charme der Wiener Männer erlegen waren …

Die Visite kam. Eine ganze Schar von Ärzten und Ärztinnen, Krankenpflegern und -schwestern sowie Schülern und Schülerinnen kam ins Zimmer, in dem es richtig eng wurde. Elvira war dieser Aufmarsch, der ihr wie ein altes patriarchalisches Ritual erschien, zuwider. Der König und sein Hofstaat – so kam es ihr vor. Oder der liebe Gott und seine Engelein. Sie merkte, wie sie dabei war, ihren sarkastischen, grimmigen Humor wiederzufinden.

»No, da haben wir ja unsere Heldin!« Mit diesen Worten trat der Primararzt an ihr Bett. »Wie geht's uns denn heute? Schon besser? Was machen die Schmerzen?« Ohne ihre Antwort abzuwarten, wandte sich der Primar an den neben ihm stehenden Oberarzt. Sie redeten mit leiser Stimme miteinander. Elvira schnappte Ausdrücke wie »Trümmerfrakturen«, »Osteosynthese« und »verzögerte Wundheilung« auf, die allesamt etwas Beunruhigendes an sich hatten. Der Eindruck wurde noch verstärkt, als heute von »anfänglich fragwürdiger Prognose« die Rede war. Während des fachlichen Gesprächs mit dem Primar sah Oberarzt Tauschner mehrmals zu Elvira hin und nickte ihr aufmunternd zu. Obwohl er sie zu beruhigen versuchte, blieb bei ihr eine starke Verunsicherung.

»Sagen Sie, etwas verstehe ich noch nicht ganz.« Mit diesen Worten wandte sich der Chefarzt wieder an Elvira. »Wir haben erfahren, Sie hätten vor dem Unfall im Lavanttal auf eigene Faust Ermittlungen in zwei unklaren Todesfällen angestellt. Mutig, mutig – aber ist das nicht Sache der Polizei?« Elvira überlegte kurz, dann antwortete sie: »Herr Primar, manchmal müssen wir Journalisten die Fragen stellen, die die Polizei nicht stellt. Genauso wie Sie hier sicher auch Einblick in Straftaten haben, von denen die Polizei nichts weiß!«

»Da haben Sie recht. Wir arbeiten halt dann mit der Polizei zusammen, erstatten Anzeige. Sie hätte Ihre Risikofreude – man kann es auch Tollkühnheit nennen – fast das Leben gekostet. Sie haben wirklich großes Glück gehabt. Gute Besserung weiterhin!« Der Primar schnaufte einmal tief durch und ging weiter. Er war sichtlich mit ihrem eigenmächtigen Vorgehen nicht einverstanden.

Kurz nach Oberarzt Tauschner ging Herr Sommerauer, der Stationspfleger, an Elviras Bett vorbei. Er warf ihr ebenfalls einen aufmunternden Blick zu, lächelte sie an. Die Patientin sah in seine ruhigen braunen Augen und zuckte kurz zusammen. Verlegen lächelte sie zurück. Sie mochte diesen Mann, der ihr zuerst überhaupt nicht gefallen hatte. Sommerauer wirkte wie ein Almhirte, der sich zufällig in dieses Krankenhaus verirrt hatte. Er trug längere dunkle Haare, die er zu einem Rossschwanz gebunden hatte, und einen Dreitage-Bart. An den Armen hatte er Tätowierungen, die Elvira als alte keltische Symbole identifizierte. Sie vermutete, dass er am liebsten Lederhosen trug, wenn er nicht gerade die weiße Spitalsuniform anhatte. Einen attraktiven Mann stellte sie sich anders vor, aber der Pfleger strahlte eine ruhige, selbstbewusste Männlichkeit aus. Manchmal, wenn er Zeit hatte, kam er zu Elvira ans Bett und wechselte ein paar Worte mit ihr. Interessiert, aber nicht aufdringlich. Elvira ertappte sich bei Überlegungen, ob dieser Mann Frau und Kinder hatte. Wie alt er wohl war? Sie schätzte ihn auf Ende 30, also etwas jünger als sie.

Der Chefarzt war mit seinem Gefolge ans nächste Bett gegangen, wo die alte Frau weiter röchelte. Es wurde über ein passendes Schlafmedikament beratschlagt. »Für solche Fälle bräuchten wir halt einen Psychiater … Aber wir kriegen ja keinen«, stellte der Primar mit Bedauern fest. Psychiater waren im Land offenbar Mangelware. Elvira fiel ein, dass eine wichtige Bezugsperson in den letzten Lebensjahren der Christine Lavant ihr Psychiater Otto Scrinzi gewesen war, der lang nach dem Krieg noch offen rechtsradikale Ansichten vertreten hatte. Gleichzeitig hatte Scrinzi die Kärntner Psychiatrie nach dem Krieg wesentlich mitbestimmt. Rechtsradikaler und Psychiater – wie ging das zusammen? Auch eine dieser Widersprüchlichkeiten, die das Land Kärnten auszeichneten!

Nachdem die Visite gegangen war, machte sich wohltuende Ruhe im Raum breit. Nur mehr das Röcheln war hörbar. »Endlich sind sie weg«, meinte Elvira zur Bettnachbarin. »Ja, das tut gut«, erwiderte diese erleichtert. »Der Primar macht hier eh nur Augenkosmetik. Die Station schupfen die Oberärzte, der Stationspfleger und die Schwestern!« Und nach einer kurzen Pause: »Findest du nicht auch, dass der Oberarzt Tauschner sehr fesch ist?« Elvira überlegte kurz, dann sagte sie frei heraus: »Schon, aber der Sommerauer gefällt mir besser!« »Was, der, wirklich?«, wunderte sich Franziska (die beiden Frauen hatten aufgrund der gleichen misslichen Lage einander das Du angeboten). »Der mit seinen Tätowierungen? Das geht bei mir nie und nimmer!«

»Bei mir eigentlich auch nicht«, erwiderte Elvira, »aber der hat was!«

»Na, wenn du meinst …« Die beiden Frauen kicherten wie zwei Teenager. Dann schwiegen sie wieder.

Elvira sah sich im Zimmer um. Ein Gefühl stellte sich hier im Spital ein, das sie von früher nicht gekannt hatte: Ihr war langweilig. Lesen wollte und konnte sie nicht mehr. Nachdem der Nacken immer noch schmerzte, bekam sie leicht Kopfschmerzen, die sich beim Lesen verstärkten. Ihr fiel das unangenehme Telefonat mit Chefredakteur Prassler ein, das sie gestern geführt hatte. Er hatte sich nach ihrem Befinden erkundigt. Sie hatte ihm mitgeteilt, dass sie voraussichtlich zwei bis drei Monate ausfallen würde, mit der Reha vielleicht noch länger. Prassler hatte daraufhin gemeint: »Frau Hausmann, dann müssen wir uns einstweilen um Ersatz für Sie umsehen. Und ich kann Ihnen nicht versprechen, dass wir auf Dauer bei uns noch eine Verwendung für Sie haben. Ich habe Ihnen ja gleich gesagt …«

»Das ist sehr freundlich von Ihnen, Herr Prassler«, fiel ihm Elvira ins Wort, »dass Sie mir das so mitteilen, nach allem, was ich für den *Tagesboten* getan habe! Wissen Sie was … Sie können mich gern haben!« Elvira legte einfach auf. Sie hatte die Heftigkeit dieser Reaktion im Nachhinein bereut, ihre Wut war mit ihr durchgegangen. Aber im Grunde stand sie zu ihrer Äußerung. Da lag sie im Spitalsbett mit zerbrochenen Beinen, und Prassler hatte nichts anderes zu tun, als ihr den Rauswurf anzudrohen! So ein A…, hatte Elvira gedacht.

Das bedeutete wahrscheinlich das Ende ihrer »Karriere« beim *Tagesboten*. Was sie nachher tun würde, wenn sie wiederhergestellt war, wusste sie nicht. Es war ihr auch egal. Sie spürte eine große Dankbarkeit dafür, dass sie überhaupt noch lebte. Sie empfand die jetzige Situation – trotz aller Schmerzen und Sorgen – wie ein zweites Leben, das ihr geschenkt worden war. Alles andere würde sich ergeben. Wenn das sogenannte Schicksal sie vor dem Tod bewahrt hatte, dann würde ihr das Schicksal nach erfolgter Genesung auch eine neue Aufgabe zuteilen. Elvira, die sich immer über Tatkraft und Elan definiert hatte, lernte in ihrer ohnmächtigen Lage Gelassenheit. Gelassenheit, Hingabe und Vertrauen – alles Eigenschaften, die in ihrem Leben noch zu kurz gekommen waren.

Karin hatte sich für den Nachmittag um 14 Uhr angesagt. Wie die Zeit bis dahin überbrücken? Elvira versuchte, ihre Recherchen in den Mordfällen zu rekapitulieren, die Erinnerungen wiederherzustellen. Doch ihre Gedanken waren wie große Räder einer Kirchturmuhr, die sich langsam drehten, aneinander rieben und mühsam knirschten. Nein, da kam nicht viel heraus. Elvira hatte das Gefühl, die ganzen Geschehnisse wären vor Monaten passiert – so weit entfernt fühlten sie sich an. Sie sah Gesichter, Bilder von Ereignissen, Namen fielen ihr ein – doch ihr fehlten die Zusammenhänge.

Zu Mittag würgte Elvira die Spitalkost hinunter. Es gab zwar ein vegetarisches Menü, dieses war aber denkbar langweilig und lieblos zubereitet. Sie hatte schon länger den Verdacht, dass die meisten Köche starke Fleischesser waren und die Vegetarier, deren Lebensweise sie nicht verstanden, mit Geschmacklosigkeit des Essens bestraften. Nach der Mahlzeit redete sie mit Franziska. Die rotgesichtige, etwas pummelige Frau war verheiratet, hatte zwei pubertierende Söhne und war als Helferin in einem Kindergarten angestellt. »Wenn ich nur zu Weihnachten wieder zu Haus sein kann!« So wünschte es sich die Nachbarin. Weihnachten im Spital war auch für Elvira keine schöne Vorstellung. Andererseits – wer wartete zu Hause schon auf sie? Kurz war sie eifersüchtig auf ihre Nachbarin, mit der immerhin ein Mann und zwei Kinder Weihnachten feiern wollten. Noch waren es ja vier Wochen bis zum Fest …

Die Bettnachbarin auf der anderen Seite schlief immer noch. Die nächste Nacht kann wieder heiter werden, dachte Elvira. Wenn die alte Frau einmal aufwachte, würde sie wieder Radau machen …

Fast auf die Minute genau um 14 Uhr betrat Karin das Krankenzimmer. Sie ging schnell auf Elvira zu und begrüßte sie herzlich mit Wangenküssen. Seltsam – Karin wirkte seit dem Unfall reifer und selbstbewusster, fand Elvira. Die Besucherin stellte eine Flasche Piccolo-Sekt und Gläser auf den Nachttisch. »Wir müssen heute feiern, Elvira!«, frohlockte sie. Dann legte sie noch eine Bonbonniere dazu mit den Worten: »Die erste hast du ja schon aufgegessen!« »Danke, aber was gibt es zu feiern?«, fragte Elvira erstaunt.

»Erstens, dass du den Unfall überlebt hast. Zweitens, dass du ihn ohne bleibende Schäden überstehen wirst. Ich habe vorhin mit Oberarzt Tauschner gesprochen. Er hat gemeint, wenn die Heilung weiter so verläuft, wirst du im neuen Jahr wieder gehen können. Ist doch super, nicht?«

Elvira überlegte, warum er ihr das selber noch nicht so konkret gesagt hatte. Sie beschloss, ihn am nächsten Tag danach zu fragen.

»Und drittens bist du im Lavanttal eine kleine Berühmtheit! Auch schon in ganz Kärnten!«, ergänzte Karin. Sie hatte der Freundin kurz nach dem Unfall Zeitungsausschnitte gebracht, die sich mit der Journalistin aus Wien und mit dem schrecklichen Unfall beschäftigten. Elviras Rolle bei den Mordermittlungen in Wolfsberg wurde hervorgehoben. Seitdem gab es in den Gazetten immer wieder Schlagzeilen wie: *Wiener Journalistin macht der Kärntner Polizei Beine*, *Morde im Lavanttal kurz vor der Aufklärung* oder *Die Christine-Lavant-Vereinigung, eine Schlangengrube?* Sogar der ORF Kärnten hatte im Fernsehen einen Bericht über den Unfall und die Person Elviras gebracht. Ein Kamerateam war einige Tage nach dem Unfall ins Spital gekommen und hatte ein Interview mit ihr machen wollen. Oberarzt Tauschner hatte sie weggeschickt und die Patientin für nicht auskunftsfähig erklärt. Elvira hatte ihm erleichtert dafür gedankt.

Sie war nicht sicher, ob sie sich über diese seltsame Popularität freuen sollte. Diese hatte sie nicht beabsichtigt und noch dazu einen hohen Preis dafür gezahlt – den ihrer Gesundheit. Doch sie gönnte Karin die Freude, dass von ihrem »Ruhm« ein schwacher Glanz auf sie abstrahlte. »Na gut, dann feiern wir, auch wenn mir noch nicht zum Feiern zumute ist!« Karin öffnete den Piccolo-Sekt und schenkte sich und der Freundin ein. »Wollen Sie auch einen Schluck?«, fragte sie Frau Gugganig, die sehnsüchtig herübersah. Diese nickte und hielt ihr ein Glas hin, das auf ihrem Nachtkästchen stand. Die drei Frauen prosteten einander zu und verbreiteten in dem trostlosen Krankenzimmer für einige Momente eine Atmosphäre von Lebensfreude. Und Elvira philosophierte im Stillen: Vielleicht spürte man wahre Lebensfreude erst dann, wenn man dem Tod ins Auge geschaut hatte. Wieder stiegen Tränen in ihr hoch. »Elvira, warum weinst du jetzt?«, fragte Karin erschrocken.

Ihre Freundin schüttelte den Kopf und konnte einige Momente lang gar nichts sagen. Und schließlich: »Weil, weil ich das alles noch nicht begreife … vor allem, dass ich noch am Leben bin!«

15. KAPITEL

Mord und Totschlag im Lavanttal

Die beiden gewaltsamen Todesfälle, die in den letzten Wochen das sonst so beschauliche Lavanttal erschüttert haben, sind geklärt. Wie schon früher berichtet, waren die Opfer der 75-jährige Siegfried Unterberger, pensionierter Landesbeamter und Präsident der Christine-Lavant-Vereinigung in St. Stefan, und der 72-jährige Helmut Tschirtnigg, ebenfalls Mitglied der Christine-Lavant-Vereinigung. Das erste Opfer war in der Nähe von St. Andrä in der Lavant treibend aufgefunden worden, anfangs war ein Selbstmord vermutet worden. Das zweite Opfer war in seinem Haus zu Tode geprügelt worden.

Gestern fand in der Polizeidirektion in Klagenfurt eine Pressekonferenz statt, zu der Polizeipräsident Rudolf Hochreiter und der Hauptkommissar der Kriminalpolizei Klagenfurt, Siegfried Speckbacher, geladen hatten. Darin wurde über die minuziöse Polizeiarbeit berichtet, die zur Aufklärung des Totschlags (bei Unterberger) bzw. Mordes (bei Tschirtnigg) geführt hatte. Zu Beginn wiederholte Speckbacher sein Motto, das er in der Vergangenheit schon mehrfach unter Beweis gestellt hatte: »Kein Mörder bleibt hier unversehrt, in Klagenfurt wird aufgeklärt!« Wir hoffen, dem Interesse der Öffentlichkeit an den Todesfällen entgegenzukommen, wenn wir im Kommenden ausführlich über die Pressekonferenz berichten.

Der Polizeipräsident begann seine Ausführungen mit der Bemerkung, dass die Hauptrolle in dem »Krimi« – wie er die Serie der bisher unklaren Todesfälle bezeichnete – ein bisher unveröffentlichtes Manuskript der bekannten Dichterin Christine Lavant gespielt hatte. Darin hatte die Schriftstellerin mit ihrem Herzensfreund und Geliebten, dem bekannten Maler Werner Berg, abgerechnet, nachdem dieser sie verlassen hatte. Um das Manuskript war seit Jahren innerhalb der Vereinigung ein Streit wegen einer möglichen Veröffentlichung entbrannt. Der Streit hatte sogar so weit geführt, dass einflussreiche Kreise innerhalb des Vereins eine gerichtliche Sperre des Manuskripts erwirkt hatten. Aufbewahrt wurde es im Literaturarchiv des Landes Kärnten – völlig ungesichert, wie sich herausstellen sollte.

Dem Tod von Siegfried Unterberger war vorausgegangen, dass dieser bei einem Besuch im Literaturarchiv das Schriftstück unbemerkt an sich genommen hatte. Dies war möglich, weil der Lesesaal nicht überwacht war und man von diesem ungehindert in den Archivraum gelangen konnte. Die Motive Unterbergers für seine Tat konnten nicht vollkommen geklärt werden. Einerseits wird vermutet, dass er das Manuskript trotz der gerichtlichen Sperre einem ausländischen Verlag zur Veröffentlichung anbieten wollte, um den Verein vor dem drohenden Ruin zu retten. Andererseits besteht eine hohe Wahrscheinlichkeit, dass der pensionierte Beamte zum Zeitpunkt der Tat schon fortgeschritten dement war. Demnach hat er das Manuskript vermutlich in einem Anfall geistiger Verwirrung an sich genommen. Danach dürfte er – ebenfalls aus geistiger Verwirrung oder aus Gewissensnot heraus – Helmut Tschirtnigg von dem entwendeten Manuskript berichtet haben. Dabei ist vorauszuschicken, dass die beiden Männer jahrelang wegen familiärer Zwistigkeiten verfeindet waren, in der Frage einer ev. Veröffentlichung des geheimen Manuskripts aber einer Meinung waren. Tschirtnigg war offensichtlich bereit, über den Diebstahl Stillschweigen zu bewahren.

Aus unklaren Gründen kam dieser Diebstahl einer Kontrahentin von Siegfried Unterberger in der Gesellschaft, der 78-jährigen Rechtsanwaltswitwe Martha Sablatnig aus Velden/Wörthersee, zu Ohren. Diese hatte sich schon früher vehement gegen die Veröffentlichung des Manuskripts gewehrt und sah nun wieder eine massive Gefahr dazu gegeben. Sablatnig gab im Verhör an, dass sie den Unterberger in ihr Haus gebeten und ihn dort wegen des Manuskripts zur Rede gestellt habe. Nachdem ihr Gast dessen Herausgabe verweigert habe, sei die Situation eskaliert, weil sich auch ihr Bruder, der im gleichen Haushalt lebende 68-jährige Autist Paul Zulechner, in den Streit eingeschaltet habe. Dieser habe Siegfried Unterberger gestoßen, woraufhin dieser so unglücklich auf den Hinterkopf gefallen sei, dass er sofort daran verstarb. Wie sie im Verhör zugab, sei sie daraufhin in Panik verfallen und vom Gedanken besessen gewesen, sich der Leiche möglichst unauffällig zu entledigen. In der darauffolgenden Nacht hätten sie und ihr Bruder diese in den Kofferraum ihres Wagens geladen und zur Lavant gebracht. Dann hätten sie den Leichnam gemeinsam von einer Brücke in den Fluss geworfen, um den Tod von Unterberger wie einen Selbstmord aussehen zu lassen.

Nachdem Helmut Tschirtnigg vom Tod seines Kollegen erfahren hatte, vermutete er sofort, dass die Sablatnig etwas damit zu tun hatte. Unterberger hatte ihm kurz vor seinem Tod berichtet, dass sie ihn zu einem Gespräch eingeladen hätte. Tschirtnigg war es auch, der einen anonymen Anruf in unserer Redaktion tätigte, in dem er angab, dass der Unterberger nicht freiwillig in die Lavant gegangen wäre. Danach setzte er alles daran, das Manuskript – das er zu Recht im Arbeitszimmer von Unterberger vermutete – sicherzustellen und vor dem Zugriff der Sablatnig zu schützen. Er nützte einen Kondolenzbesuch bei der 71-jährigen Witwe Katharina Unterberger, um in das Arbeitszimmer des Verstorbenen zu gehen und das Schriftstück an sich zu nehmen. Bei diesem Besuch war Tschirtnigg von einem anonymen Mitglied der Lavant-Vereinigung beobachtet worden, wie er sich lang im Arbeitszimmer aufgehalten und schließlich mit einer Aktentasche das Haus verlassen hatte. Dieses Mitglied teilte seine Beobachtung Frau Sablatnig mit. Diese stellte ab diesem Zeitpunkt fieberhafte Überlegungen an, wie sie des Manuskripts habhaft werden könnte, ohne sich neuerlich selber die Hände schmutzig zu machen. So verfiel sie auf folgende List: Sie erzählte dem Sohn des Verstorbenen, dem 42-jährigen Magistratsbeamten der Stadt Wolfsberg, Michael Unterberger, und seiner Frau, der 40-jährigen Elisabeth Unterberger, Pächterin der Klammer-Alm auf der Saualpe, von ihrem dringenden Verdacht, der Vater wäre von Helmut Tschirtnigg umgebracht worden, weil sie um den Besitz des Schriftstückes gestritten hätten. Sablatnig hatte von jahrelangen Zwistigkeiten zwischen den beiden Familien Unterberger und Tschirtnigg gewusst, welche in einem Liebesverhältnis zwischen Helmut Tschirtnigg und der Frau des Verstorbenen, Katharina Unterberger, ihren Anfang genommen hatten. Frau Sablatnig bat das Ehepaar inständig, bei Tschirtnigg das Manuskript sicherzustellen und ihr zu übergeben. Unterberger junior und seine Frau spionierten eine Zeitlang Tschirtnigg aus und schlichen sich in sein Haus, als seine Frau für einige Stunden nicht daheim war.

Sie nahmen den alten Mann in die Mangel und wollten ein Geständnis erzwingen, dass er den Vater umgebracht hätte. Dazu schlugen sie ihn mit Fäusten, traktierten ihn mit Gegenständen. Auch wollten sie aus ihm herauspressen, wo er das Manuskript versteckt hätte. Der schwer angeschlagene Tschirtnigg, der kaum mehr sprechen konnte, hätte immer wieder was von einem »Schreibtisch« gesagt. Sie hätten den Schreibtisch durchsucht und nichts finden können. Aus Wut über diese angebliche Unwahrheit verlor die offenbar sehr impulsive Elisabeth Unterberger (ehemalige Karatemeisterin des Landes Kärnten) schließlich die Nerven und zerschlug eine Vase auf dem Kopf von Tschirtnigg, worauf dieser verstarb. Michael Unterberger gab zu dem Vorfall an, dass es nie ihre Absicht gewesen wäre, den Tschirtnigg umzubringen. Sie hätten lediglich die Wahrheit erfahren und ihm einen Denkzettel verpassen wollen – auch deshalb, weil er mit der Mutter vor Jahren ein Verhältnis gehabt hatte. Die Sache sei, wie er voll Bedauern ausdrückte, aus dem Ruder gelaufen.

Das ominöse Manuskript der Christine Lavant wurde später, unter dem Schreibtisch Tschirtniggs versteckt, von der 42-jährigen Journalistin Elvira Hausmann von unserer Wiener Redaktion aufgefunden und wieder dem Kärntner Literaturarchiv übergeben. Frau Hausmann hatte in der Zeit zuvor Recherchen zu den beiden Todesfällen angestellt. Ihre Rolle bei deren Aufklärung wurde von Oberinspektor Speckbacher besonders hervorgehoben. Wörtlich sagte er über sie: »Auch wenn wir in Kärnten nicht gern Hilfe aus Wien annehmen, so waren wir in dem Fall doch dankbar für die Hinweise, die Frau Hausmann uns liefern konnte. Vor allem die Spur zu dem ominösen Manuskript der Christine Lavant wurde von ihr gefunden. Ohne ihre

Mitarbeit hätten wir für die Aufklärung der Fälle viel länger gebraucht.«

Wichtig ist hier zu erwähnen, dass Elvira Hausmann ihr Engagement bei der Aufklärung der Fälle fast mit dem Leben bezahlt hätte. Sie war schon Ende Oktober, nach ersten Recherchen im Mordfall Unterberger, von Frau Sablatnig in einem anonymen Schreiben mit dem Tod bedroht worden. Dieses war von ihrem Bruder in das Hotel geschmuggelt worden, in dem Elvira Hausmann weilte. Schließlich wurde sie von Elisabeth Unterberger, die ihre Rolle und die ihres Gatten beim Tod von Tschirtnigg verschleiern und die Nachforschungen durch die Reporterin unterbinden wollte, von deren mächtigem SUV auf der B70 von der Straße abgedrängt und in die Lavant gestoßen (der Unfall passierte am 9.11. in der Abenddämmerung zwischen St. Leonhard und Wolfsberg). Frau Hausmann hat den Unfall wie durch ein Wunder überlebt und liegt derzeit noch mit schweren Verletzungen im Krankenhaus Klagenfurt. Ihr sei an dieser Stelle für ihren vorbildlichen Einsatz und ihre Unerschrockenheit gedankt.

Nach diesem Unfall waren Elisabeth und Michael Unterberger sofort von der Kriminalpolizei verhaftet worden, sie sitzen jetzt in Untersuchungshaft in Klagenfurt. Sie sind geständig und haben eine Anklage wegen Mordes und Beihilfe zum Mord zu erwarten. Aufgrund ihrer Aussagen wurden wenig später auch Martha Sablatnig und ihr Bruder verhaftet, der Bruder jedoch bald wieder freigelassen. Der 68-jährige Autist, der jahrelang mit seiner Schwester zusammengelebt hat und ohne ihre Unterstützung hilflos ist, wurde einstweilen in einem Pflegeheim untergebracht. Er dürfte vermutlich mit einer bedingten Strafe wegen Totschlags davonkommen, nachdem er zum Zeitpunkt der Tat wahrscheinlich unzurechnungsfähig gewesen war. Eine wesentlich höhere Strafe hat Frau Martha Sablatnig zu erwarten, der ein Verfahren wegen Beihilfe zum Totschlag, Leichenschändung und Anstiftung zum Mord droht. Hier ist zu erwähnen, dass die Verdächtige die bisherigen Anschuldigungen als absurd abgetan hat. Sie meinte dazu, sie sei sich keines Fehlers bewusst und habe alles nur getan, damit das Andenken der Christine Lavant nicht beschmutzt werde.

Der Tagesbote, Online-Ausgabe vom 8.12.2010

Bericht: Magistra Karin Perkonig, Lokalredaktion Klagenfurt

Karin ließ das Blatt sinken, das sie in der Redaktion ausgedruckt hatte und das sie Elvira vorgelesen hatte. Sie sah die Freundin erwartungsvoll an. Diese schaute kopfschüttelnd auf ihre Bettdecke und sagte dann nach einer Weile: »So also war das, mein Gott! Unglaublich! Am Anfang war eigentlich nur ein Unfall. Einfach Pech, dass der Unterberger bei dem Sturz gleich umgekommen ist. Trotzdem hat die Sablatnig, nur um jeden Verdacht von sich abzulenken und um ja an das Manuskript zu kommen, dann eine unheimliche kriminelle Energie entwickelt. Sie war es also, die mir die Morddrohung ins Hotel geschickt hat …! Und dann die Brutalität von dem Unterberger und seiner Frau! Nur weil man ihnen eingeredet hat, dass der Tschirtnigg den Vater umgebracht hat! Im Grunde ein Rachemord dafür, dass der Tschirtnigg vor langer Zeit ein Verhältnis mit der Mutter gehabt hat! Er wollte seinen Vater auf doppelte Weise rächen! Schrecklich! Dabei hat der Unterberger so einen besonnenen und sanften Eindruck gemacht! Na ja, beim zweiten Gespräch war er ja nicht mehr so freundlich …«

»Ja, schon eine verrückte Geschichte!« Karin nickte betroffen, um Elvira dann fragend anzusehen: »Eines verstehe ich noch nicht, Elvira. Der Unterberger junior hatte doch keine besondere Beziehung zu seinem Vater. Warum ist er dann so brutal vorgegangen, um ihn zu rächen?« Elvira schaute, wie um sich zu konzentrieren, zur Decke hinauf: »Ja, das ist vordergründig schwer verständlich. Ich glaube, der hat einfach seinem Vater gegenüber ein schlechtes Gewissen gehabt und hat so überschießend reagiert, um ihm nach seinem Tod noch seine Liebe zu zeigen. Das ist mehr eine Bauch- als eine Hirnlogik, weißt du!«

Die beiden Frauen schwiegen. Elvira musste eine Weile nachdenken, bis sie alle Zusammenhänge begriffen hatte. In der Zwischenzeit waren zwei weitere Wochen vergangen, Teile der Erinnerung waren zurückgekehrt. Auch lesen konnte sie schon länger. Jetzt, wo Karin den rekonstruierten Ablauf geschildert hatte, war alles klar und schlüssig. Sie war mit ihrer Rolle, die sie bei der Aufklärung der Fälle gespielt hatte, unzufrieden. Wie sehr und wie lange war sie im Dunklen getappt!

Nach einigen Minuten sah sie Karin schmunzelnd an: »Sehr gut, dein Bericht! Gut zusammengefasst, gut formuliert. Aber dem Speckbacher hast du ganz schön Honig ums Maul geschmiert, so wie du seine Ermittlungserfolge hervorgehoben hast! Er wird sich sicher freuen, wenn er den Bericht liest!«

»Ich weiß, dass du dich damit schwertust. Du bist und bleibst eine Gerechtigkeitsfanatikerin. Ich weiß auch, wie sehr er dich hat anrennen lassen. Aber ich habe das absichtlich gemacht, damit unsere Redaktion in Zukunft vielleicht eine bessere Zusammenarbeit mit der Polizeidirektion hat! Eine Hand wäscht die andere!«

Elvira dachte dazu: Raffiniert ist sie geworden, die junge Kollegin! Der diplomatische Weg ist sicher eine gute Möglichkeit, um an Informationen zu kommen. Vielleicht täte mir ein Mehr an Diplomatie ganz gut, fand sie schließlich. Sie hatte in den letzten Wochen viel Zeit zum Nachdenken gehabt. Das Nachdenken und die bedrückende Umgebung des Krankenzimmers, in dem sie sich ständig aufhielt, hatten zu einer leichten Depression geführt. Diese hinderte sie, ihren eigenen Anteil, den sie an den Ermittlungen gehabt hatte, würdigen zu können. Die Einnahme eines Antidepressivums, das die Ärzte vorgeschlagen hatten, hatte sie abgelehnt. Sie empfand die Depression mehr als Nachdenken über ihr Leben, dessen bisherigen Verlauf sie stark infrage stellte. Nachdenklichkeit als Fähigkeit war grundsätzlich nicht schlecht, fand sie. Auch wenn das Nachdenken über die Vergangenheit und vor allem über die unklare Zukunft auf ihre Laune drückte. Und keiner von den Ärzten hatte ihr bisher garantieren können, dass sie ihre volle Gesundheit wiedererlangen würde.

Karin, die die Niedergeschlagenheit ihrer Freundin bemerkt hatte, blieb noch eine Weile bei ihr und sprach ihr Mut zu. »Du bist eine tolle Frau, Elvira, und ich bin stolz darauf, dich zu kennen. Und ich kann noch viel lernen von dir, wirklich!« Elvira lächelte etwas verlegen, die Zuneigung der Freundin tat ihr gut. Karin verabschiedete sich schließlich nach zwei Stunden und kündigte an, am nächsten Tag wiederzukommen.

Elvira war wieder allein. Nun hatte sie erneut viel Zeit, noch zwei Stunden bis zum Abendessen und vier Stunden bis zum Schlafengehen. Sie schaute zur Decke und dachte an den Vormittag. Der Primar war mit seinem Gefolge wie jeden Tag an ihr vorbeigezogen, mit Fragen nach dem Wieso und Warum ließ er sie in Ruhe. Er erklärte, dass alle mit dem Verlauf von Elviras Heilungsprozess zufrieden waren. Wenn alles gut ging, würde sie die Beine in vier Wochen erstmals belasten können. »Hängt davon ab, wie die Heilung verläuft. Wir müssen die Röntgenbilder abwarten«, hatte der Chefarzt gesagt. »Wir haben einen Reha-Antrag gestellt, damit Sie nach dem Krankenhaus gleich hinfahren können. Vier Wochen noch, hatte Elvira gedacht, vier Wochen noch untätig hier herumliegen? Und ungefähr acht Wochen noch in stationärer Behandlung bleiben? Unvorstellbar! Wie soll ich das aushalten?

Jeden Tag kam die freundliche Physiotherapeutin, Fr. Wundernigg, an ihr Bett und machte Bewegungsübungen mit Armen und Beinen. Die Therapeutin strahlte einen unerschütterlichen Optimismus aus, mit dem sie Elvira zumindest für die Dauer der Behandlung anstecken konnte. Wenn sie ging, sank Elviras Laune wieder in den Keller – so wie das Aussehen einer Landschaft sich schlagartig veränderte, wenn die Sonne hinter den Wolken verschwand.

Elvira schaute zu ihrer Nachbarin, der Frau Gugganig. Diese war gerade mit dem Lösen eines Kreuzworträtsels beschäftigt. Das Gespräch zwischen den beiden Frauen, die nun schon wochenlang nebeneinanderlagen, war dürftig geworden. Elvira hatte das Gefühl, dass sie sich alles erzählt hatten, was es zu erzählen gab. Ihre Nachbarin war eine nette Person, aber ihr Leben und ihr Geistesleben hatten sich als einfach herausgestellt. Fast täglich bekam sie Besuch von ihrem Mann und den beiden Söhnen, 12 und 14 Jahre alt. Der Mann, der meist in einem Handwerkeroverall erschien, stellte immer die gleichen Fragen, die Frau Gugganig stets auf die gleiche Art beantwortete. »Wie geht es dir? Hast Schmerzen?«, wollte er jedes Mal wissen. »Geht schon«, antwortete sie. Und fragte dann immer: »Habt ihr eh genug zu essen?« Nachdem der Mann sie beruhigt hatte, fragte er noch nach: »Und, wann kannst wieder nach Hause?« Diese ständig wiederholte Frage ließ darauf schließen, dass es mit der häuslichen Versorgung doch nicht so gut klappte.

Die beiden Söhne saßen gelangweilt daneben und spielten mit ihren Smartphones. Fast unwillig blickten sie auf und gaben kurze Antworten, wenn sie von der Mutter etwas gefragt wurden. Nach etwa einer halben Stunde war alles gesagt und Mann und Söhne entfernten sich wieder. Elvira wurde manchmal traurig, weil zu ihr keine Familie auf Besuch kam. Aber die Trauer hielt sich in Grenzen, wenn sie die einförmige Kommunikation mitverfolgte. Da kann man ja gleich mit sich selber reden, fand sie.

Kurz vor 18 Uhr ging auf einmal die Tür auf. Wie freute sich Elvira, als Herr Sommerauer, der Stationspfleger, eintrat und zu ihr ans Bett kam! Er blieb zögernd am Fußende des Bettes stehen und meinte: »Ich habe Dienstschluss und wollte noch kurz bei Ihnen vorbeischauen. Es stört Sie doch nicht?«

»Stören? Nein, bei Gott nicht!« Elvira lächelte und setzte sich im Bett etwas auf. »Ich habe ja hier nicht viel zu tun!« Und nach einem kurzen Moment: »Das freut mich aber, dass Sie mich noch besuchen kommen.«

»Ich kann mir vorstellen, dass es auf die Dauer sehr langweilig ist, hier zu liegen«, setzte Sommerauer fort. »Kann ich irgendwas tun, um Ihnen die Zeit zu verkürzen?«

»Das ist lieb, nein, danke«, antwortete Elvira. »Meine Kollegin von der Zeitung hat mich mit allem versorgt, was ich brauche. Handy, iPad, Zeitungen, Illustrierte … Aber ich muss schon zugeben, dass trotzdem die Zeit oft ziemlich lang wird. Und wenn ich in einem Monat erst aufstehen darf …« Obwohl es ihr unangenehm war, begann Elvira zu weinen. Sommerauer rückte einen Sessel neben ihr Bett und setzte sich darauf. Dann nahm er ihre Hand. Er hatte offenbar gespürt, dass jede Äußerung in dem Moment unpassend gewesen wäre, und sagte nichts. Er sah Elvira nur an. Mit warmherzigen braunen Augen, die sie zu trösten versuchten. Elvira ließ den Tränen ihren Lauf und hauchte nur: »Danke.«

Nach einer Weile traute sie sich zu fragen: »Warum tun Sie das, Herr Sommerauer? Gehört das zu den Pflichten eines Stationsleiters?« Der Pfleger lächelte verschmitzt und sagte dann unverblümt: »Weil ich Sie mag, Frau Hausmann. Und weil ich sehr bewundere, was Sie getan haben! Ich habe heute den Artikel über die Morde im Lavanttal in der Zeitung gelesen. Äußerst mutig! Wir bräuchten mehr Menschen wie Sie, mit so einer Zivilcourage, besonders in unserem Land Kärnten!«

»Ich mag Sie auch, Herr Sommerauer. Und ich kann Ihnen zurückgeben, dass Sie hier ganz tolle Arbeit leisten! Die Pflege ist wirklich super, und Ihre Art, mit dem Personal umzugehen, finde ich vorbildlich!« Elviras Augen begannen hinter dem Tränenvorhang zu strahlen.

Die beiden Menschen, deren Herzen miteinander zu schwingen begannen, schwiegen nun eine Weile. Er hielt weiter ihre Hand. Elvira nahm das Gespräch wieder auf: »Herr Sommerauer, schön, dass Sie da waren! Jetzt gehen Sie aber, es ist ja schon nach Dienstschluss. Ihre Familie wartet sicher schon auf Sie.«

»Meine Söhne, meinen Sie? Die sind nicht mehr so klein, die kommen ganz gut ohne mich zurecht. Die sind schon selbstständig, Gott sei Dank, sind am Nachmittag meist allein, wenn ich Dienst habe.«

»Und Ihre Frau? Ist die nicht bei den Kindern?«

Sommerauers warme Augen wurden kurz von Trauer umwölkt. »Meine Frau hatte vor einigen Jahren eine schwere Psychose und kann seitdem die Kinder nicht mehr versorgen. Wir sind geschieden, die Kinder sind jetzt bei mir. Sie sehen ihre Mutter alle 14 Tage, das geht ganz gut, wenn sie nicht wieder einen Schub hat.«

»Oh, das tut mir leid«, entgegnete Elvira. Auch Menschen, denen man es nicht ansah, trugen oft eine schwere Sorgenbürde am Rücken. Nach einer Weile fragte Sommerauer: »Und Sie, Frau Hausmann, wieso kommt zu Ihnen nie ein Mann auf Besuch?«

Elvira seufzte und antwortete, indem sie gequält lächelte: »Hab bisher einfach Pech gehabt mit meinen Partnern. Wahrscheinlich immer an die falschen gekommen!« Sie wandte den Kopf ab, um dem Blick Sommerauers auszuweichen.

Der Pfleger stellte keine weiteren Fragen. Als Elvira den Blick wieder ihm zuwandte, meinte er: »Na gut, ich werde jetzt gehen. Ich bin übrigens der Franz. Wie du heißt, weiß ich ja.« Er drückte ihre Hand. Sie erwiderte den Druck und sagte mit leiser Stimme: »Elvira, freut mich!« »Wenn du willst, werde ich jetzt immer vor meinem Dienstschluss kurz zu dir kommen. Ist das eh recht?« Elvira, die nicht recht wusste, wie ihr geschah, sagte leise: »Ja, Franz, ich freu mich!«

Franz stand auf, blieb noch kurz vor dem Bett stehen und schaute sie an. Dann nickte er, zwinkerte mit einem

Auge und ging. Als er die Tür hinter sich geschlossen hatte, wusste Elvira, dass sie sich in diesen starken, warmherzigen Mann verliebt hatte. Und er hatte sie offenbar auch gern! Sie schaute zu ihrer Nachbarin. Diese starrte vor sich hin, wie wenn sie nichts bemerkt hätte. Es wirkte ganz so, als wäre sie eifersüchtig. Der Oberarzt Tauschner, den sie so verehrte, war noch nie extra zu ihr gekommen, um sie zu besuchen.

Und Elvira fühlte sich zum ersten Mal seit Wochen richtig glücklich.

16. KAPITEL

Fünf Monate später war Elvira wieder nach Klagenfurt unterwegs. Sie saß im Zug und schaute gelassen aus dem Fenster. Es war Ende Mai, die Landschaft war in ein spätes Frühlingsgewand gekleidet. Die Sonne schien. Sonne und Frühling waren auch in ihrem Herzen, eine Aufbruchsstimmung erfüllte sie. Leute gingen in ihrem Abteil ein und aus, sie führte interessante Gespräche. Das Zugfahren hat schon was für sich, dachte sie. Man kann lesen, plaudern, aus dem Fenster schauen, Tee trinken … Diese Vorteile waren ihr als passionierte Autofahrerin bisher entgangen. Ein neues Auto hatte sie sich noch nicht leisten können. Das Lenken eines Fahrzeugs war ihr auch physisch nicht möglich, weil ihre Beine noch schwach und teilweise gefühllos waren.

Die Fahrt zog sich dahin bis Klagenfurt. Kapfenberg, Bruck/Mur, Leoben, Knittelfeld … Fast jede Viertelstunde blieb der Zug irgendwo stehen. Bis auf die beschleunigte Westbahnstrecke stellen die ÖBB ein unfreiwilliges Entschleunigungsprogramm dar, dachte Elvira. Aber sie hatte ja Zeit, viel Zeit …

Sie freute sich auf Kärnten, auf Klagenfurt, auf Karin und natürlich auf Franz. Sich auf Kärnten zu freuen, das hätte sie vor einigen Monaten – nach allem, was sie erlebt hatte – nicht für möglich gehalten. Ein neues Leben hatte begonnen, eine neue Liebe war da! Nach insgesamt drei Monaten war sie aus dem Spital entlassen worden. Noch mit Krücken gehend, aber immerhin schon auf den eigenen Beinen. Danach folgte ein kurzer Zwischenaufenthalt in Wien. Die Stadt war ihr seltsam fremd geworden, nur ihre Wohnung war heimelig-vertraut. Sie hatte Schnurr für diese drei Wochen zu sich nach Hause geholt. Er hatte anfangs gefremdelt, dann aber rasch wieder ihre Nähe gesucht. Es fühlte sich herrlich an, wenn sie sein weiches Fell streichelte und er dabei vertrauensselig schnurrte! Doch Elvira hatte gewusst, dass sie ihn bald wieder würde allein lassen müssen.

Nachdem ihre Mobilität noch eingeschränkt gewesen war und sie auch kein Auto mehr hatte, war sie abwechselnd von ihren Freundinnen betreut worden. Diese hatten für sie Besorgungen gemacht, die Post ausgehoben, waren mit Elvira kleine Strecken spazieren gegangen. Nachbarn, mit denen sie bisher kaum Kontakt gehabt hatte, hatten sie gefragt, was ihr denn zugestoßen sei. Elvira, die nicht die ganze Geschichte erzählen wollte, antwortete knapp: »Ein Bergunfall, beide Beine kaputt!« Die Nachbarn hatten Anteilnahme gezeigt und ihre Hilfe angeboten, die Elvira dankend abgelehnt hatte: »Das ist nett, aber ich bin gut versorgt!«

Sogar ihr Vater war aufgetaucht und hatte sie gefragt, was er für sie tun könne. Richtig fürsorglich hatte er sie behandelt, wie sie es bei ihm noch nicht erlebt hatte. Er war sichtlich froh gewesen, dass er nicht auch das letzte noch lebende Familienmitglied verloren hatte. Manchmal konnte sie kaum glauben, was der Unfall auch an Positivem bewirkt hatte!

Nach drei Monaten war sie auf Reha gefahren. Man hatte ihr einen Platz in der »Privatklinik Laßnitzhöhe« organisiert, die auf orthopädische Rehabilitation spezialisiert war.

Anfangs hatte Elvira Bedenken gehabt, weil der Ort ganz in der Nähe von Graz war. Doch dann hatte sie gemerkt, dass die unselige Beziehung in ihrer Erinnerung so weit weggerückt war, als hätte sie nie stattgefunden. Vom ersten Moment an hatte sie sich in der Reha-Klinik gut aufgehoben gefühlt. In der Küche des Hauses ging man auch auf die Bedürfnisse von Menschen ein, für die nicht Wiener Schnitzel und Schweinsbraten das Maß aller Dinge waren. Nur mit dem Kürbiskernöl, das auf fast alle Salate geleert wurde, hatte sie anfangs Probleme gehabt. Zu ihrer Freude hatte sie ein Einzelzimmer bekommen, wo sie auf keine Bettnachbarin Rücksicht nehmen musste.

Sie hatte oft beim Gehen noch Schmerzen in den Füßen gehabt, diese aber zunehmend belasten können. Die Krücken hatte sie schrittweise weglassen können. Es war buchstäblich mühsam gewesen, wieder auf die Beine zu kommen. Aber es war ihr gelungen, mit der ihr eigenen Hartnäckigkeit. Auch hier war ihr eine gute Therapeutin zugeteilt worden, die sie wohlwollend, aber konsequent mobilisiert hatte. Sie hatten sich auf Anhieb verstanden, hatten einander später das Du angeboten (die Therapeutin hieß Anna Ploberger und war alleinerziehende Mutter einer 8-jährigen Tochter). Sie waren gegen Ende des Aufenthalts manchmal miteinander etwas trinken gegangen. Elvira hatte jetzt noch Kontakt mit ihr.

Einmal in der Woche, meist am Wochenende, war Franz zu ihr auf Besuch gekommen. Die schüchternen Annäherungsversuche, die damals vor Dienstschluss stattgefunden hatten, hatten in der Zwischenzeit zu einer Beziehung geführt, in der von beiden Seiten vorsichtig, aber zunehmend Nähe zugelassen wurde. In Franz schien Elvira einen Mann gefunden zu haben, der auf ihre Bedürfnisse einging und nicht nur die eigenen sah. Auch sexuell eröffneten sich für Elvira neue Dimensionen der Befriedigung und der Harmonie. Der Altersunterschied – Elvira war drei Jahre älter als ihr Partner – spielte keine ersichtliche Rolle. Franz war ein reifer, in sich ruhender Mann. Sie musste sich fragen, mit was für Männern sie bisher Kontakt gehabt hatte. Die Bilanz fiel vernichtend aus – aber das war ja glücklicherweise Vergangenheit!

Elvira schaute wieder aus dem Fenster. Der Zug stand in einem Bahnhof, ›Treibach-Althofen‹ stand auf einem blauen Schild. Vom Bahnhof aus sah man eine hübsche, alte Stadt auf einem Hügel liegen. Nun war sie wieder in Kärnten. Was für Gefühle sich da meldeten, wenn sie wieder in dieses Bundesland kam! Seit dem Unfall war ihr Leben ein anderes geworden. Sie hatte ihre Tätigkeit für den *Tagesboten* eingestellt, nachdem Prassler sie so abfällig behandelt hatte. Ihren Lebensunterhalt bezog sie noch vom Krankengeld der Gebietskrankenkasse. Elvira war dankbar für diese Segnung des Sozialstaates, der Österreich war (noch, sagte sie sich, aber für wie lange noch?). Ihr Vater hatte sich bereit erklärt, sie zusätzlich finanziell zu unterstützen. »Bis du was anderes findest«, hatte er gemeint. Sie hatte dabei für sich herausgehört: Ich habe dich gern und glaube an dich! Er redete nicht mehr mit ihr als früher. Aber er verhielt sich ihr gegenüber seit dem Unfall interessierter, freundlicher, herzlicher. Elvira war froh, ihren Vater zurückgewonnen zu haben, der für sie schon wie tot gewesen war.

Sie hatte in den letzten Monaten viel Zeit zum Lesen gehabt und entdeckt, was für ein reiches Kulturland Kärnten war. Es wimmelte hier von kreativen Menschen, von wichtigen Malern, Musikern, Schriftstellern. Vor allem Letztere hatten es ihr angetan. Sie hatte sich intensiv mit dem Werk von Christine Lavant beschäftigt, die sie weiterhin faszinierte. Unbestreitbar konnte sie sich nun als gewisse »Lavant-Expertin« bezeichnen. Sie hatte auch die Werke von Peter Handke, Gert Jonke, Ingeborg Bachmann und anderer kennengelernt. Robert Musil war großartig, aber als Lektüre zu schwierig und weitschweifig. Sein Buch »Der Mann ohne Eigenschaften« hatte sie nach 50 Seiten mit den Worten: »Das schaffe ich nicht« resigniert zur Seite gelegt. Auch einige zeitgenössische Autoren gefielen ihr gut – Josef Winkler, Antonio Fian, Ägyd Gstettner. Viele davon zeichneten sich durch Wortgewalt, aber auch einen Hang zum Extremen aus. Und häufig wurde in den Werken die stimmungsmäßige Grundverfassung des Landes, die Melancholie, spürbar.

Diese reiche Kulturlandschaft war ein seltsamer Kontrast zu der geistigen Wüste, die Elvira in diesem Bundesland auch erlebt hatte. Mit wie viel Naivität, Borniertheit, Unbedarftheit sie konfrontiert worden war! Alte Mythen waren noch allgegenwärtig (beispielsweise vom Kärntner Abwehrkampf), alte Ressentiments belasteten die Seelen der Menschen (etwa der slowenischen Minderheit gegenüber). Elvira hatte höchste Intellektualität neben schlimmer geistiger Unreife angetroffen, hochentwickelte Kunst und Kultur neben primitivem, rückwärtsgewandtem Brauchtum. Elvira kam das Land, auch bei näherer Betrachtung, höchst widersprüchlich vor. Offenbar waren diese ganzen Widersprüche, diese Zerrissenheit ein guter Nährboden für die Kunst – besonders für die Literatur.

Elvira dachte an die Kriminalfälle, in die sie involviert gewesen war. Die Prozesse gegen die Verdächtigen hatten schon stattgefunden. Frau Sablatnig hatte sich vor Gericht beklagt, dass sie sich als alte Frau hier noch verantworten müsse, wo das Ganze doch ein Unfall gewesen sei. Und sie hätte nie die Absicht gehabt, den Unterberger zu töten. Das Gericht erkannte sie dennoch schuldig der Delikte Leichenschändung (weil sie den alten Unterberger in die Lavant geworfen hatte) und der Anstiftung zum Mord (an Helmut Tschirtnigg). Vermutlich würde sie den Rest ihres Lebens hinter Gittern verbringen. Ihr Bruder Paul Zulechner kam mit einer bedingten Haftstrafe wegen Totschlags und ebenfalls Leichenschändung davon, wobei ihm eine eingeschränkte Zurechnungsfähigkeit attestiert wurde. Es wurde verfügt, dass er weiterhin im bisherigen Pflegeheim verbleiben sollte.

Michael Unterberger und seine Frau hatten wegen des brutalen Mordes an Helmut Tschirtnigg mehrjährige Haftstrafen erhalten. Als mildernde Umstände wurden ihnen ihre bisherige Unbescholtenheit und die Tatsache ausgelegt, dass sie sich vor Gericht reuig gezeigt hatten. Frau Unterberger hatte wegen des Mordversuchs an Elvira eine noch höhere Strafe als ihr Mann erhalten. Wenn Elvira an diese Urteile dachte, spürte sie keine Gefühle von Rache oder Genugtuung – nicht einmal der Frau Unterberger gegenüber, die sie fast ins Jenseits befördert hatte. Für sie stand das Tragische der Entwicklungen im Vordergrund. Was nützten die ganzen Haftstrafen? Was würde aus den beiden minderjährigen Söhnen der Unterbergers werden? Was würde Paul ohne seine Schwester machen? Mehrere Existenzen, eine ganze Familie war zerstört.

In den Boulevard-Blättern wurde Elisabeth Unterberger als »gefühllose Bestie«, Martha Sablatnig als »unheimliche Spinne im Netz« und die Christine-Lavant-Vereinigung als »ehrenwerte Gesellschaft« bezeichnet, womit damit etwas Mafiaartiges unterstellt wurde. Beides stimmte für Elvira so nicht. Eher war es eine Mischung an Ungeschicklichkeit, Fanatismus und alten Rachegefühlen gewesen, die die Probleme unlösbar gemacht und zu einer Katastrophe geführt hatten. Unbeirrbar, wie der Flusslauf der Lavant, hatte alles in einem schrecklichen Finale gemündet.

Der Zug näherte sich Klagenfurt. Karin hatte versprochen, Elvira am Bahnhof abzuholen. Franz hatte noch Dienst, ihn würde sie erst am Abend sehen. Der Zug hielt an, Elvira stieg vorsichtig aus. Die beiden Frauen begrüßten einander herzlich. Karin hatte sich in der Zwischenzeit ein kleines Auto angeschafft, einen VW Lupo, mit dem sie Elvira abholte. »Siehst du«, sagte sie lachend zur Freundin, als sie in das Fahrzeug stiegen. »So kehrt sich alles um. Jetzt habe ich ein Auto, und du hast derzeit keines. Aber du wirst dir sicher wieder eines anschaffen, wenn du erst mal ganz okay bist …«

»Da bin ich mir nicht so sicher«, meinte Elvira, »vielleicht komme ich auch ohne Auto zurecht.« Karin sah sie erstaunt an, konzentrierte sich dann aber auf das Verkehrsgeschehen und brachte Elvira zu ihrer eigenen Wohnung.

Nach dem Mittagessen machten die beiden Frauen Pläne für den Nachmittag. »Kannst du mich um halb sieben zu Franz bringen?«, fragte Elvira.

»Na klar, und was machen wir bis dahin?« Elvira sagte aus einem Impuls heraus: »Fahren wir doch zum Minimundus!«

»Zum Minimundus, ist das dein Ernst? Das ist doch was für Kinder, nicht? Und wird dir das nicht zu viel sein?«

»Oh, das geht schon! Und ich darf mich ja als Kind fühlen, nachdem ich vor einigen Monaten wiedergeboren wurde, nicht?« Beide Frauen kicherten.

Sie verbrachten den Nachmittag dann zwischen Riesenrad, Eiffelturm und der »Sagrada familia« von Gaudí – plaudernd, scherzend, lachend. Sie hatten sich viel zu erzählen, obwohl sie alle paar Tage miteinander telefoniert hatten. Karin wollte viel von Franz wissen. Elvira hielt sich etwas bedeckt, um die alleinstehende Freundin durch zu überschwängliche Erzählungen nicht zu kränken. Aber sie war mit diesem Mann einfach glücklich.

Um halb sieben lieferte Karin sie vor seinem Haus in Feistritz im Rosental ab. Franz war noch nicht zu Hause, aber sein älterer Sohn David öffnete Elvira freudig die Tür. »Hallo, Elvira, fein, dass du wieder da bist. Der Papa muss jeden Augenblick kommen.« Elvira hatte mit dem 15-Jährigen und seinem 12-jährigen Bruder Benjamin in der Zwischenzeit Freundschaft geschlossen. Sie war von beiden vom ersten Moment an akzeptiert worden. »Das ist die Frau, die ich jetzt lieb habe«, hatte ihr Vater bei der Vorstellung gesagt. »Sie ist nicht eure neue Mama, aber Elvira gehört jetzt zu uns.«

Elvira hatte die schlanken, sportlichen Burschen vom ersten Kennenlernen an gemocht. Durch sie tauchte sie in eine neue Welt ein – in die Welt von pubertierenden Heranwachsenden, die vor allem Fußball, zaghaft auch schon Mädchen im Kopf hatten. Manchmal ließen sie sich von Elvira, die wenig Erfahrung mit Kindern und Jugendlichen hatte, sogar etwas sagen. Und sie schienen sich mit ihrem Papa zu freuen, dass er jetzt nicht mehr so allein war.

Als Franz kam, nahm er Elvira zärtlich in den Arm und küsste sie. Als sie ihm vom Minimundus erzählte, musste er lachen. Benjamin meinte, als er das hörte: »Mir ist das schon zu kindisch!«

»Mir aber nicht«, erwiderte Elvira und lachte herzhaft.

»Na gut, gehst du mit uns auch einmal dorthin?«, lenkte Benjamin ein.

»Na sicher, wenn ihr mögt!« Elvira freute sich schon auf diese Unternehmung. Auch der 15-jährige David zeigte plötzlich dafür Interesse.

Die Familie nahm mit Elvira zusammen das Abendessen ein, das vor allem von Schulerzählungen der Kinder geprägt war. Nachdem diese schlafen gegangen waren, saßen Franz und Elvira noch im Wohnzimmer beisammen. Nach zwei Gläsern Rotwein begann Franz sie auszuziehen. »Aber vorsichtig, meine Füße sind noch empfindlich«, hauchte Elvira.

»Ich weiß, ich pass schon auf. Als Pfleger kenne ich mich da aus …«, erwiderte Franz.

Beim Sex war er das genaue Gegenteil von Kurt. Vorsichtig, langsam, behutsam auf ihre Reaktion achtend. Der so ausgeglichen, fast phlegmatisch erscheinende Mann entwickelte eine beachtliche Leidenschaft, mit Zärtlichkeit gepaart. Fast immer gelang es ihm, Elvira zum Höhepunkt zu bringen – so wie heute. Auch er stöhnte laut, als er den seinen erreicht hatte. »Schatz, nicht so laut, die Kinder …«, kicherte Elvira, als sie wieder genug Luft bekam.

Nachher lagen sie glücklich und entspannt auf der Couch, die Franz vorher zu einem Bett ausgezogen hatte. Sie streichelte seine Brust, die von kräftigen, schwarzen Haaren übersät war. In der Zwischenzeit hatte sie sich an seine Tätowierungen gewöhnt. Sie fragte ihn mit lachenden Augen: »Kannst du dich noch erinnern, wie du damals zum ersten Mal vor Dienstschluss zu mir gekommen bist! Weißt du noch? Du warst direkt schüchtern dabei!«

»Na, sicher weiß ich das noch!« Auf dem Gesicht von Franz zeigte sich ein breites Grinsen. »Ich habe schon vorher gemerkt, dass du mir gefällst, und habe halt nicht gewusst, wie du reagieren wirst! Als Mann blamiert man sich nicht gern, weißt du?«

»Mein Gott, ich war so glücklich damals, wie du gekommen bist! Ich war schon ganz depressiv von dem langen Liegen und vom Alleinsein. Nachher ist es dann bergauf gegangen, weil du mich jeden Tag besucht hast!«

Franz streichelte zärtlich über ihre Brüste, worauf sie fragte: »Und ich habe dir wirklich damals schon gefallen, als körperliches Wrack, ungeschminkt, mit fettigen Haaren im Bett?«

»Ja, Liebes. Ich habe mich in deine Seele verliebt und auch gesehen, dass du eine schöne Frau bist.«

»Und doch hast du dir fast einen Monat Zeit gelassen, mir deine Liebe zu zeigen?«, meinte Elvira fast etwas vorwurfsvoll.

»Es war halt nie mein Stil, mit Patientinnen anzubandeln!« Die Antwort von Franz war überzeugend und sprach für ihn.

Franz und Elvira wechselten hinüber ins Schlafzimmer, wo sie Arm in Arm einschliefen. Am nächsten Morgen musste Franz schon früh aufstehen. Vor dem Weggehen küsste er die noch vor sich hin dösende Elvira auf die Stirn. Diese stand etwas später auf, um den Kindern das Frühstück herzurichten. Sie würde noch einige Tage bei der Familie bleiben und half Franz im Haushalt, soweit ihr Zustand es erlaubte.

Franz hatte ihr angeboten, ganz zu ihnen nach Kärnten zu ziehen. Elvira hatte geantwortet: »Puhhh, Franz, nach Kärnten, wo mir das alles passiert ist … Zu dir sofort, zu deinen Kindern auch. Aber Kärnten, das muss ich mir noch überlegen. Lass mir bitte Zeit!« Und Franz ließ ihr Zeit. Er spürte, wie verwundet ihr Körper und ihre Seele noch waren. Und als Wundspezialist im Krankenhaus wusste er, wie langwierig manche Heilungsverläufe oft waren …

Am vorletzten Tag, bevor sie wieder nach Wien fuhr, wurde Elvira von Karin in Feistritz abgeholt. Auf die Frage der Freundin, was sie denn heute machen wolle, antwortete Elvira spontan: »Bring mich ins Lavanttal! Und ich möchte auch nach St. Stefan, auf den Friedhof zur Lavant!« Karin blickte erstaunt und etwas erschrocken drein. Sie sagte aber nichts und machte sich auf den Weg nach Wolfsberg. Unterwegs hörten sie eine alte Platte der Doors, die Elvira besonders mochte. »Break on through to the other side …« Sie erzählte Karin von ihrem Besuch am Friedhof Père Lachaise in Paris, wo jeden Tag Hunderte hysterische Teenager das Grab vom legendären Sänger Jim Morrison aufsuchten. »Dort würde ich gern einmal mit dir hinfahren!«, meinte Karin spontan. »Überhaupt, Paris muss toll sein!« Bis auf einige Fahrten nach Oberitalien und in die Redaktion nach Wien war Karin bisher kaum aus Klagenfurt herausgekommen.

»Das machen wir, wenn ich wieder normal gehen kann!«, versprach Elvira.

Zuerst fuhren sie nach Wolfsberg und flanierten durch die Stadt, die Elvira vertraut geworden war. Nach einem Mittagessen beim *Grauen Wolf*, wo sie beide schon als Stammgäste begrüßt worden waren und Elvira die legendären Kasnudeln bestellt hatte, setzten sie die Fahrt nach St. Stefan fort. Als Karin das Auto neben dem Friedhof abstellte, erklang Volksmusik vom nahe gelegenen *Haus der Musik*. Eine Brauchtumsveranstaltung war im Gang. Obwohl sie diese Art von Musik nicht mochte, spürte Elvira heute versöhnliche Gefühle bei diesen Klängen. In diese Gegend passte die Musik, hier machte sie Sinn. Die beiden Frauen gingen zum Grab der Christine Lavant. Karin war zum ersten Mal hier. Sie zündeten eine Kerze an, die sie beim Eingang an einem Automaten um einen Euro gekauft hatten. Beide blieben am Rand des Grabes stehen und schauten auf die Flamme.

Das letzte Mal, als Elvira hier war, war ein kalter Spätherbsttag gewesen. Nun war ein freundlicher Frühlingsnachmittag. Alles war friedlich, auch die leisen Töne vom Haus der Musik störten nicht. Elvira wurde von Erinnerungen überflutet, welche intensive Gefühle auslösten. Trauer, Wut, Enttäuschung, alles war auf einmal wieder da. Karin versuchte, die weinende Freundin zu trösten, und fragte vorsichtig: »Warum wolltest du denn unbedingt wieder hierherfahren?«

»Um etwas abzuschließen«, sprach Elvira und spürte nach und nach ein Gefühl der Erleichterung. Langsam versiegten die Tränen, die negativen Gefühle wichen einer unvorstellbaren Erleichterung. Das Licht auf dem Grab flackerte freundlich.

Sie dachte an ihre Träume, wo sie die Stimme der Lavant aus dem Grab herauftönen gehört hatte. Diese Szenen hatten etwas Unheimliches, Furchterregendes gehabt. Und auch sonst war es ihr manchmal erschienen, wie wenn die verstorbene Dichterin im Grab keine Ruhe finden und – möglicherweise als Rache für das, was ihr angetan worden war – die Seelen der lebenden Menschen verwirren und belästigen würde.

Elvira achtete sorgsam darauf, was sie heute wahrnahm. Der Wind strich sanft über den Friedhof, vereinzelte Vögel waren zu hören. Die Sonne schien warm. Ihre Strahlen erzählten vom Leben, nicht vom Tod. Elvira stand noch eine Weile schweigend da. Sie nahm Abschied von der Dichterin. Keine negative Energie war mehr spürbar, die von ihr ausging. Sie hatte ihre Ruhe im Grab gefunden.

Elvira schaute Karin an, deutete mit dem Kopf zum Ausgang und fragte: »Gehen wir?«

»Ja, gehen wir!«, antwortete die Freundin erleichtert. Die beiden Frauen verließen den Friedhof und stiegen ins Auto.

»Brake on trough to the other side …!«

EPILOG

Die Handlung und die Figuren in diesem Krimi sind fiktiv. Wenn Personen, denen ich während meiner Recherchen in Kärnten begegnet bin, bestimmte Merkmale oder Charakterzüge von sich hier wiederfinden sollten, mögen sie mir verzeihen. Ähnlichkeiten mit ihnen sind nicht beabsichtigt. Ich denke an alle mit Respekt und Dankbarkeit zurück.

Mancher Leser oder manche Leserin könnte bei der Lektüre meines Buches meinen, dass das Land Kärnten dabei nicht gut wegkommt. Ich habe hier teilweise Ereignisse verarbeitet, die ich selber erlebt habe – so ist der geschilderte Unfall Elviras in ähnlicher Weise passiert, ohne dass ich gesundheitlichen Schaden davongetragen hätte. Meine Kritik an gewissen politischen Umständen bezieht sich auf historische Fakten und Tatsachen. So ist der Skandal der Hypo-Alpe-Adria Bank eine Hypothek, die noch jahrelang Kärnten, die Republik Österreich und das Bundesbudget belasten wird. In der Zwischenzeit musste die Kärntner Landesregierung nach Wien pilgern und um einen Kredit von 300 Mio. Euro bitten, weil das Land sonst zahlungsunfähig gewesen wäre. Und kurz nach Beendigung meines Manuskripts ist der Umweltskandal im Kärntner Görtschitztal aufgeflogen, nachdem dort in einem Zementwerk Blaukalk verbrannt worden und als Folge davon eine toxische Substanz (Hexachlorbenzol) ins Grundwasser gelangt war. Die Bewohner und Tiere des Tales waren jahrelang vergiftet, der Skandal war lange Zeit vertuscht worden.

Dennoch möchte ich das Land Kärnten und seine Bewohner nicht diffamieren. Vielmehr stellt für mich Kärnten ein Symbol für Österreich als Ganzes dar. Die für unser Land typische Mischung aus Nachlässigkeit, Gleichgültigkeit, Intransparenz und politischer »Packelei« hat zu einem Stillstand geführt, der die gesellschaftliche und wirtschaftliche Entwicklung seit Jahren blockiert. Ich kann dem Land Kärnten, stellvertretend für ganz Österreich, nur wünschen, dass es sein großartiges Potenzial ausschöpft und sich mutig der Zukunft zuwendet.

Mein herzlicher Dank für das Zustandekommen dieses Buch gilt vor allem meiner Frau Friederike Jezek-Lindmaier, die mir als begeisterte Krimileserin die Grundidee dazu geliefert und mich die ganze Zeit über mental und beratend unterstützt hat. Dann bin ich zu Dank verpflichtet der Psychotherapeutin, Germanistin und Dichterin Karin Macke, die mich während des Schreibens gecoacht und fachlich beraten hat. Auch gilt mein Dank meinen Freunden, dem Schriftsteller Heimo Toefferl und dem Bildhauer Hubert Hochleitner, für ihre Beratung und Unterstützung sowie meinen Quartiergebern Walter und Gerlinde Graf in St. Andrä, die mich freundlich in Kärnten aufgenommen haben. Gedenken will ich an dieser Stelle besonders meines Freundes Fabjan Hafner, Slawist und Germanist, dem ich viel Wissen über Christine Lavant und über die Kärntner Literatur verdanke. Er war einer der gescheitesten Menschen, die ich gekannt habe, und hat sich im Mai 2016 entschlossen, freiwillig aus dem Leben zu scheiden. Ich trauere ihm nach und vermisse unsere anregenden Gespräche.

Danken will ich auch vielen anderen Personen, die mich mit dem Werk von Christine Lavant, mit der Kultur und Geschichte Kärntens vertraut gemacht haben und die ich nicht alle namentlich nennen kann. Viele Mitglieder der Christine-Lavant-Gesellschaft in St. Stefan (die im Buch als Schlangengrube erscheint, in Wirklichkeit aber eine Gruppe von ehrenwerten, engagierten Persönlichkeiten darstellt) waren dabei. Nicht zuletzt gilt mein Dank dem Gmeiner Verlag, der mein Buch ohne Umschweife akzeptiert hat und bei dem ich mich professionell und menschlich gut aufgehoben fühle. Die Programmleiterin, Frau Claudia Senghaas, hat den Text lektoriert und mich in editorischen Fragen kompetent beraten. Und mein alter Freund und Krimiautor, Gerhard Loibelsberger, hat den Kontakt zum Gmeiner Verlag hergestellt. Ihnen allen bin ich überaus dankbar.

Wien, im Juli 2016

ANHANG: EINE LEBENSGESCHICHTE DER CHRISTINE LAVANT

Geboren wurde sie am 4.7.1915 in St. Stefan im Lavanttal, Kärnten, Österreich – mitten im 1. Weltkrieg. Christine Lavant, die ursprünglich Thonhauser hieß, hatte das Pech, als 9. Kind einer bitterarmen Familie geboren zu werden. Der Vater war Bergarbeiter, der in Frührente gehen musste; die Mutter war Näherin. Das »Schicksal« meinte es nicht gut mit der zukünftigen Dichterin in den ersten Lebensjahren. Sie erlitt verschiedene Krankheiten – Lungenentzündungen, Tbc, Augenentzündungen, Mittelohrentzündungen, Skrofulose (eine »Arme-Leute-Krankheit«, die die Lymphknoten befiel). Vor allem letztere Krankheit führte durch chronische Entzündungen zu Entstellungen an Gesicht und Hals, oft musste sie den Kopf eingebunden tragen. Eine teilweise Seh- und Hörschwäche war die Folge dieser Leiden. Wegen ihrer Behinderungen musste sie auf dem Schulweg viel Spott ihrer Schulkameraden über sich ergehen lassen.

Die Armut und die körperliche Hinfälligkeit hatten zur Folge, dass sie nur 8 Klassen Volksschule absolvieren konnte – obwohl sie in der Schule durch ihre Intelligenz auffiel und schon früh Gedichte zu schreiben begann. Im Alter von 13 Jahren erhielt sie schmerzhafte Röntgenbestrahlungen im Krankenhaus Klagenfurt, welche durch Narben weitere Entstellungen bewirkten. Nach Ende der

Schulzeit blieb Christine Thonhauser zu Hause und half ihrer Mutter, die Familie durch Strickarbeiten finanziell notdürftig über Wasser zu halten. Beim Stricken entwickelte sie eine Technik, wo sie »blind« unter dem Tisch arbeiten und gleichzeitig dabei lesen konnte. Seitdem sie des Lesens mächtig war, verschlang sie ein Buch nach dem anderen. Eine verzweifelte Bibliothekarin, die schon nicht mehr wusste, was sie ihr zum Lesen geben sollte, händigte ihr einen Gedichtband von Rainer Maria Rilke aus. Die Dichterin meinte dazu später, dass dadurch ein »Brunnen in ihr geschlagen« worden wäre – der Brunnen zur Dichtkunst. Danach entwickelte sie eine rege literarische Tätigkeit. Im Lauf dieser Jahre geriet sie immer wieder in melancholische Verfassungen, die schließlich 1935 zu einem Selbstmordversuch und einem Aufenthalt auf der Psychiatrie in Klagenfurt führten. Diese Behandlung fand ihren literarischen Niederschlag in dem Prosatext »Aufzeichnungen aus einem Irrenhaus«, welcher erst posthum veröffentlicht wurde.

1938 verstarb der Vater, ein halbes Jahr später die Mutter. Die junge Dichterin geriet in Isolation. 1939 heiratete sie aus Verzweiflung und – wie sie sagte – aus »Mitleid« den geschiedenen Kunstmaler Johann Benedikt Habernig, der 35 Jahre älter als sie war. Der lebensuntüchtige ehemalige Gutsbesitzer war vorher um seinen gesamten Besitz gekommen. Das Paar lebte armselig in einer Mansarde im Haus einer Kaufmannsfamilie und entfremdete sich zusehends im Lauf der Jahre. Aus der anfangs von großer Sympathie und Wertschätzung getragenen Beziehung wurde ein lustloses, liebloses Nebeneinanderher-Leben.

Der erste Prosaband der Christine Lavant erschien unter dem Titel »Das Kind« 1948 im neugegründeten Brentano- Verlag in Stuttgart. 1949 folgte ihr erster Gedichtband »Die unvollendete Liebe«. Der Verleger Viktor Kubczak hatte sie zu dem Pseudonym »Lavant« überredet, benannt nach dem Fluss ihres Heimattales. Eine entscheidende Wende in ihrem Leben stellte die Teilnahme an den »Kulturtagen St. Veit« dar, wo sie einen viel beachteten literarischen Auftritt hinlegte. Dabei kam es auch zur folgenschweren Bekanntschaft mit dem Maler Werner Berg, mit dem sie in den darauffolgenden Jahren eine Beziehung hatte, die offensichtlich über eine platonische Freundschaft hinausging. In diesen Jahren avancierte die Dichterin zu einem »Star« in der Kärntner Künstlerszene, welche sich vor allem beim Ehepaar Lampersberg (Gerhard L. war ein damals viel beachteter Komponist) am »Thonhof« in Maria Saal bei Klagenfurt traf. So konnte sie für einige Jahre der häuslichen Einöde entkommen. In dieser Zeit dürften psychisch nicht nur Depressionen, sondern auch Manien – also Phasen einer überschießenden, ungehemmten Lebensfreude – aufgetreten sein.

1954 beendete Werner Berg die Liebesbeziehung zu Christine Lavant aufgrund des Drucks seiner Ehefrau (er war verheiratet und hatte immerhin 5 Kinder). Er verübte ein Jahr nach dieser Trennung einen Selbstmordversuch, den er nur knapp überlebte. Christine Lavant verfiel in eine Dauerdepression, von der sie sich nie mehr richtig erholen sollte. Dennoch stellten die darauffolgenden Jahre der Trauer – zusammen mit der schöpferischen Zeit seit 1950 – die fruchtbarste Zeit im Schaffen der Künstlerin dar. Ihr gesamtes lyrisches Hauptwerk (»Die Bettlerschale«, »Spindel im Mond«, »Der Pfauenschrei«) entstand in dieser Zeit. Danach verstummte die Dichterin weitgehend.

Christine Lavant blieb fast ihr ganzes Leben ihrem Heimattal treu, lebte in St. Stefan. Trotz verschiedener Preise (1954 und 1964 »Trakl-Preis«, 1964 »Anton-Wildgans-Preis« und 1970 »Großer Österreichischer Staatspreis für Literatur«) und den damit verbundenen finanziellen Zuwendungen blieb sie einer einfachen Lebensweise verhaftet. Ein kurzes Intermezzo in Klagenfurt Mitte der 60er- Jahre endete in einem Desaster. Gut gemeinte Gönner hatten ihr eine Wohnung in einem neu gebauten Hochhaus verschafft. In den hellhörigen Räumen, unter den sie umgebenden Menschen fühlte sie sich zunehmend unwohl, reagierte mit Depressionen und Paranoia. Reumütig kehrte sie wieder in ihre Mansarde in St. Stefan zurück.

Christine Lavant starb relativ früh im Jahr 1973 im Alter von 58 Jahren. Jahrelanger Zigarettenkonsum (damals ein ungewöhnliches und »unmögliches« Verhalten einer Frau), jahrelange Schlaflosigkeit mit Gebrauch von Schlafmitteln und chronische Mangelernährung hatten dem ohnehin schon schwachen Körper zugesetzt. Fast ihr gesamtes literarisches Werk hatte sie in der Nacht geschaffen. Die chronische Depression hatte ihr jeglichen Lebenswillen geraubt. Am 7.6.1973 verstarb sie in einem Pflegeheim in Wolfsberg an den Folgen eines Schlaganfalls.

Christine Lavant gilt heute als eine der größten Lyrikerinnen der zweiten Hälfte des 20. Jahrhunderts in Österreich, ja im ganzen deutschen Sprachraum. Formal blieb sie im gewohnten Rahmen, inhaltlich und sprachlich ging sie weit über das damals Herkömmliche hinaus. In ihrer Lyrik wendete sie sich an ein imaginäres Du, welches Züge eines entfernten, grausamen Gottes und solche des verlorenen Geliebten trägt. Sie zürnt und hadert, sie flucht und schreit. In ihrer Lyrik finden sich ebenso freche, aufbegehrende Züge wie auch masochistisch-leidergebene. Die Natur spielt darin eine große Rolle. Diese ist beseelt, sinnlich, oft personifiziert. Auch Gott wird leibhaftig und personal imaginiert, als menschenferne, grausame Instanz – ganz einem vorkonziliären, düsteren Gottesbild entsprechend. Ihre oft als bigott-katholisch verkannte Dichtung stellt ein einziges Ringen um eine eigene, persönliche Religiosität dar. Christine Lavant hatte einen weiten geistigen Horizont, verkehrte brieflich mit Geistesgrößen der damaligen Zeit (wie zum Beispiel Martin Buber).

Die Dichterin war eine mutige, unkonventionelle, stellenweise erstaunlich emanzipierte Frau. Sie liebte es, in bestimmte Rollen zu schlüpfen, zum Beispiel in die des unbedarften, dümmlichen »Kräuterweibleins« der Kärntner Provinz. Die Vermutung liegt nahe, dass es ihr Spaß machte, wenn die Menschen einfältig genug waren, sie nur in dieser einseitigen Rolle zu sehen. Sie war zu großer Liebe und Hingabe fähig, ihre Freundschaften – wie zum Beispiel zu der Dichterin Ingeborg Teuffenbach – gestaltete sie intensiv und besitzergreifend. Die aufbegehrende und schonungslose Seite ihrer Dichtung kommt vor allem in Prosa (»Aufzeichnungen aus einem Irrenhaus«, »Das Kind«, »Das Wechselbälgchen«) zum Tragen. Hier schildert sie drastisch und sarkastisch das Elend und die menschliche Dummheit, ohne dabei die Erbarmungslosigkeit eines Thomas Bernhard zu erlangen.

Seit ihrem 100. Geburtstag im Jahr 2015 scheint eine Renaissance der Christine Lavant stattzufinden. Zumindest in Österreich fanden zu diesem Anlass verschiedene Veranstaltungen statt, gab es viele Berichte in Radio, Internet und Printmedien. Vielleicht bekommt sie nun auch in der Öffentlichkeit die Bedeutung, die sie in der Literaturszene schon lange hat. Thomas Bernhard, mit dem sie befreundet gewesen war, gab 1988 im Suhrkamp-Verlag eine persönliche Zusammenstellung ihrer Gedichte heraus. Im Nachwort bezeichnete er ihr Werk als »*das elementare Zeugnis eines von allen guten Geistern mißbrauchten Menschen, als große Dichtung, die in der Welt noch nicht so, wie sie es verdient, bekannt ist*«. Dem ist meines Erachtens nichts hinzuzufügen.

MARKUS R. LEITGEB
Zeitungssterben

978-3-8392-2034-4 (Paperback)
978-3-8392-5315-1 (pdf)
978-3-8392-5314-4 (epub)

UNMORALISCH In der Wiener U-Bahn bricht ein verheerendes Feuer aus, unter den Opfern befindet sich der Altjournalist Hubert Brandl. Martin Leček, sein junger Kollege, spioniert gerade die schmierigen Machenschaften des Boulevardblatts für eine Aufdeckerreportage aus, als er über Ungereimtheiten im letzten Artikel des Toten stolpert. Als Leček selbst ins Fadenkreuz gerät, wird ihm klar, dass der Boulevard noch weitaus dunklere Geheimnisse verborgen hält, als erfundene Interviews und gekaufte Geschichten …

GMEINER SPANNUNG

WWW.GMEINER-VERLAG.DE
Wir machen's spannend

CLAUDIA ROSSBACHER
Steirerpakt

978-3-8392-2044-3 (Paperback)
978-3-8392-5331-1 (pdf)
978-3-8392-5330-4 (epub)

MIT BLUT BESIEGELT Ein skurriler Leichenfund lässt die LKA-Ermittler Sandra Mohr und Sascha Bergmann zur Eisenstraße aufbrechen. Vom historischen Einser-Sessellift, der seit fast 70 Jahren vom Präbichl auf den Polster schaukelt, wurde eine nackte Leiche geborgen. Bald schon wird der tote Mann als Einheimischer identifiziert, der vor 15 Jahren nach Kanada auswanderte. Erst vor wenigen Tagen reiste der Arzt aus seiner Wahlheimat an, um dem Begräbnis seiner Mutter beizuwohnen. Sandra Mohr stößt auf so manche alte Wunde, die er dabei aufgerissen hat. Und auf weitere Leichen …

GÜNTER NEUWIRTH
Totentrank

978-3-8392-2067-2 (Paperback)
978-3-8392-5371-7 (pdf)
978-3-8392-5370-0 (epub)

RACHE IST SÜSS Nach dem Tod ihres Ehemannes quittiert Christina Kayserling den Polizeidienst und wagt im steirischen Weinland einen Neuanfang. Dort trifft sie Edgar, einen jungen Mann der sich trotz des Altersunterschieds für sie zu interessieren scheint. Als in der Gegend mehrere Giftmorde geschehen, kann sich Christina der dunklen Faszination nicht entziehen. Sie beginnt auf eigene Faust zu recherchieren und ist sich schnell sicher: Hier will jemand Rache nehmen. Eine aufwühlende Mörderjagd beginnt.

GMEINER SPANNUNG

WWW.GMEINER-VERLAG.DE
Wir machen's spannend

CLAUDIA ROSSBACHER (HRSG.)
SOKO Graz – Steiermark

978-3-8392-2078-8 (Paperback)
978-3-8392-5399-1 (pdf)
978-3-8392-5398-4 (epub)

GEKOMMEN, UM ZU MORDEN Beschauliches Graz? Idyllische Steiermark? Das Böse ist bekanntlich immer und überall. Davon wusste schon die steirische Popgruppe EAV ein Lied zu singen. Und das gilt erst recht, wenn an die 200 Krimiautoren aus Deutschland, Österreich und der Schweiz in Graz einfallen, um dort die CRIMINALE 2017 zu veranstalten. Doch damit nicht genug. Ihre literarisch-kriminellen Spuren führen weiter durch die Steiermark, zu jenen Tatorten, die in spannenden Kurzkrimis verewigt wurden.